Nana Rademacher

Wir waren hier

NANA RADEMACHER

WIR WAREN HIER

Ravensburger Buchverlag

Bibliografische Information der Deutschen Nationalbibliothek:
Die Deutsche Nationalbibliothek verzeichnet diese Publikation
in der Deutschen Nationalbibliografie.
Detaillierte bibliografische Daten sind im Internet
auf www.dnb.d-nb.de abrufbar.

MIX
Aus verantwortungsvollen Quellen
FSC® C114500
FSC
www.fsc.org

Das für dieses Buch
verwendete FSC®-zertifizierte Papier liefert
Arctic Paper Mochenwangen GmbH

1 2 3 4 5 E D C B A

Originalausgabe

Vermittelt durch die Literaturagentur connACT, Köln
Lektorat: Linda Borchert
Umschlaggestaltung: FAVORITBUERO, München,
unter Verwendung von Bildern von
© Aleshyn_Andrei / Shutterstock;
© Bruce Rolff / Shutterstock

Postfach 18 60, D-88188 Ravensburg
Printed in Germany
ISBN 978-3-473-40139-0

www.ravensburger.de

Für Hannah und Lore

ERSTER TEIL

Annas Blog

ZWEITER TEIL

DRITTER TEIL

Die blaue Blume

Ich suche die blaue Blume,
Ich suche und finde sie nie,
Mir träumt, dass in der Blume
Mein gutes Glück mir blüh.
Ich wandre mit meiner Harfe
Durch Länder, Städt und Au'n,
Ob nirgends in der Runde
Die blaue Blume zu schaun.
Ich wandre schon seit lange,
Hab lang gehofft, vertraut,
Doch ach, noch nirgends hab ich
Die blaue Blum geschaut.

Joseph von Eichendorff
(1818)

ERSTER TEIL

Annas Blog

13. Oktober – Zurück auf dem Dach

Seit ein paar Tagen funktioniert mein NetBoard wieder. In einem Trümmerhaus, grad die Straße runter, hab ich einen alten Festplattenchip gefunden und ausgetauscht.

Wir waren schon mal in dem Haus – Luki, Santje und ich. Damals haben wir ein altes Radio entdeckt, in dem noch funktionierende Batterien waren. Diesmal sind wir bis ganz nach oben geklettert. Und in einem Zimmer voller Schutt von der Decke, mit umgekippten Regalen und einem zertrümmerten Schreibtisch, schiebe ich Steine zur Seite, und, bloß von einem Brett geschützt, liegt da ein ziemlich altes, aber noch richtig gutes Board, als hätte es nur auf mich gewartet. Zu Hause hab ich's auseinandergebaut, und da ist er, der Chip.

Ewig hab ich nach so was gesucht. Platinsolar! Ich musste noch warten, bis wir wieder Strom hatten, damit ich mein Board aufladen konnte. Der Akku ist noch ziemlich gut. Wie riesig die früher waren!

Dann bin ich sofort rauf aufs Dach und hab ausprobiert, ob der Chip funktioniert und man nicht doch noch irgendwie online kommt.

Eigentlich ist es das Uralt-Board meines Vaters, aber es interessiert ihn nicht mehr. Er denkt ja, es sei kaputt. Und er weiß, dass ich dauernd an irgendwas rumbastle. Deswegen fragt er auch nicht nach.

Bei meinem Roll-Up hat sich die Bildschirmfolie gelöst, das kann man nicht mehr reparieren. Das Board ist alt, es ist sogar noch so eins zum Aufklappen. Noch nicht mal den Bildschirm kann man abnehmen. Ist nichts mit einfach aufrollen und in die Tasche stecken. Aber unter den Pullover bekomm ich's locker geschoben, ohne dass jemand was sieht.

Zwei Jahre lang konnte ich nicht schreiben und nicht ins Netz. Fühlt sich ein bisschen an wie nach Hause kommen. Ich kenn niemanden, der noch reinkommt. Würde allerdings auch niemand zugeben.

In der Wohnung kann ich's nicht tun. Meine Eltern dürfen auf keinen Fall erfahren, was ich mache. Die drehen durch, weil Ich Uns Noch Alle In Gefahr Bringe. Und außerdem würden sie dann wissen wollen, was in der Welt los ist. Alle wollen immer Infos. Wollen wissen, was vor sich geht.

Das Netz für unsere Smart-Eyes gibt es nicht mehr und damit sind sie eigentlich Schrott. Aber die Soldaten benutzen ihre Smart-Eyes, jedenfalls manche. Es heißt, sie haben ein eigenes Netz.

Das All-Net funktioniert noch. Nicht besonders stabil, aber es geht, bis jetzt jedenfalls. Es ist fast ein bisschen unheimlich. Ich hab's mir so gewünscht, aber auch gedacht, dass die Web-Polizei es einfach abgestellt hat.

Oder nutzen die das auch? Ich hab keine Ahnung. Viele Seiten sind nicht mehr zu erreichen oder gesperrt, und ich soll mich anmelden. Wie früher eben. Aber immerhin ist meine Lieblingsmangaseite noch da, auch wenn es dort nichts Neues gibt. Und mein Blog ist nicht beschlagnahmt! Die WePo kann eben doch nicht alles kontrollieren.

Ich hab den Blog von Anfang an auf einem ziemlich abseitigen Offshore-Server versteckt, und ich frage mich, wieso haben die wohl noch Strom? Aber es gibt ihn tatsächlich immer noch. Ich habe ein paar ZPL-Channels gekoppelt und benutze elite-proxy. So entwische ich dem WePo-Radar. Hoffe ich jedenfalls. Das Board ist manchmal ganz schön langsam dadurch. Aber ich kann schreiben (stellt euch vor: Ich tippe! Die Voice-Box ist kaputt), und vielleicht ist ja doch irgendwo irgendjemand, der das lesen kann. Und manchmal denke ich, wie es wohl wäre, wenn das hier jemand in hundert Jahren oder so liest. Und ich hoffe, dass dieser Jemand glücklich ist und satt und sagt: »Da bin ich aber froh, dass die dunkle Zeit vorbei ist und alle Menschen frei sind und genug zu essen haben.« Aber vielleicht ist in hundert Jahren auch überhaupt niemand mehr auf dieser Welt. Wenn Das So Weiter Geht ..., wie Frau Weber von unten immer sagt.

Wirklich niemandem hab ich erzählt, dass das Board repariert ist und ich wieder im Netz bin. Nicht mal Luki, meiner besten Freundin. Sind schon Menschen für weniger getötet worden. Viel weniger.

Von hier oben kann ich über ganz Berlin sehen. Es ist ruhig in der Stadt und es fallen nur noch selten Schüsse. Bis gestern dauerten die Aufstände. Vor einer Woche oder so ging es auf einmal wieder los. Wie ein Vulkan unter Druck, der plötzlich ausbricht. Aber nie ändert sich was. Alles wird immer nur schlimmer. Wir rennen von Ecke zu Ecke. Springen, so schnell es geht, über die Schuttberge. Immer wieder wird geschossen, auch wenn es gerade eine ruhige Zeit ist. Und meine Mutter Kommt Fast Um Vor Sorge, wenn ich aus dem Haus gehe.

Aber immerhin ist es auf dem Dach sicherer geworden. Als ich klein war, flogen jeden Tag Drohnen über die Stadt und Hubschrauber donnerten ganz dicht über die Häuser. Dann kamen die Luftangriffe. Das alles hat fast ganz aufgehört. Ob die keinen Treibstoff mehr haben? Für die Jeeps und Panzer gibt's jedenfalls noch genug.

Mein Vater ist nie mit auf der Straße, wenn gekämpft wird, weil er zu viel Angst hat.

Ich Weiß Nicht Ob Es Gut Ist Die Hand Zu Schlagen Die Uns Ernährt.

Ernährt? Meine Mutter ist nur noch ein Strich.

Wir Brauchen Nicht Noch Mehr Tote.

Wenn er nicht will, dass wir sterben, sollte er besser kämpfen, und nicht darauf hoffen, dass Stillhalten was ändert. Aber wir können froh sein, dass er bei uns ist. Sein rechtes Bein ist etwas kürzer als sein linkes und deswegen ist er als Soldat nicht zu gebrauchen.

Wir haben jetzt wohl so was wie eine Militärregierung, nur falls es jemand wissen möchte.

Es heißt, es würden Aufständische in den U-Bahn-Tunneln unter der Stadt leben und sich von Ratten und Asseln ernähren. Kann ich mir aber nicht vorstellen. Ratten. Ekelhaft. Asseln gehen ja noch. Ich möchte jedenfalls nicht nachschauen, ob da jemand ist.

Wie immer zum Ende des Sommers gibt es nur noch ganz wenig Wasser. Die Rationen werden immer kleiner. Aus den Leitungen kommt fast gar nichts mehr, und wenn, dann ist es eine warme braune Brühe, mit der man sich nicht mal waschen mag. Die Soldaten fahren Wasser mit Tanklastern heran und wir füllen unsere Kanister. Die Transporte sind schwer bewacht. Am Abend schreiben sie mit Lasern die Zeit an den Himmel und welche Sektion an der Reihe ist und natürlich die Versorgungsstelle. Und als Letztes AUSGANGSSPERRE BIS SONNENAUFGANG. Damit sich niemand mehr sofort anstellt. Meine Mutter ist zu schwach, um die Kanister zu tragen, also gehe ich mit meinem Vater, sobald es hell wird.

Wenn wir rausgehen, schauen wir als Erstes nach oben, wie früher, als die Drohnen noch flogen. Als ob sie jeden Moment wieder auftauchen könnten. Und andererseits natürlich, um zu schauen, ob etwas in den Himmel gelasert wird. Aber davor heulen eigentlich immer die Sirenen. Jedenfalls fast immer. Ein paarmal war es nicht so. Beinahe hätten wir da nicht mitbekommen, dass die Versorgungsstationen offen hatten. Mein Vater meinte dann, Das Machen Die Mit Absicht. Die Hungern Uns Aus.

Wenn er neben mir läuft, spüre ich, dass er Angst hat.

Angst um mich. Ich weiß, dass er am liebsten seinen Arm um mich legen und mich dicht an sich ziehen möchte, aber er lässt es dann doch, weil er weiß, dass ich nicht mehr wie ein Kleinkind behandelt werden will.

Erst letztens gab's wieder einen Tumult, als das Wasser ausging, bevor alle in der Schlange was bekommen hatten. Plötzlich wurde gedrängelt und geschubst. Neben mir stolperte ein alter Mann und fiel hin. Ich wollte ihm helfen, aber mein Vater zog mich weg. Dann hörten wir auch schon die ersten Schüsse. Und ich schrie und schrie und schrie die ganze Zeit: »Wir müssen ihm helfen!«, doch mein Vater packte mich an den Schultern und schüttelte mich, bis ich still war.

Wir schleppten die Kanister nach Hause. Schweigend. Ich hatte Watte in den Ohren und im Kopf. Am liebsten hätte ich auch noch die Augen geschlossen und mich ins Vergessen hinabsinken lassen, auf den weichen Sandboden eines tiefen, tiefen Meeres. Aber ich musste auf den Weg achten.

Es ist heiß, mein Hals ist staubtrocken, aber gleich geht die Sonne unter, dann wird es endlich kühler. Glutrot. Es sieht aus, als würden die zerbombten Häuser bluten. Zickzackig ragen Spitzen und Ecken in den Himmel. Wie ein Gebirge. Es gibt nicht mehr viele Häuser mit heilen Dächern. Wir haben eins. Früher konnte ich von hier aus den Fernsehturm sehen. Schade, dass der nicht mehr steht. Ich habe ihn irgendwie gemocht.

Eigentlich bin ich froh, wenn der Sommer vorbei ist.

Ich sehe schon aus wie ein roter, vertrockneter Einzeller. Aber nach dem Durst kommt meistens das Frieren. Was ist besser? Wird es ein milder oder ein eisiger Winter?

Eben hat mein Vater meine Mutter an den Schultern gepackt und gesagt: »Wir werden auch diesen Winter überleben, verstehst du? Wir werden nicht sterben. Keiner von uns.«

Sie hat nur dagestanden und nichts gesagt.

Alle fürchten sich vor der Kälte. Die Angst trippelt herum wie eine panische Maus, die weiß, dass überall Katzen lauern.

Das Board hat sich auf den 13. Oktober 2039 eingestellt. Ob das stimmt? Samstag. Da fällt mir meine Mutter ein. Immer redet sie von früher. Früher hat sie sich immer gefreut, wenn Wochenende war. Jetzt weiß man nicht mal mehr, was für ein Tag ist. Sie haben BRÖTCHEN geholt bei einem BÄCKER und ROSINENSCHNECKEN und überlegt, wohin sie einen AUSFLUG machen. Heute freut sie sich über nichts mehr. Früher, als es noch Arbeit gab, früher, als es noch grasgrünen Frühling gab und blätterbunten Herbst, früher, als es noch Frieden gab. Früher ist tot. Genauso wie morgen schon heute tot ist.

Ben (14. Oktober, 06:23)
du bist NICHT die einzige online. hast du keinen schiss, dass die wepo dich schnappt? einen meiner brüder haben sie abgeholt. der hat auch geschrieben, was er wollte. über den krieg und die soldaten und den hun-

ger. du kannst deinen blog sonstwo verstecken, du musst trotzdem höllisch aufpassen. irgendwann finden sie dich doch. und bis dahin benutz lieber die ARS-leitungen statt ZPL.
in hamburg haben wir auch einen fernsehturm. den hat mein bruder jeden tag angestarrt, als wär er eine rakete, die ihn wegbringen würde von diesem planeten. wir können ihn vom küchenfenster aus sehen. ich wünschte, unser fernsehturm wäre auch nicht mehr da.
anna klingt ziemlich altmodisch. heißt du wirklich so?

Anna (16. Oktober, 08:40)
Bist du finalbescheuert, oder was? Willst du mir Angst machen? Ich bin keine Maus! Ich schreib, was ich will. Außerdem ist Ben ja wohl auch nicht gerade modern. Wie hast du mich überhaupt gefunden? Sag's einfach, wenn du von der WePo bist!

Ben (18. Oktober, 12:01)
anna, hast du schöne haare?
Anna (18. Oktober, 12:07)
WePo oder nicht?
Ben (18. Oktober, 12:09)
wäre ich von der wepo, hätte ich dich schon längst verhaftet.
Anna (18. Oktober, 12:10)
Du müsstest erst mal rauskriegen, wo ich bin.
Ben (18. Oktober, 12:11)
hast du nun schöne haare?

Anna (18. Oktober, 12:12)

Flirtest du?

Ben (18. Oktober, 12:13)

so wie du schreibst, musst du einzigartig sein. natürlich flirte ich.

Anna (18. Oktober, 12:14)

Lass den Quatsch!

Ben (18. Oktober, 12:14)

niemals, anna! ich mag deinen namen.

Anna (18. Oktober, 12:15)

Du bist ganz schön frech.

Ben (18. Oktober, 12:15)

nur hier. eigentlich bin ich schüchtern.

Anna (18. Oktober, 12:16)

Glaub ich dir nicht. Wollen wir aufhören?

Ben (18. Oktober, 12:16)

warum?

Anna (18. Oktober, 12:17)

Mir ist kalt. Und es fängt an zu regnen.

Anna (20. Oktober, 10:40)

Ich würde auch gern wegfliegen. In ein anderes Universum. Ich stelle mir eine grüne Wiese vor, mit bunten Blumen und einem Baum in der Mitte. Ich lasse mich ins hohe, weiche Gras fallen. Die Sonne scheint mir ins Gesicht und kitzelt meine Sommersprossen. Es ist nie zu warm oder zu kalt. Ich greife in den Himmel und pflücke mir einen Apfel.

20. Oktober – Alltag

Ich hab versucht rauszukriegen, ob es irgendwo friedlicher ist als bei uns. Aber ich komme nirgendwo rein ohne Registrierung, und das mache ich natürlich nicht. Außerdem habe ich das Gefühl, dass ich auch nicht mehr erfahren würde, wenn ich mich irgendwo anmelde. Sie würden bloß sehen, wer ich bin und wo ich bin. Ich glaube, dass wir nicht wissen sollen, was wirklich in der Welt los ist. Damit wir uns nicht vernetzen, damit wir uns weiter gegenseitig misstrauen. Im All-Net genauso wie in der Stadt. Mein Vater sagt, die Militärregierung lenkt das alles mit der WePo zusammen. Ich weiß nicht, ob das stimmt. Jedenfalls bekommt niemand die Informationen, nach denen alle so gierig sind wie nach einem Stück echtem Brot.

Wenn ich nicht gerade meine schwarzen Gedanken habe, weiß ich, dass es uns eigentlich gut geht. Schließlich sind wir alle drei noch am Leben und wir sind nicht verletzt oder schlimm krank. Wir leben immer noch in unserer Wohnung – im vierten Stock. Oben ist es sicherer. Jedenfalls heutzutage. Früher, als es die ganzen Luftangriffe gab, haben wir uns im Keller versteckt.

Fragt mich nicht, wer wen zuerst angegriffen hat. Es fing mit der Europakrise an, glaube ich. Und dann war da die Sache mit Russland. Jedenfalls war es irgendwann zu gefährlich in den Wohnungen. Gegenüber wurde eine ganze Häuserzeile zerbombt, und ab da sind wir in den

Keller gegangen, wenn es Fliegeralarm gab. Einschusslöcher haben wir natürlich überall in der Fassade, wie alle eben. Und ein paar in den Zimmern. Aber unser Haus steht zum Glück noch.

So richtig erinnern kann ich mich nicht mehr an die Zeit mit den Bomben. Nur daran, dass es meistens dunkel war im Keller und mein Roll-up noch funktioniert hat. Das hat geholfen gegen die Angst. Ich hab stundenlang online gespielt.

Ich war noch klein, als Europa zurück angegriffen wurde. Mein Vater sagt *Die Schlimmen Ressourcenkriege* dazu. Jetzt haben wir *Die Schlimmen Bürgerkriege* und *Die Schlimme Militärregierung.*

Und meine Mutter sagt immer: Wenn Wir Uns Nur Rechtzeitig Besonnen Hätten. Wir Hätten Verzichten Und Füreinander Einstehen Müssen. Wir Hätten Wir Hätten ...

Tja, für hätten ist es zu spät. Jetzt haben wir den Salat.

Am Anfang funktionierte unser Fernseher noch. Er lief die ganze Zeit. Meine Eltern saßen oft davor. Daran kann ich mich noch genau erinnern. In den ersten Tagen haben sie sich alle Nachrichtensendungen angeschaut, ALLE. Meine Mutter mit den Händen vorm Mund. Mein Vater schüttelte den Kopf und legte seine Arme um mich und meine Mutter. Sie saß ganz steif da, sah nur den gelben und grauen Flecken zu, die über den Schirm sausten. Dazu krachte es schrecklich. Ich versteckte mich unter der warmen Strickjacke meines Vaters und hielt mir die Ohren zu.

Nachts wurde ich manchmal wach und schlich zur Wohnzimmertür. Wenn mein Vater mich entdeckte, sagte er: »Geh wieder ins Bett, bitte. Das ist nichts für dich.« Aber er machte nichts, er ließ mich in der Tür stehen und hatte mich im nächsten Moment schon vergessen.

Meine Eltern waren wie hypnotisiert von dem, was auf dem Bildschirm passierte. Beim Frühstück redeten sie nur vom Krieg. Immer wieder dasselbe. Sollen Wir Das Land Verlassen? Ja Aber Wohin? Und Womit? Vielleicht Wird Es Ja Gar Nicht So Schlimm. Die Nachbarn kamen rüber und sie redeten noch mehr.

Viele Sendungen gab es als Hologramm. Dann hingen Panzer und Flugzeuge mitten in unserem Wohnzimmer. Meine Eltern waren weiß wie die Wände und ich hab mir wie immer die Ohren zugehalten. Wenn es zu schlimm wurde, habe ich auf meinen Vater gehört und bin ins Bett gegangen.

Und dann passierte es. Ich erinnere mich noch an den Schmerz. Danach habe ich mich für ein Jahr unter vier Bettdecken verkrochen – sagt mein Vater. Ich weiß noch, wie es sich anfühlte, aber nicht, wie lange ich einfach nur dagelegen habe. Bestimmt bin ich zwischendurch aufgestanden. Ich erinnere mich, dass ich im Krankenhaus war. Alles weiß, alle in Hektik. Und ich weiß noch, dass es da auch mit der Schule aufhörte.

Ich war wie eine Raupe im Kokon, und als ich wieder aus dem Bett gekrochen bin, war ich erwachsen – sagt mein Vater. Aber das stimmt so nicht. Nur etwas in mir war anders.

Ich glaube, meine Mutter ist auch ins Bett gekrochen damals, im übertragenen Sinn. Aber sie ist nie mehr rausgekommen. Ich habe nicht mehr das Gefühl, dass ich wirklich eine Mutter habe.

Bis auf die große Balkontür sind alle Fenster im Wohnzimmer, im Arbeitszimmer und in meinem Zimmer kaputt. Im Sommer ist das gar nicht schlecht, so haben wir viel frische Luft. Die Fenster im Schlafzimmer sind okay. Die verbarrikadieren wir, wenn die Kälte kommt. Das ist unser Winterzimmer. Die Wände haben wir gepolstert - mit allem, was wir finden konnten. Decken, Lumpen, Zeitungen, Dämmmaterial aus anderen Wohnungen. Als Letztes hat mein Vater Holzlatten davorgenagelt.

Alle, die ich kenne, haben so ein Zimmer, das ausgestopft ist. Weil so viele gestorben sind oder geflohen, ist genug Zeug da. Matratzen, Bettwäsche, alles. Früher gab es auch noch genug Kerzen und Batterien. Wir haben sogar einen kleinen Ofen, in dem wir Holz verbrennen können, wenn wir mal welches auftreiben können. Türen aus verlassenen Häusern, Schränke, Regale. Aber davon ist kaum noch was da.

Luki hat es nicht so gut. In ihrem Zimmer ist ein Loch in der Decke und sie haben nur eine Plane druntergehängt. Ihre Eltern wollen nicht umziehen, weil sie schon immer dort gewohnt haben. Ich bin froh, dass sie bleiben, sie leben nur eine Straße weiter. Luki und ich treffen uns jeden Tag, außer wenn es Ausgangssperre gibt.

In eisigen Wintern sehe ich immer aus wie eine Mumie,

in tausend Schichten eingewickelt. Und wir schlafen zu dritt im großen Bett, damit es wärmer ist, aber wir wachen meistens trotzdem ganz früh auf, weil wir aneinanderklappern wie Eiswürfel.

Manchmal machen wir es uns gemütlich. Wir haben eine letzte dicke Kerze und noch zwei Päckchen Streichhölzer. Meine Mutter macht Feuer, wenn wir was zum Heizen finden. Und dann liest mein Vater uns vor. Das sind meine schönsten Abende. Wir haben auch eine Taschenlampe, die ich gefunden habe. Sie lädt sich auf, wenn man an einer Kurbel dreht, aber das kann man nur ungefähr 500 Mal machen – stand auf der Verpackung. Wir führen eine Strichliste. 459 Mal sind schon verkurbelt. Am Anfang haben wir sie ständig benutzt – wir konnten schließlich nicht wissen, wie lange die Kämpfe andauern würden. Jetzt fühlt es sich an, als würden sie ewig weitergehen.

Zuerst War Es Ein Krieg Von Staaten Gegen Staaten, sagt mein Vater. Jetzt Ist Es Ein Bürgerkrieg. Und es klingt so bitter wie Seifenlauge schmeckt.

Für mich ist Krieg Krieg. Wo ist der Unterschied?

Wenn es Strom gibt, haben wir in zwei Räumen sogar Licht. Der alte Elektroherd funktioniert dann auch – den haben wir von den Degenhardts unter uns hochgeschleppt, nachdem sie monatelang nicht mehr nach Hause gekommen sind. Nach all den Gehen-Oder-Bleiben-Diskussionen in unserer Küche sind sie wirklich gegangen. Zu Fuß. Gut für uns, dass sie noch so ein Uralt-Teil hatten. Unsere Geräte funktionierten nämlich alle nur über Smart-Eye.

Wir haben seitdem nichts mehr von den Degenhardts gehört. Von niemandem, der gegangen ist. Das fand ich früher so unheimlich - Menschen, die wir kannten, verschwanden einfach. Jetzt habe ich mich daran gewöhnt. Ich war froh, dass wir geblieben sind, weil ich dachte, wir würden sonst auch verschwinden. Aufgesaugt werden von einem großen Nichts, das für mich direkt hinter der Stadt begann.

Wenn es Strom gibt, funktioniert auch die Wandheizung, weil das Wasser in den Leitungen voll Frostschutzmittel ist. Man darf es nicht trinken, egal wie durstig man ist. Sind schon Leute dran gestorben.

Wenn es Strom gibt, ist alles irgendwie friedlicher. Nachts sieht es vom Dach so aus, als wären die Sterne vom Himmel in die Stadt gefallen. Überall leuchten helle Punkte im Häusermeer.

Und dann ist da die Fabrik. Mein Vater sagt, da sitzt das ganze Übel. Die Schornsteine rauchen. Von dort kommt auch das Militär. Es ist das Hauptquartier.

Meine Eltern sind den ganzen Tag damit beschäftigt, die Wohnung instand zu halten, damit nicht alles noch weiter verfällt. Mein Vater versucht, Sachen zu organisieren, die wir für die Wohnung brauchen können, und welche zum Tauschen. Aber ich bin darin viel besser als er.

Meine Mutter geht fast gar nicht mehr raus. Sie kann die Stadt nicht aushalten, all die Soldaten und die Kämpfe. Für sie ist das alles fremd. Sie sieht nicht den ganzen Spaß, den man haben kann. Wir müssen natürlich vorsichtig sein. Aber Luki und ich gehen überall rein, kennen

Verstecke und Keller und Nischen, den Tauschring an der Oranienburger. Man muss aber aufpassen, der ist illegal. Mein Vater geht nie dahin. Ich überlege, ob ich einfach die Taschenlampe eintauschen soll. Es gibt dort neuerdings manchmal Fleisch. Echtes Fleisch. Und Brühwürfel. Wenn wir wieder Gas für den kleinen Kocher haben, könnten wir eine echte Suppe kochen. Nicht nur heißes Wasser trinken.

Für das Wasser bin ich zuständig. Auf dem Dach haben wir Wassertonnen. Mit zwei Eimern trage ich es in die Wohnung. Meine Eltern sind fast nie hier oben. Das Dach gehört mir allein. Mit dem gesammelten Regenwasser waschen wir uns oder spülen die Toilette. Wenn lange kein Wasser mehr ausgegeben wurde, trinken wir es auch. Aber meine Mutter hat Angst, dass wir davon krank werden, obwohl wir Tabletten reinwerfen, die die Bakterien im Wasser abtöten.

Ben (22. Oktober, 13:22)
ich habe einen alten armeemantel, den wollte ich gegen 1 kilo gebackene heuschrecken tauschen. aber ich hatte so ein gefühl, das mir gesagt hat: tu es nicht. jetzt bin ich froh, dass ich den mantel noch habe, die heuschrecken wären längst aufgegessen. man kann auch mit dem dauerbrot überleben. ich hatte nur solche lust auf einen anderen geschmack. es ist jetzt schon so verdammt kalt. ich glaube, es wird ein schlimmer winter.
astronaut wär übrigens ein übelst genialer beruf. mit überlichtgeschwindigkeit durchs all fliegen, galaxien

durchstreifen, sterne antippen und zwischendurch mal einen planeten vorm untergang bewahren, und dann ab durch ein wurmloch in ein anderes universum. meinen bruder wiederfinden. ich möchte ein held sein und am besten gleich die ganze welt retten.
anna, soll ich dich retten?

Ben (27. Oktober, 12:00)
anna?

Anna (28. Oktober, 00:01)
Ich hatte so Schiss die letzten Tage. Die ganze Zeit gab's Strom. Aber als ich schreiben wollte, war alles irgendwie verlangsamt. Jeder Buchstabe war schwer, als hinge ein dickes Stück Blei am Cursor. Ich war auch noch mal auf meiner Mangaseite, da genauso. Als ob mir jemand folgt, an mir dran klebt wie die Fliegen an den Leichen. Ich hatte so ein Kribbeln in den Fingern. Nachts habe ich wach gelegen, und bei jedem Pieps dachte ich, sie kommen – die WePo kommt.
Ich mag nicht mehr darüber nachdenken. Erzähl mir lieber was aus Hamburg.

Ben (30. Oktober, 23:00)
ich kenn die wepo. es ist zu gefährlich zu bloggen. die kriegen dich, wenn du so weitermachst. du bist viel zu lange online. ich würde dir alles erzählen, wenn wir uns sehen könnten. aber nicht so.
vielleicht treffen wir uns ja mal.

Anna (2. November, 08:00)

Klar, du steigst in ein Air-Shuttle und fliegst nach Berlin. Oder hast du vielleicht ein Auto und eine Wasserstofftankstelle?

Woher soll ich wissen, dass du nicht doch von der WePo bist?

Ben (8. November, 23:01)

dafür bin ich viel zu nett.

13. November – Die Kälte ist da

Die WePo ist nicht gekommen. Aber der Winter. Meine Finger sind ganz steif. Ich glaube nicht, dass es jemals so kalt war. Letzten Winter gab es viel Schnee. Dieses Jahr gefriert bald die Luft, so kalt ist es. Selbst den Schneeflocken ist es hier unten zu eisig.

Ich hocke in einer Ecke auf dem Dach auf meinem dicken Kissen. Es ist ausgeblichen von der Sonne und grau vom Staub, nur noch die Nähte sind blau. Im Sommer ist das hier mein Lieblingsplatz, unter den Solarmodulen. Die funktionieren natürlich schon lange nicht mehr, aber sie spenden Schatten.

Das Kissen ist steinhart gefroren, und mein Hintern wird kalt, obwohl ich eine Strumpfhose, zwei lange Hosen, zwei Wollröcke und den grauen Wollmantel anhabe und darunter einen dünnen und zwei dicke Pullover. Ich habe Handschuhe mit abgeschnittenen Kuppen – ist besser, um Dinge zu packen, und zum Tippen. Auf dem Kopf trage ich eine Mütze mit echtem Fell, mit Ohrenklappen und vielen kleinen Mottenlöchern. Ich kann mich kaum bewegen. Meine Füße hab ich mit Zeitungspapier und Stoff umwickelt. Sie stecken in Schuhen Größe 43, auch mit echtem Fell. Trotzdem fühlen sich meine beiden kleinen Zehen an, als steckten Tausende kleine Nadeln drin. Ich geh gleich zurück in die Wohnung und wärme sie auf. Die Heizung funktioniert gerade. Trotzdem komme ich hier hoch zum Schreiben.

In der Wohnung geh ich immer noch nicht ins Netz. Meine Eltern sind Mäuse.

Wollte ich wirklich, dass der Sommer endlich vorbei ist? Ich hatte solchen Durst. Warum gibt es nur noch eiskalt und glühend heiß? Obwohl, das stimmt ja nicht ganz. Es gibt auch die warmen Winter. Aber die sind auch schlimm, wenn es wochenlang nicht regnet und die Stadt von einem grauen Himmel zugedeckt wird, der ausgetrocknet aussieht wie Dauerbrot.

16. November – Schnee

Gestern Nacht hat es geschneit, dicke weiße Flocken, aber nun ist all der schöne Schnee in unserer Straße von den Panzern zerdrückt worden und an den Straßenrändern zu hässlichen grauschwarzen Haufen gefroren. Die passen perfekt zu den hässlichen grauschwarzen Häusern. Die Soldaten haben Gaskartuschen ausgegeben. Jetzt können wir Eis schmelzen.

Ich habe unsere Wassertonnen umgekippt, als sie ganz voll waren und das Wasser noch flüssig, denn wenn sie durchfrieren, haben wir bis zum Sommer nichts davon. Nun ist das Dach eine einzige eisige Fläche und ich kann leicht mit einem Spaten Stücke rausbrechen. Es gibt nichts Besseres als eine Tasse heißes Wasser im Winter. Und darin ein paar Tropfen Kondensmilch.

Ich gehe fast jeden Tag Eis ernten und schaue, ob ich ins Netz komme. Wenn ich das Board nicht benutze, wickle ich es in ein dickes Stück Filz und schiebe es in die Polsterung der Winterzimmerwände, damit es nicht einfriert. Es ist leicht, das Versteck vor meinen Eltern geheim zu halten. Sie sind meistens so mit sich selbst beschäftigt, dass sie mich gar nicht beachten. Nur wenn ich in die Stadt will, ist meine Mutter auf einmal hellwach und gibt mir alle möglichen unsinnigen Anweisungen. Pass Auf Die Soldaten Auf. Halte Abstand. Tu Nichts Unrechtes.

Ich weiß, dass sie sich Sorgen macht, wenn ich unterwegs bin. Noch schlimmer ist es für sie, wenn ich mit meinem Vater zusammen weggehe. Ich glaube, sie macht dann nichts, außer sich aufs Bett zu setzen und auf uns zu warten.

Die Menschen streifen durch die Straßen und suchen etwas Brennbares, etwas Warmes zum Anziehen, etwas Essbares. Alle sehen grau aus. Die ganze Stadt sieht grau aus. Als wäre das Leben ein Schwarz-Weiß-Film.

Luki und ich haben schon den ersten Kältetoten des Winters gesehen. Zusammengekrümmt an der Gedächtniskirche hat er gelegen. »Guck nicht hin, das bringt Unglück«, hat Luki gesagt und mich weitergezogen. Was totaler Unsinn ist, bei der Menge an Toten, die wir schon gesehen haben. So viel Unglück würde in ein einzelnes Menschenleben überhaupt nicht reinpassen. Wenn uns nicht eine Kugel oder eine Granate umbringt, dann der Hunger oder irgendeine Krankheit. Ich weiß, dass ich nicht lange leben werde. Aber obwohl ich schon viele gesehen habe, die gestorben sind, kann ich mir nicht vorstellen, wie es ist.

Die Soldaten sind ruhig, die Panzer rollen langsam durch die Straßen. Wie behäbige Tiere kriechen sie über die Schuttberge. Wir hatten immer genug Zeit auszuweichen. Luki, Santje und ich waren nämlich mal wieder auf einem Streifzug. Eine Dose Erbsen haben wir ausgegraben nach fünftausend Stunden. Es wird immer schwerer, gute Sachen zu finden. Die Stimmung in der Stadt ist angespannt. Die Luft fühlt sich dick an wie Schlamm.

Die dünnste Mutter sollte die Dose bekommen. Also meine. Aber dann hat Luki gesagt: »Komm schon, wir tun's einfach. Weiß doch niemand, dass wir sie haben.«

Ich hasse sie dafür. Ich hasse mich dafür. Es hat so elendig gut geschmeckt.

Wenn die Welt voller Lügen und Misstrauen ist, was kann dann noch wahr sein?

Ben (16. November, 23:12)
ich komm zu dir. ich möchte dein held sein.

Anna (16. November, 23:14)
Du *bist* finalbescheuert!

Anna (17. November, 08:12)
Das ist doch Schwachsinn, wir kennen uns nicht. Was willst du denn hier? Und wie weit ist es eigentlich von Hamburg nach Berlin? Ich finde es total seltsam, dass du nichts von dir erzählst und dann einfach kommen willst. Wie ist es in Hamburg?

Ben (20. November, 17:00)
300 kilometer. vier bis fünf tagesmärsche, denke ich. und wie es hier ist, erzähle ich, wenn wir uns sehen. ich habe keine angst, aber wegen der wepo bin ich eben vorsichtig. ich bring dir auch was mit. ich weiß, wie sterne schmecken.

Anna (20. November, 19:11)
Ich will nicht immer aufpassen müssen, was ich sage. Meinen Mäuse-Eltern kann ich gar nichts erzählen. Nur Luki vertrau ich alles an. Na ja, bis auf die Sache mit dem Board.

Ben (20. November, 20:00)
und die sache mit dem blog und mir.

Anna (24. November, 20:10)
Es ist doch gar nichts mit dir.
Wieso treffen wir uns nicht woanders? Was ist denn mit Teenspirit? Da kommt man rein.

Ben (25. November, 19:30)
teenspirit wird mitgelesen, das weiß doch jeder. da kann ich gleich bei der wepo anklopfen und guten tag sagen, nehmen sie mich doch bitte fest.
Anna (25. November, 19:45)
Das ist doch Quatsch.
Ben (25. November, 19:46)
du bist online! heute ist mein glückstag!
Anna (25. November, 19:46)
Ich find's auch schön, dass du da bist.
Ben (25. November, 19:47)
flirtest du etwa?
Anna (25. November, 19:48)
Nein.
Ben (25. November, 19:48)
ich glaub doch.
Anna (25. November, 19:49)
Mach ich nicht!
Und was ist mit Chatty?
Oder Speeches?
Wir könnten bubbeln.

Ben (25. November, 19:50)
vergiss es. ich habe keine lust, von der wepo aufgespürt zu werden. die sind eh schon scharf auf mich. ein scan und die stehen bei mir vor der tür. du kannst deinen blog vielleicht verstecken, aber den rest sicher nicht. und wer weiß, wie lange noch. aber anna? ich möchte dich unbedingt sehen.
Anna (25. November, 19:53)
Hör auf, mir immer Angst zu machen!
Ich muss los. Mein Vater ruft.

Anna (26. November, 09:02)
Warum ist die WePo scharf auf dich?

Ben (27. November, 02:13)
weil ich gut bin. die würden mich sofort nehmen.

Anna (28. November, 10:23)
Angeber. Du warst aber lange wach gestern. Was machst du nachts?

Anna (28. November, 17:21)
Warum findet niemand anders meinen Blog? Warum nur du?

Ben (29. November, 00:34)
ich gebe nicht an. ich bin einfach gut darin, alles mögliche zu finden. im netz und in der stadt. meine mutter hat immer gesagt, ich hätte einen guten instinkt. ich

treibe auch noch die letzte dose mit essen auf der welt auf. und ich kenne mich ziemlich gut mit computern aus. die wepo würde mich wirklich sofort nehmen. ich bin besser als die meisten da.
mein instinkt sagt mir jetzt, dass es gut wäre, dich zu sehen. du bist bestimmt wunderschön.

31. Dezember 2039 – Silvester

Ich bin froh, dass ich die Taschenlampe nicht eingetauscht habe. Licht ist unendlich viel wichtiger als Fleisch. Einmal Fleisch essen würde meine Mutter auch nicht kräftiger machen, oder? Das sage ich jetzt, denn gestern gab es zu essen. Dauerbrot, natürlich.

Es wird gar nicht mehr richtig hell. Ich mag die Dunkelheit nicht. An schlechten Tagen denke ich, sie kriecht in mich hinein.

Und die Drohnen kann ich auch nicht mehr ertragen. In den letzten Tagen sind sie immer wieder über die Stadt geflogen – wie früher. Und Hubschrauber sind über uns hinweggedonnert. Das Ganze macht mir Angst. Fängt jetzt wieder alles von vorn an?

Meine Eltern meinen, die wollen uns einschüchtern. Die wollen nicht schon wieder einen Aufstand. Es gab nämlich lange nicht genug zu essen. Also, genug ist es nie, aber drei Stück Dauerbrot müssen es schon sein am Tag für jeden. Wir hatten zum Schluss nur noch einen Haufen Krümel in der Tüte. Die musste alle meine Mutter essen. Wir haben sie fast gezwungen. Mein Vater und ich sind im Vergleich zu ihr noch richtig dick. Jeden Abend haben wir zum Himmel geschaut. Aber dort stand nie ESSENSAUSGABE, sondern immer nur AUSGANGSSPERRE.

Meiner Mutter wachsen viele kleine Haare auf dem Kinn und über den Lippen. Ein ganz dichter, dunkler Flaum. Ich wollte wissen, ob alle Frauen irgendwann einen Bart bekommen. Ich hab mir gar nicht groß was dabei gedacht. Lukis Mutter hat schließlich auch einen. Meine Mutter hat mich zuerst völlig verständnislos angesehen und sich dann die Hand vor den Mund geschlagen. Aber mein Vater sagte: »Das ist der Hunger.« Mit seiner Seifenlaugenstimme.

Wir haben hin und her überlegt. Ob wir nicht doch die Taschenlampe eintauschen sollen. Oder die Holzbretter, die mein Vater aufgetrieben hat. Wir wollten sie eigentlich aufbewahren, für einen extrakalten Tag.

Wir hatten kaum noch genug Gas, um ein bisschen Wasser heiß zu machen. Also haben wir ein paar Eiszapfen abgebrochen und an ihnen geleckt. Das stillt ein wenig den Durst. Doch dann, vorgestern Abend, heulten die Sirenen, und am Himmel stand, dass es in allen Sektionen am nächsten Tag Suppe, Brot und Gas geben würde. Und Wasser.

Mein Vater und ich waren im Morgengrauen draußen, wie alle anderen auch. Manchmal frage ich mich, was passieren würde, wenn die Soldaten jetzt schießen würden. Komische, dunkle Gedanken.

Die Suppe für meine Mutter haben wir in einen Topf füllen lassen. Wir haben einen Berechtigungschip für drei Personen. Es gab Maikäferbouillon und dazu ein ECHTES STÜCK WEISSBROT!

Am Nachmittag hatten wir deswegen mal wieder die Hunger-Diskussion. Wir saßen im Bett und spielten Rommé.

Mein Vater sagte wie aus dem Nichts: »Die Soldaten hungern uns aus. Es gibt genug zu essen, sie geben es uns bloß nicht.«

»Versteh ich nicht«, sagte ich. »Warum sollten sie das tun? Wenn wir alle sterben, ist niemand mehr da, über den sie bestimmen können.«

Meine Mutter meinte, dass es darum nicht ginge. Aber sie sagte auch nicht, worum es denn sonst ginge. Dafür fing sie wieder mit der alten Leier an: Es Ist Alles Nur Ein Verteilungsproblem.

Und mein Vater stimmte ein: »Als wir jung waren, gab es 900 Millionen Menschen, die gehungert haben. Dabei hätte es leicht für alle gereicht. Es war nur ein Verteilungsproblem.«

»Dann ist ja alles optimal gelaufen«, sagte ich. »Es hungern mittlerweile sicher viel weniger Menschen. Gut, die anderen sind halt tot.«

Wenn ich dann noch sage: »Vielen Dank für diese tolle Welt. Da habt ihr wirklich ganze Arbeit geleistet!«, eskaliert die Diskussion immer.

Gestern hab ich aber den Mund gehalten. Irgendwie hatte ich keine Lust auf Streit.

Es war kalt, wir legten uns hin und wickelten uns fest in unsere Decken ein. Aber anstatt zu schlafen, vielleicht weil sie doch ein schlechtes Gewissen hatten, dass wir wegen ihnen in der Scheiße sitzen, erzählten meine Eltern in die Dunkelheit hinein vom Alten Ägypten, von Karthago und dem Heiligen Römischen Reich.

»Kulturen kommen und gehen«, sagte mein Vater.

»Vielleicht ist die Zeit für den Untergang der westlichen Zivilisation gekommen.«

Na, vielen Dank für die aufbauende Ansprache.

Es gab so lange keinen Strom. Mittlerweile habe ich mich wieder an den Winter gewöhnt und daran, dass wir alle anfangen zu müffeln. Wenn es so kalt ist, mag ich mich nicht ganz ausziehen und waschen, obwohl wir noch Dutzende Seifenstücke haben. Schade, dass man Seife nicht essen kann.

Mit den Klamotten müssen wir erst gar nicht anfangen, die würden sowieso nie wieder trocken. Vor dem Winter versuchen wir immer, all unsere Sachen zu waschen und in Ordnung zu bringen. Aber irgendwann riechen wir eben doch.

Schüsse knattern wie Feuerwerk zum Neuen Jahr direkt in unserer Straße. Ich wünsche mir, dass es mehr zu essen gibt, dass es regelmäßig etwas zu essen gibt. Der Hunger kneift in meinen Bauch. Die Suppe hat nicht lange vorgehalten.

Luki, Santje und ich sind jeden Tag unterwegs, um etwas zu essen aufzutreiben. Meine Eltern sind seit Neuestem wieder oft bei den Nachbarn im Haus nebenan, oder die Nachbarn kommen zu uns und besprechen, was zu tun ist. Wie sie die Lage verbessern können. Aber bis jetzt ist ihnen nichts eingefallen. Immer mal wieder reden sie von einer Widerstandsbewegung. Doch sie wissen nicht mal genau, wo sie die Leute dafür finden sollen.

Außerdem, sagt mein Vater, würde er meine Mutter und mich damit gefährden. Wer erwischt wird, wird erschossen. Und zwei Frauen allein, das sei schlecht.

Vielleicht hat er Recht. Aber manchmal denke ich, er redet sich nur raus. Er müsste mehr tun. *Wir* müssten mehr tun. Nicht nur reden.

Ben (3. Januar, 22:00)
wenn du willst, bring ich von meinem dauerbrot was mit, wenn ich komme. ich habe ein paar vorräte, sogar eine große tüte getrocknete maikäfer. pass auf, was du schreibst. wirklich. bitte, anna. ich will nicht, dass sie dich kriegen. ich möchte deine haare sehen. glänzen die, wenn die sonne scheint? morgen um 12 online ... wenn es strom gibt?

Anna (4. Januar, 12:01)
Ich kann selbst für mich sorgen.
Ben (4. Januar, 12:02)
na gut, anna-ich-brauch-niemanden. und übrigens: wahr sind sehnsucht und freundschaft.
Anna (4. Januar, 12:03)
Sehnsucht nach Haaren? Wer bist du überhaupt, Ben Breitmaulfrosch?
Ben (4. Januar, 12:03)
das kompliment geb ich zurück, anna skorpion. ich höre jemanden im treppenhaus. ich gehe besser offline.

Ben (10. Januar, 00:05)
wo bist du, anna?

Ben (20. Januar, 14:08)
ist was passiert? antworte bitte! hoffentlich bist du nicht erfroren. es ist so kalt.

Anna (1. Februar, 08:50)
Ja, es ist kalt. Bin immer noch hier.

1. Februar 2040 – Das Gerücht

Der Winter hat die Stadt fest im Griff, die Straßen sind komplett vereist. Alle reden nur noch von der Großen Kälte. Wir warten schon wieder auf Dauerbrot, die Lieferungen bleiben immer öfter aus. Dafür gab es häufig Strom und das Winterzimmer ist ziemlich warm. Aber ich kam nicht ins Netz. Außerdem ist es draußen viel zu kalt, und es liegt eine Spannung in der Luft, als hätte jemand ein Gummiband zu straff gezogen. Es könnte bald reißen, und dann geht's wieder los mit den Aufständen. Mal schießen die Soldaten auf uns, mal geben sie uns Brot. Nichts ist sicher. Die Drohnen fliegen.

Manchmal glaube ich, dass das alles Absicht ist. Als wäre es genau gesteuert, wann wir Strom haben, wann es Dauerbrot gibt und wann, wie vor drei Tagen, auf einmal Maikäfersuppe ausgegeben wird, damit die Leute was Warmes im Bauch haben. Als ob irgendein Gott darüber bestimmt, wer was bekommt, und sogar, wer wann stirbt. Aber das ist natürlich Unsinn. Es ist kein Gott, der über uns herrscht, es ist das Militär.

Schon seit ein paar Wochen gibt es ein Gerücht. Es treibt sich in den Ecken der Stadt herum wie eine Katze, die man, so oft man will, verjagen kann, und die sich doch immer wieder anschleicht: Man Isst Jetzt Menschen. Wer an Schwäche stirbt, wird zu Buletten verarbeitet, zu Brot und Fett. Und zack, ohne es zu merken, hast du vielleicht gerade ein Stück von deiner Oma verputzt. Was natürlich finalbescheuert ist. Das glaubt ja kein Mensch.

Aber nun gibt es was Neues und darum muss ich endlich wieder schreiben. Meine Eltern haben nämlich eine Idee, wie wir uns davor retten können, unsere Oma zu essen, wenn wir denn überhaupt noch eine hätten. Jeden Morgen sagen sie: Wir Ziehen Aufs Land!

Hallo? Aufs Land? Haben die mal nachgedacht? Da ist doch keiner! Nichts ist da.

Mein Vater nervt mich in letzter Zeit so richtig. Seit wir wegen der Kälte so viel drinnen sind, muss ich noch viel mehr lernen.

Er gibt mir immer wieder neue Sachen zu lesen. Er sagt: »Wenn wir keine Kultur mehr haben, dann werden wir endgültig zu Tieren. Gedichte halten uns genauso am Leben wie Dauerbrot.«

Das ist natürlich Quatsch. Obwohl das Zeug, das er mir gibt, schon echt abgedreht ist. Ururalte Hefte von Eichendorff und Schlegel - das sind so Naturversteher. Und er stellt mir schräge Aufgaben. »Wir brauchen Zukunftsvisionen! Denk dir aus, in was für einer Welt du gerne leben möchtest.«

Weiß *ich* doch nicht! Ich finde die Welt ganz okay, wie sie ist. Ich habe meine Freundinnen. Wir wissen, wie wir uns durchschlagen und wo wir Sachen besorgen können.

Luki und ich nehmen meistens Santje mit, unsere kleine Schwester. Wir sagen *unsere Schwester,* obwohl sie es natürlich nicht ist. Wir haben sie sozusagen gefunden. Wir versuchen, auf sie aufzupassen, so gut es geht. Aber manchmal läuft sie einfach weg. Ich weiß nie, was in ihrem Kopf vorgeht.

Sie ist etwas jünger als wir und sie ist nicht besonders helle. Obwohl das auch nicht ganz stimmt. Es ist nur so, dass sie fast gar nicht redet. Wir sind uns nie sicher, was sie versteht und was nicht. Als ob sie sich aus dieser Welt verabschiedet hat und nun in einer anderen Dimension lebt.

Aber sie kann etwas, das sonst niemand kann, den ich kenne. Sie spielt Flöte - so intergalaktisch schön, dass man beinahe weinen muss. Als alles anfing und der Krieg noch ganz frisch war, saß sie mitten auf der Straße. Vor ihr lag eine tote alte Frau. Und Santje spielte ganz leise Flöte für sie.

Wir haben sie mitgenommen und seitdem wohnt sie in unserem Versteck. Von dort holen wir sie immer ab. Wir versorgen sie, sie braucht ja nicht viel, und wir sind so oft wie möglich bei ihr. Wir haben es ihr schön gemacht, glaube ich. Und wir haben sogar eine Waffe besorgt, um sie und uns zu schützen. Also, besorgt heißt: Da war diese Frau, sie ist auf der Straße zusammengebrochen, direkt vor uns. Wir sind gleich hin, aber wir konnten nichts machen. Sie ist einfach gestorben. Luki hat ihren Kopf gehalten. Kein Mensch war in der Nähe. Ich habe in ihre Taschen geschaut und da war sie. Luki fasst keine Waffen an. Also hab ich sie nun immer bei mir, wenn ich rausgehe. Und wenn nicht, verstecke ich sie im Winterzimmer. Wenn meine Eltern das wüssten ...

Gestern sind wir vor bis zum Alexanderplatz. Der Fernsehturm ragt wie ein abgebrochener Zahnstocher zwischen den Trümmern auf. Die Kugel war mal ein Restaurant. Jetzt liegt sie auf dem Boden, das Glas zersplittert. Viele von den Stühlen liegen noch rum, nur die Tische sind alle zu Brennholz geworden.

Wir sind auch mal wieder ins Alexa. Irgendwie finden wir da doch immer noch was. Diesmal haben wir unter einem umgekippten Regal bei H&M ein Paar Strümpfe hervorgezogen, hübsch blau und weiß gestreift. Die kriegt Santje.

Ohne mich würden meine Eltern nie was Richtiges zwischen die Zähne bekommen. Ich habe ihnen gesagt: »Ihr könnt meinetwegen aufs Land ziehen, aber ich bleib hier. Ich komm schon durch.«

Ben (8. Februar, 12:01)
mensch, anna, bin ich froh, dass dir nichts passiert ist. vielleicht ist es auf dem land gar nicht schlecht. aber natürlich nicht mit eltern.

Ben (10. Februar, 11:59)
ach, und eichendorff kenn ich auch. und andere. abgefahrenes zeug. meine mutter ist lehrerin. *war* lehrerin. sie ist schon länger tot. und mein kleiner bruder wurde abgeholt. es gibt nur noch mich und meinen großen bruder, und der hat nur eins im kopf: hass. hass auf alles. meld dich. bei strom bin ich immer um 12 online.

Anna (11. Februar, 12:14)
Warum?

Ben (11. Februar, 12:15)

wenn du mir schreibst, ist mir weniger kalt. es gibt nicht viele annas auf der welt.

Anna (11. Februar 12:20)

Ich muss los.

14. Februar – Ruhe vor dem Sturm

Der Winter ist fast überstanden und wir leben alle noch. Und diesmal fängt der Sommer ganz vorsichtig an. Es wird langsam wärmer, nicht wie sonst, mit der Hitze fast von einem Tag auf den anderen.

Es ist einfach perfekt. Wenn es nur immer so bleiben könnte. Ein himmlisch blauer Himmel – und die Luft ist so klar. Die Stimmung in der Stadt ist immer noch zum Schneiden. Aber meine Eltern reden nicht mehr vom Land. Jedenfalls nicht vor mir.

Die meiste Zeit bin ich draußen unterwegs. Mein Vater beschwert sich, dass ich zu wenig lerne. Aber ich frage mich immer öfter, wozu das Ganze eigentlich gut sein soll.

Es gibt jetzt noch mehr Soldaten in der Stadt. Sie überprüfen unsere Ausweise, sie scheuchen uns von der Straße.

Wir sind neuerdings zu viert. Luki, Santje, ich und DAISY. Luki hat sie angeschleppt. Ich kann sie nicht leiden. Sie ist hübsch und sie ist stark und sogar schnell, obwohl sie nur ein Bein hat. Eine Granate hat ihr den rechten Unterschenkel weggerissen und sie trägt eine Prothese. Aber wenn man's nicht weiß, fällt es gar nicht auf. Sie läuft gut damit, ein bisschen steif vielleicht, und eine Krücke braucht sie natürlich auch. Sie sagt, sie darf jetzt nicht mehr wachsen, weil es niemanden mehr gibt, der ihr eine neue Prothese anfertigen kann. Sie wollte uns den Beinstumpf zeigen, aber ganz ehrlich, darauf kann ich verzichten.

Mein Opa hat immer gesagt: »Wenn der Teufel die Leute betrügen will, so ist er schön wie ein Engel.« Bestimmt hat er Recht. Mein Opa war toll.

Luki sagte gestern: »Es wird nie mehr Frieden geben.« Und Daisy hat wie wild genickt, als würde sie das wahnsinnig freuen. Die spinnt doch.

Ich habe Lukis Hand genommen. Sie ist älter als ich, aber viel zarter, darum denke ich immer, ich muss auf sie aufpassen. Ihre Hand war so warm wie meine vier Federbetten im Winter.

Santje starrte uns nur mit großen Augen an. Graugrüne Fragezeichen.

Ich hab versucht, Luki zu trösten. »Irgendwann wird es Frieden geben.«

Und Daisy darauf: »Das dunkle Mittelalter hat 500 Jahre gedauert.«

So eine Kuh. Aber Luki wollte auch gar nicht getröstet werden, das habe ich in ihrem Gesicht gesehen. Sie weiß nicht, wie man in das tiefe Meer in sich selbst abtaucht, wo man in Sicherheit ist. Sie sagt, sie will nicht vor der Wirklichkeit weglaufen.

Jetzt meinte sie: »Es ist nicht richtig zu töten, oder? Niemand darf das.«

Daisy prustete los. »Hast du ’nen Clown gefrühstückt, oder was?« Wenn sie lacht, dann schnauft sie Luft durch die Nase, und es klingt, als würde sie schnarchen. Ich kann’s nicht ausstehen.

Ich packte sie an den Schultern. »Halt endlich die Klappe! Sonst mach ich dich fertig.«

»Uh, jetzt hab ich aber Angst.« Sie riss sich los und tat so, als ob sie mit einem Gewehr auf mich zielte. »Soldaten darf man abknallen.« Dazu machte sie zischende Geräusche wie von Schüssen.

»Man darf nicht töten«, sagte Luki ganz ruhig. »Niemanden. Das steht in der Bibel.«

Daisy schüttelte den Kopf. »Du hast echt 'nen Knall.«

Dann drehte sie sich um und ging. Gut so.

»Wusste gar nicht, dass du was aus der Bibel kennst«, sagte ich zu Luki.

»Meine Mutter liest uns jetzt immer was daraus vor. Das fünfte Gebot heißt: Du sollst nicht töten.«

»Soldaten töten doch auch«, wandte ich ein.

»Trotzdem ...« Sie sah mich an, aber irgendwie auch durch mich durch. »Du musst mir was versprechen.«

»Was denn?«

»Wenn ich mal sterbe, dann musst du für mich weiter an das Gute glauben.«

Mein Hals war ganz trocken und meine Augen brannten. Ich sagte nichts, weil man so was nicht versprechen kann.

Santje hatte die ganze Zeit nur ihre Flöte festgehalten. Jetzt nahm sie Lukis Hand und sagte: »Ja.«

Anna (15. Februar, 12:00)

Hallo, Ben Breitmaul? Wo bist du?

Anna (16. Februar, 11:58)

Ich hab's mir überlegt. Wenn du sowieso nach Berlin willst, können wir uns sehen.

Anna (17. Februar, 12:03)

Warum schreibst du nicht mehr? Bist du ein Feig-Fisch, oder was?

17. Februar – Glückssträhne

Wir haben Strom und Strom und Strom und Wasser. Der Frieden kann sich so meinetwegen auch noch 500 Jahre Zeit lassen. Dicke weiße Schäfchenwolken ziehen am Himmel entlang wie über eine blaue Weide. Heute beneide ich sie nicht. Sehnsucht, was ist das schon?

Ben (18. Februar, 11:57)
anna. meinen bruder hat es erwischt, am bein. wir sind in einen kampf geraten. die kugel steckt noch drin. aber es wird wieder gut werden. bestimmt.
Anna (18. Februar, 12:00)
Warum soll ich dir eigentlich glauben?

Anna (19. Februar, 09:24)
War nicht so gemeint. Aber ich bin immer misstrauisch. Ich wünsche deinem Bruder viel Glück. Er wird bestimmt wieder gesund.

24. Februar - Meine Träume

Manchmal wünsche ich mir einen Sommertag mit Luki am Wannsee. Da waren wir mal, als wir klein waren.

Ich stelle mir vor, wir hätten neue knallrote Bikinis und könnten die Nasen in die Sonne und die Zehen ins Wasser halten. Seitdem es nichts Richtiges mehr zu essen gibt, hab ich auch eine richtige Bikinifigur. Moppel nennt mich jedenfalls keiner mehr.

1. März – Luki

Das Gummiband ist gerissen. Es gab schlimme Aufstände. Alle haben zu viel Hunger. Luki, Daisy, Santje und ich waren mittendrin. Wir sind gerannt, so schnell wir konnten, weg von den Jeeps und Panzern. Wir hatten es fast geschafft. Sind eine Straße runter, da waren wir ganz allein. Weg von der Menge hat man doch die besten Chancen, oder? So hab ich es jedenfalls gelernt.

Aber dann ist was schiefgegangen. Von oben aus einem Haus wurde geschossen. Wir sind einfach weitergelaufen, immer weiter.

Es hat gedauert, bis ich gemerkt habe, dass Luki nicht mehr da ist. Ich bin sofort zurück. Immer an den Hauswänden entlang. Und da lag sie. Ganz still. Sie hatte ein dunkelrotes Loch in der Stirn, und sie war weiß, als ob sie kein Blut mehr in sich hätte, aber ihre Haut war noch warm.

Die beiden anderen sind auch zurückgekommen. Ich habe sie gleich wieder weggeschickt. Daisy sollte Santje in Sicherheit bringen. Ich wollte einfach, dass sie weggehen, ich wollte mit Luki allein sein. Ich habe mitten auf der Straße gehockt und ihre Hand gehalten. Niemand hat mehr geschossen. Obwohl ich's mir in dem Moment gewünscht habe. Dass sie mich auch erschießen.

Lukis Fingernägel waren blau lackiert. So wie meine. Den Nagellack hat Luki von ihrer Mutter zum Geburtstag bekommen und wir haben ihn sofort ausprobiert. Und jetzt saß ich da und starrte auf ihre Hand und konnte nur denken, dass wir nie wieder irgendwas zusammen machen würden.

Irgendwann habe ich Luki von der Straße in einen Hauseingang gezogen. Und dann kam all das andere Schlimme. Meine Eltern und ihre Eltern. Lukis Mutter war so weiß, als wäre sie selbst gestorben. Mein Vater ist dann mit Lukis Eltern losgegangen. Ich habe sie hingeführt.

Luki war meine beste Freundin. Der Wannsee ist ausgetrocknet und in meinem Herz ist ein Riss. Niemand kann das jemals wiedergutmachen. Ich werde sie nie wiedersehen.

Ben (4. März, 12:01)
es tut mir sehr leid.

Ben (20. März, 12:00)
anna skorpion, bist du sauer? glaub mir, ich muss für meinen bruder sorgen. ich sage dir immer die wahrheit. ich bin in der stadt unterwegs und versuche, an frisches wasser zu kommen, um seine wunde zu versorgen. es gibt keine medikamente. ich bettle sogar die soldaten an. es geht ihm schlecht, er hat wundbrand.
bei uns ist es auch mordsmäßig heiß, aber es weht oft ein seewind. an schönen tagen lauf ich manchmal zur elbe. als wir damals in hamburg ankamen, gab es noch überall möwen. wenn ich abends einschlafe, träume ich von ihren schreien und den wellen. ob sie wohl weitergezogen sind ans meer?

Anna (20. März, 12:06)

Ich wünschte, die Offiziere und Generäle würden auch ans Meer ziehen wie die Möwen. Und alle Soldaten hinterher.

Ben (20. März, 12:11)

und weil es nacht ist, fallen sie über die klippen ins wasser.

Anna (20. März, 12:13)

Und verschwinden für immer.

Warst du schon mal auf dem Land? Du kommst also gar nicht aus Hamburg?

Ben (20. März, 12:20)

wir sind hierher gezogen, als der krieg anfing. meine brüder, meine mutter und ich. ich mag die elbe.

Anna (20. März, 12:26)

Ben Breitmaulfrosch mag Wasser und sagt immer die Wahrheit. Ich hoffe wirklich, es geht deinem Bruder bald besser.

Ben (20. März, 12:27)

Quak!

1. Mai – Sommerhölle

Es ist kochend heiß. Wir sind immer noch in Berlin. Meine Eltern versuchen, das Land zu uns zu holen. Sie haben im März auf dem Balkon Samen in Plastikeimern und in Blechdosen voll grauer Erde ausgesät. Die Tomatensamen haben sie sogar schon im Februar in Saatschalen gestreut und auf die Fensterbank gestellt. Und es funktioniert! Ich konnte es kaum glauben. Da kamen kleine grüne Pflänzchen, ganz zart und weich. Aber es gibt Tage, da müssen wir uns das Trinkwasser absparen, damit die Pflanzen nicht vertrocknen. Ich hoffe auf Regen.

Als der Krieg anfing, haben meine Eltern Samentüten gehortet. Das Ist Eine Investition In Die Zukunft! Möhrensamen, Tomaten-, Zucchini- und sogar Blumensamen, obwohl man Blumen nicht essen kann. Und wir haben ein Gartenbuch. Ich mag die Bilder. Wenn es so was in Wirklichkeit gäbe ... Felder voller Dinge, die man essen kann.

Sie haben natürlich auch andere Sachen besorgt. Ich kann mich daran erinnern, dass man zuerst noch einkaufen konnte. Beim letzten Mal, als ich dabei war, haben meine Eltern zwei Einkaufswagen voller Lebensmittel vor sich hergeschoben. Plötzlich kam ein Junge auf uns zu, schnappte sich zwei Dosen und raste aus dem Laden. Und damit fing es an: Blitzartig stürmten die Leute einfach an den Kassen vorbei, wir auch. Vor dem Laden gab es eine Prügelei. Als wir wieder im Auto saßen, musste ich weinen.

Danach durfte ich nicht mehr mit. Zu gefährlich.

Meine Eltern waren dann jedes Mal ewig lange unterwegs und haben besorgt, was noch möglich war. Reis, Mehl, Linsen und Dosen mit allem Möglichen. Die ganze Kammer neben der Küche war voll. Aber das ist lange her.

Als es nichts mehr zu holen gab, ist mein Vater mit dem Auto losgefahren und hat graue Erde besorgt.

»Die ist doch bestimmt verseucht«, hab ich gesagt und ein Gesicht gezogen. »Seht ihr denn keine Nachrichten? Das weiß doch jedes Kind.«

Es war das erste und einzige Mal, dass meine Mutter mich geohrfeigt hat. Seitdem standen die Säcke im Winterzimmer und warteten.

Aber so ein paar Eimer mit Pflänzchen, das bringt doch nichts. Und das Wasser dafür müssen wir schließlich auch immer irgendwo herbekommen.

Ich weiß, mein Vater macht das vor allem für meine Mutter.

Anna (10. Mai, 15:05)

Ben? Wie geht es deinem Bruder?

15. Mai – Nichts ist wie vorher

Seitdem Luki nicht mehr da ist, macht nichts mehr Spaß. Jetzt hab ich bloß noch diesen Blog. Mit Blondlöckchen Daisy gibt es ständig Streit. Sie weiß immer alles besser. Wie Santje hat sie niemanden mehr. Die beiden sind dauernd zusammen. Es fühlt sich an, als hätte ich Santje auch verloren. Aber ich bin froh, dass jemand für sie da ist.

Luki hatte Daisy sowieso schon in unserem Versteck wohnen lassen, ihr sogar ihren Schlüssel fürs Tor gegeben. Sie war immer so nett. Und jetzt hat Daisy mich einfach rausgeschmissen.

Das Versteck ist eine Halle, die Lukis Großvater gehörte. Es stehen noch drei alte Busse drin. Es war *unser* Versteck – lange bevor Daisy aufgetaucht ist. Aber das ist jetzt auch egal.

Sie fuchtelte mit ihrem Messer rum, als wäre sie plötzlich durchgedreht, und hat mich in eine Ecke gedrängt. Sie hat mir die Klinge an die Kehle gehalten und zugedrückt. »Ich mach dich alle«, hat sie gezischt.

Ich hab nicht nachgedacht, hab einfach mit dem Fuß ihre Krücke weggekickt, ihren Arm gepackt, sie von mir weggestoßen und bin abgehauen.

Meinen Schlüssel zum Versteck hab ich noch, aber ich geh nicht mehr hin.

Wenn ich an Luki denke, wünschte ich, die Welt würde einfach aufhören, sich zu drehen. Ein letztes Knirschen und dann nichts mehr. Was soll das alles hier noch?

Das sind meine schlechten Tage.

Es ist um einiges gefährlicher, aber am liebsten bin ich jetzt allein unterwegs. Die Natur kommt langsam zurück. Es gibt zwar noch keine richtigen Bäume oder Büsche, doch in allen Mauerritzen und aus dem aufgeplatzten Asphalt wächst Unkraut und Gras. Wenn dann noch der Himmel am Morgen blau ist und die Luft frisch, oder wenn es im Sommer mal regnet, was allein schon ein Wunder ist, und ein paar Wassertropfen auf den Grashalmen glitzern, dann ist es fast schön, am Leben zu sein.

Es heißt, wenn es keine Menschen mehr gäbe, würde sich die Natur alles zurückerobern. Und ein bisschen ist es ja auch so, als gäbe es keine Menschen mehr. Wir können nichts mehr bauen und nichts reparieren. Jedenfalls nicht mehr viel. Im Winter friert alles ein, und wenn der Sommer kommt, kriegen die Hauswände noch mehr Risse. Dann platzen die Straßen auf und die Rohre bersten. Vielleicht so wie früher die Knospen an den Bäumen. Normale Autos können gar nicht mehr fahren, sie stehen einfach auf den Straßen rum und rosten vor sich hin, oder sie sind so eingedellt, als hätte sich ein Elefant draufgesetzt. Nur die Panzer und Jeeps rollen ungerührt über alles drüber.

Einmal, vor ein paar Jahren, bin ich in ein Auto gekrochen, um mich zu verstecken. Als die Soldaten vorbeigezogen waren, hab ich es durchsucht. Im Fach vorne lag ein einzelnes Bonbon. Das Einwickelpapier war schon ganz damit verschmolzen. Es hieß ungelogen *Iss-Mich.* Ich hab es sofort auspackt und in den Mund gesteckt und auf der Zunge zergehen lassen. Den Geschmack vergess ich mein ganzes Leben nicht. Zuckersüß und gleichzeitig sauer. Mit einer flüssigen Fruchtfüllung in der Mitte.

Ben (17. Mai, 12:00)
wir hatten mal ein glas himbeermarmelade. meine mutter hat dazu eine art pfannkuchen gebacken, aus eichelmehl und wasser. so was hab ich nie wieder gegessen.

Anna (18. Mai, 12:10)
Wo warst du?

Ben (20. Mai, 12:00)
mein bruder ist tot. willst du mich noch treffen?
Anna (20. Mai, 12:06)
Vielleicht.

Anna (5. Juni, 12:01)
Es tut mir so leid, dass dein Bruder gestorben ist. Es gibt keine Worte für so etwas.

Ben (9. Juni, 12:06)
einsam.
Anna (9. Juni, 12:08)
Bin da.

10. Juni – Schrumpelmöhren

Erst hat es gedauert, bis das Balkon-Grünzeug wuchs. Aber nachdem es dann mal ein paar Stunden geregnet hatte, ging's richtig los.

Vor einer Woche haben wir geerntet. Es waren nur ein paar winzige Schrumpelmöhren, aber immerhin.

Weil ich die Aufgabe mit der Zukunftsvision gelöst hatte, meinte mein Vater, ich sollte eine extra Möhre kriegen. Das ist doch albern, typisch mein Vater. Ich habe sie meiner Mutter gegeben. Seit dem Gerücht mit den Menschenbuletten isst sie kaum noch was. Selbst das Dauerbrot will sie nicht anrühren. Sie ist durchsichtig wie ein Gespenst.

Außerdem hab ich die Aufgabe nicht wirklich bestanden. Ich hab mir nur gewünscht, irgendwann so viele Schrumpelmöhren zu essen, bis ich satt bin. Die haben nämlich richtig gut geschmeckt. Sogar besser als das *Iss-Mich*. Besser als alles, was ich bisher kannte. Süß und auch saftig, und sie haben geknackt zwischen den Zähnen.

Mein Vater sagte, das würde in der heutigen Zeit schon reichen – der Traum, einfach so viele Möhren essen zu können, wie man will. Und alles dafür zu tun, dass es irgendwann wieder möglich ist. Aber ich denke, das ist zu wenig.

Er wollte wissen, ob ich weiß, wie es angefangen hat, dass es keine Zukunft mehr gibt. Zuerst dachte ich, das ist mir zu blöd, aber dann habe ich doch geantwortet, weil ich wollte, dass er sich freut.

Ich glaube, es fing an mit den ganzen Naturkatastrophen und den menschengemachten Problemen wie der Sache mit dem kaputten Atomkraftwerk. Aber vor allem wegen der Wirtschaft gibt es keine Zukunft mehr. Keine Ahnung, was Wirtschaft ist. Jedenfalls war es ein Wettrennen zwischen Katastrophen aller Art und eine hat eben gewonnen. Mein Vater sagt, damit würde ich gar nicht so falsch liegen, im Großen und Ganzen stimme das so. Dann fing er wieder mit einem seiner Vorträge an: Alle haben sich Gedanken gemacht, wie sie die Erde retten könnten. Aber nichts wurde wirklich umgesetzt. Im Grunde wollte sich niemand einschränken. Und dann passierte, was keiner sich hatte vorstellen können. Das Wetter überall wurde immer extremer. Es gab Kriege um Rohstoffe, um Nahrungsmittel, und Flüchtlingsströme setzten sich in Bewegung. Kein Land der Welt konnte sich mehr raushalten.

11. Juni – Mist!

Die Tomaten kann ich nicht mehr probieren, die waren schneller weg, als ich *Gemüsebeet* sagen kann. Gestern Nacht war jemand auf dem Balkon und hat alles geklaut. Im vierten Stock!

Meine Mutter hat geweint. Wir hätten Wache stehen müssen. Hab ich doch gleich gesagt.

Das war das Schlimmste: Meine Mutter, wie sie dastand und auf die leeren Töpfe starrte.

Ben (14. Juni, 12:02)
in fünf tagen um 12 an der gedächtniskirche?
Anna (14. Juni, 12:05)
Ich weiß nicht. Wie geht's dir?
Ben (14. Juni, 12:06)
feig-fisch! es geht mir ganz gut.
Anna (14. Juni, 12:15)
Okay, ab dem 19. Juni bin ich mittags um 12 Uhr an der Kirche. Vier Tage lang. Das ist ein weiter Weg für mich.

20. Juni – Wunschfee

Wenn ich nur zwei Wünsche frei hätte, würde ich mir genug zu essen für alle wünschen – und dass Ben mich noch einmal so ansieht wie gestern.

29. Juni – Abgetaucht

Lieber Blog, ich gebe alle Wünsche her, wenn Ben nur wieder auftaucht.

Wir haben uns an der Kirche getroffen. Er war da, gleich am 19. Juni. Ich war viel zu früh, aber ich war so aufgeregt und bin lange vorher los. Es ist weit. Eine Stunde von uns aus, und auf dem Weg kann alles Mögliche passieren.

Ich hatte mich hübsch angezogen, mein langes schwarzes T-Shirt, das aussieht wie ein Kleid, wenn ich einen Gürtel drum binde, und meine weichen Sommerstiefel. Ich war nicht sicher, ob er wohl Sommersprossen mag und rote, lange Haare, die wild aussehen wie ein Besen, wenn ich sie nicht zweimal täglich kämme. Meistens stopfe ich sie unter eine Mütze oder ein Tuch, damit ich nicht so auffalle, aber an dem Tag nicht.

Ich versteckte mich ganz in der Nähe und hielt Ausschau, und plötzlich fiel mir ein, dass er viel älter sein könnte als ich oder viel jünger. Ich dachte, was wenn er ein Zwerg ist oder ein Riese? Und warum will er mich so unbedingt treffen, das ist doch eigentlich total merkwürdig.

Was wenn ... Ich schloss für einem Moment die Augen, und als ich das nächste Mal durch die helle Sonne blinzelte, stand er da. So groß wie ich und ungefähr gleich alt. Spindeldürr, was allerdings nichts Besonderes ist. Und ich dachte, wie kann jemand so cool aussehen? Für ihn gab es keine Panzer, keine Soldaten, keine Gefahr. Es war, als wäre er nur mal kurz rüberspaziert aus Kreuzberg oder so, um auf dem Ku'damm rumzuhängen. Er trug eine zerschlissene Jeans und ein gelbes Hemd, bei dem er die Ärmel abgeschnitten hatte, oder, besser gesagt, abgerissen. Auf dem Rücken trug er einen Rucksack. Seine schwarzen Haare hatte er im Nacken zusammengebunden. Er sah so nett und entspannt aus, dass ich einfach zu ihm rübergegangen bin, ohne nach rechts und links zu schauen, und er hat mich angegrinst und gesagt: »Zeigst du mir deine Stadt?«

Zuerst waren wir im KaDeWe. Muss man ja als Berlin-Tourist gesehen haben, meinte Ben. Das KaDeWe ist wirklich der letzte Ort, wo man noch was zu essen findet, aber so ganz nebenbei zog Ben eine Dose Thunfisch aus den Trümmern. Thunfisch! Das war bestimmt die letzte Dose auf Erden. Und ausgerechnet hier. Hier haben ALLE schon nach Essen gesucht.

Im Zoo haben wir in den leeren Käfigen Affen gespielt und im Museum so getan, als gäbe es noch Bilder an den Wänden. Ben hat sie mir beschrieben und erklärt wie ein Museumsführer. Ich hab jedes einzelne gesehen, als würden sie da wirklich hängen. Am liebsten mochte ich den Seerosenteich von einem Mann namens Monet. Weil das Bild so ruhig und friedlich ist.

Ben wollte mal Maler werden, was nicht klappen wird, weil er keine Farben mehr hat. Nun wird er Astronaut. Einen Moment war es ganz still. Ich dachte an Luki und er an seine beiden Brüder. Es stand ihm ins Gesicht geschrieben.

Später sind wir auf den S-Bahn-Schienen zu mir nach

Hause gelaufen. Und nicht ein Mal hat uns jemand angesehen oder angesprochen.

»Wir sind unsichtbar, siehst du?«, meinte Ben.

Er hat unten gewartet, während ich bei meinen Eltern war und ihnen gesagt habe, dass ich Santje abholen und mit ihr bei Lukis Eltern übernachten würde. »Die freuen sich, wenn sie uns mal wieder sehen. Und Santje ist ziemlich einsam.«

Ich habe noch nie bei Luki übernachtet, noch nicht mal, als sie noch lebte, und von Santje hatte ich auch ewig nichts mehr erzählt. Zuerst haben meine Eltern deshalb auch skeptisch geguckt, aber schließlich haben sie Ja gesagt. Irgendwie sahen die beiden so aus, als wären sie ganz froh, mal wieder eine Nacht allein zu sein.

Ich hatte ein ziemlich schlechtes Gewissen beim Lügen. Aber ich konnte ja auch unmöglich sagen: *Ich hab einen Jungen kennengelernt, tschüss, wir verbringen die Nacht zusammen.*

Lukis Tod dafür auszunutzen, war trotzdem nicht in Ordnung. Nicht so schlimm war es hingegen, Santje vorzuschieben. Wie soll ich das am besten erklären? Irgendwie ist es so, als ob Santje gar keine eigene Person ist. Sie ist eher so etwas wie ein Teil von mir. Ein innerer Teil. Der Teil, der unendliche Schönheit hervorbringen kann mit seiner Flöte, und gleichzeitig der Teil, der irgendwann zerbrochen ist – vielleicht damals, als sie mir die Turnschuhe gestohlen haben und ich für ein Jahr ins Bett gegangen bin.

Und dann war Santje da. Sie ist das Schönste und das

Schlimmste, was ich habe. Ich muss auf sie aufpassen und mich um sie kümmern. Aber gleichzeitig bin ich auch froh, wenn ich mal nichts mit ihr zu tun haben muss. Und als ich die Treppe runtergelaufen bin zu Ben, war mir das sowieso alles egal.

Meinen Eltern muss es natürlich ziemlich komisch vorgekommen sein, dass ich bei Lukis Eltern übernachten wollte. Aber ich dachte nur: Hauptsache, mein Vater geht nicht hin und fragt nach.

Ben und ich sind durch Prenzlberg gestreift, bis wir ein Haus gefunden haben, an dem es ganz oben noch einen Balkon gibt. Da saßen wir. Schauten über die Häuser. Ohne Mond wäre es stockdunkel gewesen, aber an dem Abend sah die Stadt wie ein wildes Gebirge aus, mit weißem Licht übergossen.

»Lass uns feiern«, sagte Ben und zog eine verbeulte rote Dose aus dem Rucksack, dazu den Thunfisch und Dauerbrot.

Wir haben das Brot ins Fischöl getunkt und uns die COLA geteilt. Ich glaube, wir waren betrunken von dem ganzen Zucker. Wir lagen nebeneinander auf dem Balkon, hatten beide Bauchgrummeln, das wie Donnergrollen klang, und schauten in die Sterne, bis der Himmel wieder blau wurde. Und um uns herum schwebten tausend Lächeln wie Schmetterlinge. In dieser Nacht war das Leben hell und voller Farben, obwohl es keinen Strom gab.

»Ich muss bald gehen«, sagte ich, weil ich das Gefühl bis in die Haarspitzen nicht mehr aushalten konnte.

Unsere Arme lagen dicht beieinander. Gerade so, dass ich Bens Wärme gespürt habe. Er hat sich zu mir gedreht und mich angesehen. Und dann hat er ganz zart eine Strähne aus meinem Gesicht gestreichelt.

Die nächsten Tage schwebten wir durch die Stadt. Ben nahm meine Hand und wir stiegen in eine Seifenblase und hoben ab.

Abends bin ich immer zurück nach Hause und habe gesagt: »Ich schlaf bei Lukis Eltern. Die freuen sich, wenn ich komme.« Das Lügen hat mir immer noch was ausgemacht.

»Aber du hast früher doch nie dort geschlafen.«

»Seit Luki tot ist, sind sie so einsam.«

Ich fühle mich auch einsam ohne Luki. Am besten ist es, nicht an sie zu denken, sonst habe ich eine graue Wolke im ganzen Körper und meine Füße wollen keinen Schritt mehr machen. Und ohne Santje fühle ich mich auch nicht wirklich gut. Aber sie hat ja wenigstens Daisy, und mit Ben ist es leicht, nicht nachzudenken.

Zwischendurch musste ich zu Hause mit dem Wasser oder irgendetwas anderem helfen. Doch weil ich immer etwas zu essen mitbrachte, sagten meine Eltern nichts, wenn ich wieder ging. Vielleicht ahnten sie aber auch was und haben mich einfach machen lassen.

Ben trieb sich irgendwo rum, wenn wir mal nicht zusammen waren. Ich glaube nicht, dass er viel geschlafen hat. Immer hatte er was zu essen aufgespürt. Was wirklich mutig ist, weil er natürlich keinen Ausweis für Berlin hat, nur für Hamburg.

In der letzten Nacht auf unserem Balkon, von der ich da noch nicht wusste, dass es die letzte Nacht sein würde, sagte ich: »Morgen Nachmittag muss ich meinem Vater helfen, das Dach abzudichten.« Aber diesmal hatte ich Angst zu gehen, ich weiß nicht warum. Ich hielt Bens Hand ganz fest. »Dir darf nichts passieren.«

Er lächelte, strich mir eine Strähne aus dem Gesicht und sagte: »Es passiert schon nichts. Wir treffen uns um zwölf. An der Kirche Fehrbelliner Straße. Mach dir keine Sorgen.«

Mittags bin ich nach Hause. Er ist mir hinterhergelaufen, und als ich mich umgedreht habe, hat er mich geküsst.

Ich weiß jetzt, wie Sterne schmecken.

Das war das letzte Mal, dass ich ihn gesehen habe.

4. Juli – Unser eigener Garten

»Aufgeben gilt nicht«, sagt mein Vater. So ist er eben.

Meine Mutter schweigt dazu. Sie redet sowieso immer weniger.

Nachdem die Balkonsache schiefgegangen ist, haben wir jetzt die Dachsache angefangen, obwohl es eigentlich zu spät ist zum Aussäen. Wir haben die restliche Erde hochgeschleppt und meine Mutter hat alles noch mal von vorn gemacht.

Wir stehen abwechselnd Wache. Eigentlich wohnt nur noch die alte Frau Weber im Haus, doch sie kommt nie hier hoch, und von der Straße aus kann uns niemand sehen. Aber sicher ist sicher. Wir hätten das von Anfang an so machen sollen.

Wachestehen auf dem Dach ist unendlich langweilig. Aber ich will nicht, dass meine Mutter noch mal so weint, also übernehme ich auch noch ihre Schichten. Nur nicht mittags. Weil ich jeden Tag zur Kirche an der Fehrbelliner Straße gehe.

Nichts.

5. Juli – Die Leichensammler

Die alte Frau Weber von unten ist gestorben. Als ich eben runter bin, um zur Kirche zu laufen, haben die Leichensammler sie abgeholt. So nah war ich noch nie dran an denen. Es waren zwei. Sie sind unheimlich. Sie sind wie Soldaten angezogen, aber sie haben Atemmasken über den Gesichtern. Wegen der Infektionsgefahr, meint mein Vater. Es sieht aus, als wären sie keine Menschen, sondern merkwürdige Wesen mit Stummel-Rüsseln. Durch die Masken klingt es so, als würden sie röcheln. Ganz heiser. Sie sind graue Kurzrüsselwesen.

Ich weiß nicht, wie sie wirklich genannt werden, aber *Leichensammler* passt zu ihnen. Als sie in den Hausflur kamen, bin ich auf der Treppe stehen geblieben wie eingefroren. Einer hat sich zu mir gedreht und mich angestarrt, als ob ich die Nächste wäre. Mit einer Hand habe ich das Treppengeländer gefasst, damit ich nicht falle. Sie haben Frau Weber einfach mit ihren Handschuhen unter den Armen und an den Füßen gepackt. Sie hatte eine Bluse mit Blumenmuster an und einen grauen Rock, der hochgerutscht war. Weiße, dünne Beine. Ihre Füße waren nackt.

Durch die offene Tür konnte ich den Jeep auf der Straße sehen. Da lag schon ein Haufen Körper drauf. Als die Leichensammler draußen waren, konnte ich mich endlich wieder bewegen und bin sofort hier hochgekommen. Meine Hände zittern und alles dreht sich. Wo bringen sie die Leichen hin? Woher wussten die Leichensammler, dass Frau Weber tot ist? Von den Nachbarn von gegenüber, die sie manchmal besucht haben? Und was ist mit all den Leichen, die nicht gefunden werden?

Im Sommer stinkt die Stadt abscheulich.

Jetzt sind wir die Letzten im Haus.

10. August – Wenn ich mal sterbe

Ich wusste nicht, dass ein Mensch so dünn werden kann.

Das Menschenbuletten-Gerücht hält sich hartnäckig, und meine Mutter weigert sich, irgendetwas zu essen, was von den Soldaten kommt. Nur die Sachen, die ich oder mein Vater finden, nimmt sie an.

Mein Vater und ich waren auf dem Dach. Er hat gefegt und ich habe ein bisschen Unkraut gezupft. Die Möhren sind schon wieder ganz schön weit.

Meine Mutter ist in der Wohnung geblieben, wie immer. Sie ist mittlerweile zu schwach, um hier hochzukommen.

Mein Vater stützte sich auf den Besenstiel. Wir standen nebeneinander und sahen über die Stadt. An meinen Fingern trocknete die graue Erde. Es juckte.

Mein Vater schüttelte den Kopf und sagte, was er schon oft gesagt hat. Es Hat Keinen Zweck Mehr. Wir Ziehen Aufs Land. Hier Werden Wir Noch Alle Sterben.

Ich kann's nicht mehr hören.

Der Himmel war milchig. In der Ferne stieg weißer Rauch aus den Fabrikschloten auf. Ich meinte, ein tiefes Grummeln von Maschinen zu hören. Vielleicht war das aber auch nur mein Bauch.

Mein Vater sah mich ganz ernst an. Er betonte jedes Wort: »Es ist nicht so, dass die Welt dir etwas schuldet, *du* schuldest der Welt etwas. Wenn du stirbst, musst du der Welt etwas zurückgeben.«

Ich streckte den Arm aus und zeigte auf die Stadt. Mein ganzer Körper zitterte. Und dann zischte die Wut aus mir heraus wie Luft aus einem angestochenen Reifen: »Wenn ich da rausgehe, werde ich vielleicht erschossen. Wenn wir nicht bald was zu essen bekommen, sterben wir alle. Meine einzige Freundin ist tot. Meine Mutter ist nicht mal mehr eine richtige Mutter. WARUM SOLLTE ICH DER SCHEISSWELT IRGENDETWAS ZURÜCKGEBEN?«

Mein Vater sah mich ganz still an. Seine Augen verbrannten meine Wut langsam zu einem kleinen Häufchen Asche.

Er schaute und schaute und sagte dann leise: »Du hast Recht«, kniete sich zu einer Tomatenpflanze und zupfte die Seitentriebe ab. So wie es in unserem Buch steht. Ganz langsam.

Er sah nicht hoch, als er sagte: »Die Natur hat das da draußen nicht gemacht. Das waren wir Menschen.«

»Was willst du der Welt denn zurückgeben?«, fragte ich.

Es dauerte wieder sehr lange, bis er antwortete. Die Sonne brutzelte auf meinen Kopf. Wir waren raufgekommen, um etwas über die Pflanzen zu spannen, damit sie nicht verbrennen.

»Ich weiß es nicht mehr. Früher hab ich's mal gewusst.« Mein Vater stand auf und straffte die Schultern. »Ich weiß aber immer noch, dass es richtig ist. Und du bist meine Hoffnung.«

Ich nickte, weil mir nichts Besseres einfiel, und wir arbeiteten weiter, lasen im Gartenbuch und versuchten, alles richtig zu machen. Wir redeten nicht darüber, dass es eigentlich sinnlos war, wenn wir doch sowieso aufs

Land ziehen wollten. Dass alles sinnlos war, weil wir sowieso bald sterben würden.

Irgendwie war mir klar, dass die Welt keinen Mist zurückbekommen wollte, sondern etwas Gutes. Aber ich war nicht sicher, ob ich die Hoffnung meines Vaters sein wollte. Ob ich das sein wollte, was er der Welt zurückgibt.

Uns lief der Schweiß nur so runter, als wir einen Baldachin für die Pflanzen bauten. Zwischen die Ständer der Wäscheleine spannten wir gestreifte Bettbezüge.

Früher wäre es ganz einfach gewesen, der Welt etwas zurückzugeben. Ich war sieben, das weiß ich genau, weil ich sie an meinem Geburtstag bekommen hatte: nagelneue goldfarbene Sneakers. Platinteuer. Von meiner Oma, weil ich sie mir so sehr gewünscht hatte. Aber ich hatte sie nur ganz kurz. Es war das Jahr, in dem auch der Krieg anfing und ich Watte in den Ohren und im Kopf hatte. Es passierte auf dem Rückweg von der Schule. Zwei Jungs bedrohten mich mit einem Messer. Ich hatte Sterbensangst. Ich weiß nicht, warum ich mich trotzdem gewehrt habe. Die Narbe habe ich immer noch. Sie läuft über meine Brust bis zum Hals. Es war mein Glück, dass es damals noch normale Krankenhäuser gab. Es war mein Glück, dass das Messer nicht meine Kehle erwischt hat. Heute wäre ich vielleicht verblutet.

Am Tag danach bin ich ins Bett gegangen, für eine sehr lange Zeit. Es tat so weh, auch als die Wunde längst verheilt war.

Wenn ich die Schuhe noch hätte, würde ich sie der Welt geben. Obwohl die Welt garantiert keine goldenen

Sneakers mehr braucht. Aber was anderes fällt mir einfach nicht ein.

Übrigens: Es ist mir mittlerweile auch egal, dass Ben verschwunden ist. Feig-Fisch. Nur dass eins klar ist: Es ist ganz einfach, jemanden aus seinem Herzen zu streichen.

13. August – Aufgeben

Mein Vater wird immer stiller. Ich weiß nicht, was ich tun soll. Heute Morgen hat er mich angesehen und leise gesagt: »Manchmal möchte ich einfach aufgeben.«

14. August – Nichts

Kaum Strom, kein Wasser, nichts zu essen.

Morgen geht's los.

30. Oktober – Schönes neues Land!eben

Wir sind dann echt aufs Land gezogen. Es gibt Strom und Internet. Hätte ich nie gedacht. Am Anfang fand ich's immer noch finalbescheuert. Ich hab meine Meinung aber irgendwann geändert, auch wegen dem, was mein Vater mir gesagt hat. Dass ich seine Hoffnung bin und dass man der Welt etwas zurückgeben soll. Irgendwie hatte ich's begriffen, auch wenn ich's mit Worten nicht ausdrücken kann. Ich wollte jedenfalls etwas besonders Gutes finden für die Welt.

Der Weg aufs Land ist weit zu Fuß, vor allem, wenn man nicht viel Kraft hat. Zuerst war alles nur sandig und verdorrt. Kein ordentlicher Baum – nichts.

Meine Eltern hatten gesagt, es würde auf dem Land ganz still sein. Totaler Quatsch. In der Stadt ist es doch auch still. Aber es stimmte dann doch. Es gibt hier keine Gewehrschüsse und kein Geschrei. Und keine Fabrik. Ich hatte ja oft vom Dach den Rauch aus den hohen Schornsteinen aufsteigen sehen. Da Werden Die Menschen Verarbeitet. Scheiß mit Reis. Das würde man doch riechen, oder? Und schmecken auch, wenn man Mensch isst. Ich glaub das immer noch nicht.

Nachdem wir sehr lange gelaufen waren, verstummten alle Geräusche. Ich sang leise vor mich hin, weil mir die Stille fast unheimlich war. Und als wir zu einem WALD kamen, knackte ein AST und ich sprang hinter einen BAUM, weil ich dachte, jemand schießt.

Zuerst sah die NATUR ziemlich gerupft aus, aber je

länger wir liefen, desto schöner wurde es. Weil es WIESEN gab, die leuchtend GRÜN waren, und BÜSCHE und BÄUME. In der Stadt gab es ja schon lange keine mehr, weil sie alle zu Brennholz zerhackt worden waren in den eiskalten Wintern.

Wir liefen an verlassenen Höfen vorbei. Manche waren bis auf die Mauern abgebrannt. Hier sah es nicht viel anders aus als in der Stadt. Alles zerschossen und kaputt. Doch dann kamen wir immer wieder an unbeschädigten Häusern vorbei, die aber auch alle verlassen waren. »Warum bleiben wir nicht hier?«, fragte ich, doch meine Eltern wollten immer noch weiter.

Und auch damit hatten sie Recht. Wir fanden nämlich DAS PARADIES. Es ist ein Hof, gar nicht groß, aber genau richtig für uns, mit einem GARTEN und FELDERN drumherum. Als wir ankamen, war es schon dunkel, doch es wohnte niemand dort, denn im Haus war alles ganz staubig. In der ersten Nacht haben wir abwechselnd geschlafen und Wache gehalten, weil es nicht weit weg noch weitere Häuser gab – Lichter flackerten herüber.

Meine Eltern haben mich irgendwann geweckt. Leute mit Gewehren standen vor unserem Hof.

Wir hielten alle drei die Hände über die Köpfe, damit sie sahen, dass wir friedlich waren, und gingen raus. Mein Vater schwenkte sogar ein Taschentuch.

Meine Mutter erzählte, wer wir sind und was wir wollen, und am Ende lächelten alle.

Und dann wurde alles gut. Wir sind ein winziges Dorf mit fünf Höfen und jeder hilft jedem. In der Stadt haben wir auch zusammengehalten – weil wir nicht sterben wollten. Hier halten wir zusammen, weil wir leben wollen. Ich denke, das macht einen Unterschied. Kein Gummiband ist mehr zum Reißen gespannt.

Bald werden wir unsere eigenen goldgelben Möhren essen – saftig und knackig und erdig. Außerdem wird es Suppe geben. Ganz dick, würzig, heiß und dampfend. Ich kann sie schon riechen. Meine Mutter war so glücklich darüber, dass alles wuchs und blühte und alle nett zueinander waren, dass sie das Päckchen mit den Blumensamen aufriss und die Samen einfach mit dem Wind fliegen ließ.

Heute Morgen wachte ich ganz früh auf. Mein Fenster stand weit offen und der kühle Wind wehte herein, und ich sah die immergrünen Fichten, die sich hin und her wiegten. Der Himmel war dunkelblau und rosarot am Horizont.

Ich schlich mich leise aus dem Haus und lief barfuß durch das nasse Gras, lief am Holzzaun entlang, der ganz krumm war und grau wie ein alter Mann.

Und dann sah ich sie. Mit dicken Tautropfen benetzt, wand sich ihr Stiel an einem Zaunpfahl empor. Große, dunkelgrüne Blätter reckten und streckten sich dem Morgenlicht entgegen, und ganz oben thronte eine blaue Blüte. Ein leuchtender Kelch, der heller strahlte als der Himmel im Sommer. In der Mitte zwei gelbe Stempel voll pulvrigem Blütenstaub, die nur auf eine Biene zu warten schienen.

Den ganzen Tag habe ich die Blume angeschaut und

sie bewundert. Zwischendurch regnete es ein bisschen. Die Tropfen fielen leise auf die zarten Blätter.

Diese Blüte ist das Schönste, was ich je gesehen habe.

11. November - Ein Traum

In Wirklichkeit sind wir nie aufs Land gezogen. Meine Eltern waren zu schwach. Erst ist meine Mutter gestorben und ein paar Tage später mein Vater. Einfach so. Er hätte weiterleben können, ich weiß es. Er hat manchmal gesagt: Wer Am Boden Liegt Muss Wieder Aufstehen. Wie Ein Boxer.

Er hat es nicht getan. Er hat meine Mutter in den Arm genommen und ist ihr hinterhergegangen. Und ich? Er hat mich nicht gefragt, ob ich mit will. Am Morgen bin ich aufgewacht. Aber er nicht. Ich wollte auch einfach sterben, aber es ging nicht. Ich hasse mich dafür.

Die Wohnung ist ihr Grab. Ich habe die Tür abgeschlossen, niemand soll sie holen.

Ich bin aufs Dach gezogen, mit dem letzten Kanister Wasser. Habe alle dicke Kleidung, die im Haus war, angezogen. Ich sitze still, den Rücken an der Brüstung. Über Nacht ist es Winter geworden und der Schnee liegt dick auf den Konservendosen, den Plastikeimern und verwelkten Pflanzen. Ich lese in unserem zerfledderten Gartenbuch. Wir haben alles nach den Anweisungen gemacht. Aber die Sache mit dem Grünzeug hat trotzdem nicht so richtig geklappt. Vielleicht hatten wir nicht genug Erde. Oder die Samen waren nicht in Ordnung, oder es gab nicht genug Regen.

Wenn ich abends einschlafe, sind hinter meiner Stirn Bilder von Ben. Es ist nicht möglich, jemanden aus seinem Herzen zu streichen. Das ist die Wahrheit.

-

Das schöne Landleben habe ich mir ausgedacht, gegen die Kälte und die Dunkelheit und die Angst. Aber das ist vorbei. Mir ist warm und ich bin sehr müde. Mir fallen die Augen zu. Meine Finger sind ganz steif.

Seltsam, dass ich noch Strom habe. Die Stadt liegt im Dunkeln.

Morgen soll ich sechzehn werden. 12. November 2040. Das wird also auch nicht klappen. Finalbescheuert.

Es fallen immer noch Schüsse, die Panzer rollen. Doch es ist friedlicher als sonst, der frische Schnee dämpft alle Geräusche.

Wir hätten früher aufs Land gehen sollen. Damals, als noch Zeit war. Damals, als alle wussten, dass es schlimm werden würde.

Aber die blaue Blume gibt es wirklich.

Ich schenke sie der Welt, wenn ich jetzt sterbe.

* * *

Ben (11. November, 21:32)

anna! die soldaten hatten mich erwischt. aber ich bin wieder frei. ich will dich treffen!

Anna (11. November, 21:40)

Woher soll ich wissen, dass du wirklich Ben bist?

Ben (11. November, 21:41)

wir treffen uns dort, wo wir uns das erste mal gesehen haben.

Anna (11. November, 21:43)

Ich kann nicht. Ich bin auf dem Dach.

ZWEITER TEIL

UNSER GEHEIMES ZIMMER

Keine Ahnung, wie ich vom Dach runtergekommen bin. Keine Ahnung, wie ich in dieses Zimmer gekommen bin. Ich weiß nicht, was passiert ist. Es spuken seltsame Bilder durch meinen Kopf. Was bilde ich mir ein und was ist real? Manchmal denke ich, ich wurde hierher getragen. Es fühlte sich an, als ob ich ganz fest gehalten wurde, und doch schwebte ich. Manchmal sehe ich meine Füße, wie sie einen Schritt nach dem anderen machen in Richtung Unendlichkeit.

War da noch jemand neben mir?

Aber egal welche Bilder durch meinen Kopf geistern, immer schneit es, und dann ist alles schwarz. Am liebsten würde ich immer in dieser Dunkelheit bleiben. Es ist so still und friedlich dort. Aber es geht nicht, meine Augen machen sich selbstständig, sie wollen sich öffnen. Meine Ohren hören Geräusche. Es raschelt.

Meine Lider klappen hoch – und da steht Ben.

Es ist wirklich Ben. Obwohl das Licht ziemlich schummrig ist, kann ich sehen, wie seine Augen blitzen, als würde er gerade etwas aushecken. Auf seiner Schulter sitzt eine fette Ratte. Ich muss daran denken, dass manche Leute diese Viecher essen - wenn sie denn eine erwischen.

Die Ratte hebt die Vorderpfoten und quiekt, als würde sie mich begrüßen.

Ben trägt eine Fellmütze und einen dicken grünen Armeemantel, der ihm bis zu den Knien reicht. Er hatte mir von dem Mantel erzählt, als er noch in Hamburg war. Aber als er in Berlin ankam, hatte er ihn nicht dabei. Nur einen kleinen Rucksack. Das weiß ich genau.

Er sieht überhaupt nicht aus, als käme er aus der Gefangenschaft. Er sieht aus, als käme er gerade aus dem Paradies.

»Das ist aber seltsam«, sage ich.

Als ich das nächste Mal wach werde, hockt Ben neben mir auf der Matratze. Er nimmt meine Hand. »Weißt du noch, wie Sterne schmecken?«

Ich schüttele den Kopf. Er beugt sich nach vorn und küsst mich. Die Welt dreht sich ohne uns weiter.

Ich falle durch ein Loch in der Zeit. In ein anderes Universum. In eine Pause vom Krieg. In eine Pause vom Sterben, mit Ben.

Ich mache die Augen auf. Immer noch ist alles schummrig. Liegt es daran, dass es Nacht ist oder dass der Raum, in dem ich liege, keine Fenster hat? Es ist warm und um mich herum ist alles gepolstert. Ich schwebe auf einer watteweichen Wolke.

Wieder bin ich wach. Eine Kerze brennt und Ben sitzt auf einem Kissen neben mir. In seinem Mundwinkel hängt eine Zigarette. Wenn er daran zieht, glüht die Asche goldorange auf, ein kleiner Punkt Trost am Ende des Universums. Er merkt nicht, dass ich wach bin, so konzentriert tippt er auf einem Board. *Meinem* Board!

»Finger weg!«, will ich rufen. »Das ist meins!« Aber aus meinem Mund kommt nur so ein seltsames Gurgeln, meine Zunge klebt am Gaumen, mein Hals kratzt.

Ben sieht hoch, die Asche fällt auf den Boden, und ich schlafe wieder ein. Ich träume von Schnee und von Schritten. Da sind Menschen. Meine Eltern. Sie rufen etwas. Ich sehe nur ihre Münder, hören kann ich nichts.

Nur für Sekunden schaffe ich es, meine Augen offen zu halten. Mal sehe ich die Ratte vor mir, mal Ben. Es riecht nach Zigarettenrauch. Mir wird schlecht. Rauchen gefährdet die Gesundheit. Ich muss lachen und höre wieder nur dieses Gurgeln in meiner Kehle. Was für ein alberner Gedanke.

Ich fühle etwas an meinen Lippen, schmecke etwas Süßes. Ich schlucke. Heißer Tee! Der Geschmack explodiert in meinem Mund. Mein Magen rebelliert, ich spucke alles wieder aus und falle zurück in meine Wolke.

Den nächsten Tee behalte ich bei mir.

»Wie bin ich hierhergekommen?«

»Psst«, macht Ben.

Ich bin wach. Mein Körper fühlt sich an wie mit Blei ausgegossen. Ich schaffe es nicht, auch nur einen Finger zu bewegen. Also verdrehe ich die Augen, bis sie mir fast aus dem Kopf springen, damit ich den ganzen Raum sehen kann. Er ist groß, bestimmt doppelt so groß wie unser Schlafzimmer, und er hat zwei Fenster, die aber mit Brettern vernagelt sind. Sie gehen wahrscheinlich zur Straße raus, denn ich höre Panzer vorbeifahren.

Es ist Tag, messerscharfe Streifen graues Licht fallen durch die Ritzen. Myriaden von Staubsternen wirbeln herum und überlegen, wo sie sich niederlassen sollen. Es ist warm, und weil unmöglich schon Sommer sein kann, muss es eine Heizung geben, die funktioniert.

Im Dämmerlicht kann ich erkennen, dass die schmutziggrüne Tapete in Fetzen von den Wänden herunterhängt. Dahinter der graue Beton. Es riecht muffig und ein bisschen nach Urin. Ich finde, das ist der übelste Geruch. Besonders im Sommer riecht die ganze Stadt danach – und nach Schlimmerem. Bloß nicht dran denken. Aber jetzt tu ich's doch. Und wenn ich schon dabei bin, denke ich auch noch schnell: Berlin hatte mal über vier Millionen Einwohner. Und jetzt?

Mein Vater hat das immer gesagt, wenn er nach Hause kam und wieder Leichen gesehen hatte in den Straßen. Niemand weiß, wie viele Menschen noch hier leben. Niemand weiß, wie viele schon gestorben oder geflohen sind.

Leichen stinken furchtbar. Süßlich. Wenn man es einmal gerochen hat, vergisst man es nie.

In die Löcher im Fußboden und in den Wänden hat jemand zusammengeknüllten Stoff gestopft. Der Beton wird einfach porös und zerfällt, dazu braucht es nicht mal mehr Gewehrschüsse. Durch Risse im Boden fällt Licht an die Decke. Im Zimmer unter uns sind die Fenster also nicht vernagelt. Auch von oben kommen durch ein paar Löcher Sonnenstrahlen herein und malen helle Punkte auf den Boden. So muss es im Wald sein, wenn die Sonne durchs Blätterdach fällt.

Ich liege wie eine Porzellanprinzessin eingemummelt in tausend dicke Federdecken. Als ob Ben glaubt, ich könnte zerbrechen.

Aber etwas stimmt nicht. Das Bettzeug kenne ich! Es gehört meinen Eltern! Da liegt mein Board neben dem Bett auf einer Kiste und die Kerze daneben ... stand zuletzt in unserem Schlafzimmer! Ich versuche verzweifelt, Luft einzusaugen. Und da, meine Waffe. Mein Hals schnürt sich zusammen. Ich verschlucke mich an dem Unglaublichen: Ben ist in unserer Wohnung gewesen. Er hat den Haustürschlüssel in meinen Sachen gefunden. Er hat unsere Wohnung geplündert. Dabei liegen meine Eltern in ihren Betten, zu Eisklötzen gefroren.

Wie konnte er das tun?

Ich höre Schritte, ein Quieken, und dann ist Ben da. Er kniet sich neben mich hin. Das Blei in meinem Körper wird flüssig.

Ich schluchze und weine, versuche ihn zu schlagen.

»Du darfst nicht an sie denken«, flüstert Ben. »Sonst wirst du verrückt.«

»Wie soll ich nicht an sie denken, wenn hier überall unsere Sachen sind?«

»Ich wollte nicht, dass du frierst. Wir hatten nur diese eine Wolldecke.«

Ich grabe meine Finger in seinen Mantel. Er hält mich fest, bis ich wieder einschlafe.

Die Tage vergehen. Erst bleibe ich nur Minuten wach, dann Stunden. Ben ist immer da, wenn ich die Augen aufschlage. Vielleicht hat er einen eingebauten Anna-Ist-Jetzt-Wach-Chip. Außerdem weiß er einfach, was ich denke und was ich fühle.

Heute bin ich die ganze Zeit wach. Ben fragt, ob er mich trotzdem ein paar Stunden alleinlassen kann. Klar kann er, er besorgt schließlich das ganze Essen und alles andere für uns. Auch wenn ich ihn am liebsten nie mehr loslassen möchte.

Er geht zur Tür, kommt zurück und küsst mich. »Jetzt aber wirklich!«

Er läuft los, ich höre ihn schon im Flur. Aber da ist er wieder und fragt, ob er diese eine Sommersprosse auf meiner Nase auch wirklich schon geküsst hat. Dabei erwischt er doch mit jedem Kuss Hunderte.

Nach dem dritten Mal lachen wir so sehr, dass er auf mein Bett kippt und anfängt, mich richtig zu küssen. Er geht erst viel, viel später.

Mittlerweile mag ich es sogar, dass unsere Sachen da sind. Es fühlt sich hier jetzt wie ein Zuhause an. Ben hat mir noch das Heft mit den Eichendorff-Gedichten mitgebracht. Und meine Bürste. Seine Oma hatte auch so eine.

Alles ist gut in diesem Zimmer. Wie in einer Seifenblase, die auf einem breiten, ruhigen Fluss in der Sonne treibt. Jedenfalls ist es das, was ich mir wünsche. In Wirklichkeit ist der Fluss rasend schnell. Wir treiben unaufhaltsam auf einen reißenden Wasserfall zu und die Strömungen ziehen an uns. Es wird bald etwas passieren. Aber die Bewohner der Seifenblase wissen noch nichts davon.

Ich liege auf dem Bett und starre an die Decke. Irgendwann ist Ben wieder da. Ich sehe ihn an und er sagt: »Mach dir keine Sorgen. Ich hab alles unter Kontrolle.«

Er hat schon mal gesagt, ich soll mir keine Sorgen machen. Und dann war er verschwunden und mein Herz hatte einen zweiten Riss. Gleich neben dem von Luki.

Sterben wäre jetzt gut. Genau jetzt, und nicht erst, wenn wieder alles schiefgegangen ist. Was natürlich totaler Blödsinn ist, denn nie wollte ich lieber leben als in diesem Moment. Ich bin einfach sterbensglücklich.

Ben besteht darauf, dass ich seine Haare abschneide. »Sonst mach ich's selbst.«

Er setzt sich auf den Stuhl und ich schnippel mit meiner Nagelschere an seinen Haaren herum. Währenddessen hält er mir mal wieder einen Vortrag über die politische Lage. Seiner Meinung nach sind die Separatisten an allem schuld. Was ich sehr seltsam finde. Mein Vater hat mir nämlich mal erklärt, dass es an der Separationsbewegung liegt. Wenn die sich nicht von den Separatisten abgespalten und eine eigene Gruppe gebildet hätte, wäre angeblich alles besser gelaufen. Und Lukis Eltern behaupteten immer steif und fest, schuld sei ausschließlich die Militärregierung zusammen mit der WePo, die anderen würden sich nur wehren. Aber angefangen hätten sowieso die Amerikaner. Ben sagt, es waren die Chinesen, und mein Vater meinte, es waren die Europäer, und wenn man es ganz genau nimmt, die Russen. Er hält – also er hielt nie was von den Europäern. Unsere Regierungen Haben Die Ganze Europäische Idee Versaut. Da blickt doch kein Mensch mehr durch, wer woran schuld ist. Ich meine, es geht ums Überleben.

»Genau kann man es natürlich erst im historischen Rückblick sagen«, erklärt Ben.

Ich lache, weil es sich anhört wie ein auswendig gelernter Satz von einem Erwachsenen.

Ben kreuzt die Arme vor der Brust und ist beleidigt. Aber nur kurz, dann fängt er wieder von den Separatisten an. Und wie toll dagegen die Widerstandsbewegung sei. Die würden nämlich wirklich zusammenarbeiten.

Ben sieht mit seiner neuen Frisur ein bisschen aus wie ein junger, struppiger und sehr dünner Hund. Aber er gefällt mir auch so, und seine kohlrabenschwarzen Augen gefallen mir am besten.

Wir haben einen kleinen Gaskocher. Es gibt Brennnesseltee oder schwarzen Tee mit Milchpulver und ein paar Krümeln Zucker. Manchmal gibt es auch nur heißes Wasser. Aber wir haben jeden Tag etwas zu essen. Einmal hatten wir einen Instantwürfel Fleischbrühe. Und einmal eine echte Kartoffel. Immer Dauerbrot, und neulich sogar eine Dose Mais. Wir haben alles, was wir brauchen.

Die Ratte finde ich immer noch eklig, aber Ben ist total stolz auf sie. Sie heißt Flip, weil sie irre hoch springen kann. Er hat sie abgerichtet. Sie hört genau auf sein Kommando und apportiert sogar Dinge. Ben hat sie meine Nagelfeile und meine kleine Schere holen lassen. (Danach hab ich beides erst mal ordentlich abgewischt.)

Ich kann richtig sehen, dass sie ihn liebt. Doch ich kann mich einfach nicht mit Flip anfreunden. Dieser nackte Schwanz und der dicke dunkelbraune Körper. Die Ratte schläft in seinem Bett am Fußende. Wenigstens ist sie so weit weg von mir.

Ben hat unsere beiden Matratzen im rechten Winkel zueinander in eine Ecke gelegt. Als es mir noch nicht gut ging, haben wir zusammen in meinem Bett geschlafen, weil Flip da nicht reingeht. Am Anfang hat Ben noch versucht, mich zu überreden, die Ratte zu streicheln. Aber da ist echt nichts zu machen. Ich halte es gerade so in einem Raum mit ihr aus. Wenn Ben Sachen besorgen geht, nimmt er sie zum Glück immer mit.

Es riecht gut bei uns. Ben hat ein paar Räucherstäbchen mitgebracht. Abends steckt er manchmal eins an, setzt sich im Schneidersitz vor mich auf ein Kissen und beginnt: »Willkommen im Land der Sultane und Kalifen, der fliegenden Teppiche, der goldenen Paläste und der lieblichsten Prinzessinnen, die je ein Mensch erblickt hat ...«

Die halbe Nacht bin ich im Orient. Ich werde müde, lege mich hin, und er kommt immer näher, bis er mir die Geschichte ins Ohr flüstert und mich mit seiner Stimme in den Schlaf streichelt.

In meinem Blog hat er nie viel geschrieben, aber in Wirklichkeit kann er die schönsten Geschichten erzählen. Doch von sich selbst erzählt er immer noch nichts. Er ist ein bisschen wie ein ferner Stern, der wunderschön glitzert, aber unerreichbar für mich bleibt. Was sich seltsam anfühlt, weil er mich wie niemand zuvor zu kennen scheint.

Drei Wochen sind wir nun schon hier. Ich bin nicht ein einziges Mal draußen gewesen. Ich gehe nur nach nebenan, wo Ben eine provisorische Toilette für uns gebaut hat. Der Toilettendeckel aus dem Badezimmer, das völlig zerstört ist, liegt auf einem Loch im Boden. Darunter baumelt ein großer Plastiksack und ein Eimer mit Streu steht daneben. Jetzt weiß ich, woher der Name Plumpsklo kommt.

Unser geheimes Zimmer gehört zu einer Wohnung in einem alten Haus in der Nähe der Gedächtniskirche, sagt Ben. Ich frage immer mal wieder, wie ich hierhergekommen bin. Aber er antwortet nicht. Oder er sagt: »Ich hab dich hergezaubert. Ich hab dich so vermisst.« Was sich sehr schön anhört. Doch ich möchte wissen, wie es wirklich war.

Einmal sagte er, er habe mich hergetragen wie eine Braut über die Schwelle des Schlosses. Wir wären jetzt König und Königin. Aber er ist klapperdürr, er kann mich nicht getragen haben.

Wer hat mich hergebracht? Was hat Ben damit zu tun?

Nach und nach hat Ben all unsere Sachen besorgt. Den Gaskocher und Kartuschen. Nur die zwei Töpfe waren schon da. Wir können damit sogar genug Wasser heiß machen, um uns zu waschen.

Ben hat mir ein Tagebuch mitgebracht und einen Stift. Es ist ein Heft mit Seiten aus alten indischen Zeitschriften. Die Vorderseiten sind leer, die Rückseiten mit neonbunter Werbung bedruckt. Damit ich meinen Blog weiterschreiben kann. Aber eigentlich ist das doch totaler Quatsch. So liest das ja nie jemand.

Das Beste ist, dass die Solarmodule auf dem Dach noch funktionieren und die Rohre in den Wänden auch. Manchmal ist uns sogar fast zu warm, abstellen kann man die Heizung nämlich nicht. Deshalb haben wir den Stoff aus den Löchern im Boden und in der Decke genommen, denn die Räume unter und über uns sind nur halb so warm wie unserer.

Den Stoff in den Wandlöchern lassen wir aber, wo er ist. Keine Bewegung und kein Licht darf nach außen dringen. Die Kerze brennt noch, dabei ist nur ein winziger Stummel übrig.

Manchmal kann ich es einfach nicht glauben, dass niemand sonst das warme Haus entdeckt hat. Ben behauptet, dass er es auf einem seiner Streifzüge gefunden hat. Und dann sagt er wieder: »Ich hab alles unter Kontrolle. Mach dir keine Sorgen.«

Die Worte knirschen wie Panzerketten im Schnee.

Ich weiß manchmal nicht, ob ich ihm glauben soll.

Ihn scheint eine Art Schutzzauber zu umgeben. Dass ihn die Soldaten wieder freigelassen haben, ist ein Wunder. Er saß wochenlang in einer eiskalten Zelle, und irgendwann haben sie ihn einfach laufen lassen, weil sie den Platz brauchten.

Das ist die merkwürdigste Geschichte, die ich je gehört habe.

Ben ist kurz im anderen Zimmer. Ich räume auf. Als ich unser Bett mache, will ich seinen Armeemantel auf die andere Matratze legen. Ich schnuppere ein bisschen daran, obwohl Ben ja nur nebenan ist, aber ich mag seinen Geruch so. Meine Hand streift eine der Taschen. Ich fühle etwas Hartes. Es ist ein Ausweis. Das Bild zeigt Ben, aber der Name ... Ben heißt gar nicht Ben. Und der Nachname kommt mir bekannt vor, doch ich weiß nicht woher. Ich stecke den Ausweis zurück und lasse den Mantel fallen, als würde er brennen.

Bestimmt bin ich puterrot, als Ben zurückkommt. Ich fühle mich schuldig, als hätte ich mit Absicht geschnüffelt, deshalb sage ich nichts. Es spielt ja eigentlich auch keine Rolle, wie er wirklich heißt.

»Es schneit«, sagt er. Der Plumpskloraum hat ein Fenster in den Hinterhof. »Es ist wunderschön draußen, komm!« Er hält mir eine Hand hin, um mich hochzuziehen.

Ich umschlinge meine Beine mit den Armen. Obwohl es total albern ist, will ich hier nie wieder weg, nie wieder raus müssen. Nicht mal, um mir den Schnee anzuschauen. Ich habe plötzlich schreckliche Angst, dass alles, was wir haben, da draußen zerplatzt. Dass das alles hier nur ein Traum ist.

Ben steht weiter einfach nur da. Dann lächelt er. »Na gut, dann geh ich eben allein. Feig-Fisch.«

Vielleicht gibt es irgendwo in meinem Körper ein winziges Fünkchen Mut. So wie das kleine Feuer, das Luki eines Nachts mitten auf der Straße angezündet hat, obwohl Ausgangssperre war. Aber sie meinte, wir hätten das Recht, dort draußen zu sein.

Also stehe ich auf und ziehe meinen Mantel an. Ben setzt mir meine Mütze auf und wickelt den Schal um meinen Hals, als wäre ich ein kleines Kind. Ich fange an zu schwitzen, und fast bin ich froh, rauszukommen und die frische Luft in meine Lunge zu saugen.

Es ist mitten in der Nacht. Der Himmel über der Stadt ist dunkelgrau und helle Flocken tanzen durch die Luft und fallen leise auf die Erde. Als fänden sie es einfach schön, hier zu sein. Reine weiße Schneeflocken, die uns umschweben und die Welt hell machen und still und friedlich. Kein Schuss ist zu hören. Kein Panzer rollt.

Ben zieht einen Handschuh aus und sucht meine Hand in meiner Manteltasche. Wir gehen ganz langsam die Straße entlang.

In dieser Nacht gibt es keinen Krieg. Alles ist zugedeckt von einer weißen, weichen Decke aus Stille und Frieden.

Es schneit, wie es noch nie zuvor geschneit hat. Es gibt keine anderen Menschen mehr auf der Erde. Nur uns beide, Ben und mich. Was für ein schöner Gedanke. Gleich werden wir den Rand der Welt erreichen, noch einen Schritt machen und uns ins warme Nichts fallen lassen wie Schneeflocken.

Ich sehe nur noch meine dick mit Lumpen umwickelten Schuhe und die weiße Straße. Und jetzt sehe ich auch die nicht mehr. Ich bin blind vor lauter Schnee.

Irgendwann wird uns doch kalt. Wir gehen zurück, und Ben läuft noch mal auf die Straße, um einen großen Topf Schnee zu holen.

Wir trinken Brennnesseltee, und als uns endlich wieder richtig warm ist, ziehen wir uns aus und verschmelzen unter der Bettdecke, bis wir eins sind.

Was bedeuten schon Namen. Ich werde nichts sagen.

Es war kein Hamburger Ausweis. Es war ein Berliner. Vielleicht ist er gefälscht. Ben kann so was.

Ben küsst mich am nächsten Morgen wach, hält mir einen Becher Brennnesseltee hin und setzt sich mit seiner Tasse neben mich aufs Bett. Heißer Dampf steigt vor unseren Gesichtern auf. Flip macht Männchen.

Ich umschließe den Becher mit beiden Händen. »Wo hast du ihn eigentlich gefunden?«

»Ach, Flip hatte ich schon in Hamburg.«

»Aber als wir uns das erste Mal getroffen haben, hattest du ihn nicht dabei und deinen Armeemantel auch nicht.«

Ich beiße mir auf die Lippe. Das hatte ich nicht sagen wollen. Es klingt, als würde ich ihm misstrauen. Und wahrscheinlich tue ich das auch, seitdem ich den Ausweis gefunden habe.

»Ich hatte alles versteckt. Dachte mir schon, dass du Flip nicht mögen würdest.« Ben steht auf. »Ich muss los, noch was besorgen.«

Er geht, ohne noch dreimal zurückzukommen und mich zu küssen, und bleibt den ganzen Nachmittag weg. Viel länger als sonst.

Also schreibe ich in mein Tagebuch und lese Eichendorff-Gedichte, um mich abzulenken. Als ich dazu keine Lust mehr habe, reinige ich sogar noch die Waffe, was ich eigentlich überhaupt nicht gerne mache. Daisy hat mir gezeigt, wie es geht. Mit den Dingern kennt sie sich aus.

Ben nimmt die Waffe nie mit, wenn er unterwegs ist. Er sagt, sie ist für meine Sicherheit, er kann Waffen nicht leiden. Er kommt auch so durch. Was ich ziemlich leichtsinnig finde. Er tut so, als wäre er unverletzlich. Wenigstens hat er ein Klappmesser dabei.

Die Tür öffnet sich langsam. Obwohl ich mich hier sicher fühle, erschrecke ich jedes Mal. Aber es ist Ben. Er zieht seinen Armeemantel aus und wirft sich neben mich aufs Bett, greift in seine Hosentasche und zieht einen halben Müsliriegel heraus. »Magst du was Süßes? Schmeckt ein bisschen muffig, ist aber ganz in Ordnung. Spielen wir Wann-ist-es-abgelaufen?«

Seine Stimme klingt, als wäre nichts vorgefallen, dabei weiß ich, dass er sauer war wegen meiner Fragen und nur deswegen länger weggeblieben ist. Ich habe keine Lust auf Streit. Ich sage nichts mehr zu vorhin und spiele einfach mit. Ist doch egal, wer er ist und woher er kommt. Für mich ist er Ben.

»Dezember 2030«, rate ich.

»Januar 25. So wie der schmeckt.«

Ben untersucht den Riegel. »Gewonnen! Juni 2026.«

Er bricht ein Stück ab und wirft es Flip zu. »Das Älteste, was ich mal gegessen habe, war von 2018. Eine Dose Gulaschsuppe. Danach war ich zwei Wochen krank. Ich dachte, ich muss sterben.«

»Meins war, glaube ich, von 2022. Eine Dose mit weißen Bohnen. Aber die waren noch super. Woher hast du eigentlich immer die ganzen Sachen?« Diesmal frage ich nicht misstrauisch, nur neugierig.

Ben lehnt sich an mich und drückt seine Nase in meine Haare. »Aus einem Kaufhaus. Es hat ein riesiges Schaufenster, das rundum beleuchtet ist mit bunten, blinkenden Glühbirnen. Und es steht voll mit Pralinenschachteln, Bonbonnieren und Kuchenbergen. Du musst die Augen zusammenkneifen, so sehr strahlt alles. Und erst der Geruch ... nach Honig und Mandeln, nach warmem Teig, der gerade aus dem Ofen kommt. Es gibt Etagen voller schöner Dinge. Bunte Teppiche, rosa Regenschirme, Spazierstöcke aus Zucker. Du kannst alles haben, was du willst. Das nächste Mal kommst du mit. Diesmal hab ich alles allein aufgegessen. Ich dachte, dein Magen ist noch nicht ganz in Ordnung. Nur den Müsliriegel hab ich aufgehoben. So was soll ja gesund sein ...«

»Was ist eine Bonbonniere?«

Ben lässt sich in meinen Schoß sinken. »Eine Bonbonniere ist eine Glaskugel für schöne Süßigkeiten.«

Er zieht mich ganz eng an sich heran und hält mich so fest umschlungen, dass ich auf einmal wieder einen Körper habe und fühle, dass ich lebe. Und ein Herz, das mir fast aus der Brust springt vor Glück. Ich schiebe beide Hände unter seinen Pullover. Streichele seine weiche Haut.

Seine Finger laufen über meinen Rücken, besuchen jeden Wirbel, krabbeln nach vorn, streichen über meinen Bauch, umrunden meine Brüste.

Niemand kann uns verbieten, was wir tun, und niemand soll uns jemals in unserem Schloss stören. Wir sind schöne Süßigkeiten in einer Kugel aus Glas.

Hand in Hand schlafen wir ein.

Unaufhaltsam rasen wir weiter auf den Abgrund zu. Doch in meiner Seifenblase fühlt es sich an, als stünden wir still.

Am nächsten Morgen sieht er mir wie immer zu, wie ich meine Haare kämme. Er nimmt mir die Bürste aus der Hand und macht weiter.

Als ich sage, dass ich nie mehr von hier weggehen will, hält er einen Moment inne, dann kämmt er weiter. Aber nach einer Weile sagt er: »Wir können nicht mehr lange hierbleiben.«

Ich verstehe nicht, was er meint. Ich will es nicht verstehen.

»Es wird einfach zu gefährlich.«

»Warum?«

Er antwortet nicht.

»Dann lass uns aufs Land gehen«, sage ich und küsse ihn. »Bitte lass uns aufs Land gehen. Da ist es besser. Ganz bestimmt. Wir werden eigene Kartoffeln anbauen, Karotten, Tomaten. Alles, was wir brauchen.«

Ben sagt nichts und küsst mich zurück. Diesmal ziehe ich ihn auf die Matratze, und es ist mir egal, dass Flip zuguckt.

Später liegen wir still nebeneinander und starren an die Decke. Putz rieselt auf uns herunter, als unten Panzer vorbeifahren, und die Wände zittern ein bisschen. Es ist, als würde die Wirklichkeit ins Zimmer vibrieren. Sie ist nicht mehr aufzuhalten. Ohne Vorwarnung werden wir wieder in die richtige Welt zurückkatapultiert.

Plötzlich ist es kalt, und ich bin mir nicht mehr sicher, ob die Heizung jemals funktioniert hat. Meine Eisklotzeltern sind in meinem Kopf, der Hunger und der Winter auf dem Dach. Die Angst, dass Ben wieder verschwinden könnte wie damals. Ich denke an Luki – und im selben Moment fällt mir Santje ein. Wie habe ich sie bloß vergessen können? Ohne mich gibt es sie doch gar nicht richtig und ich bin nicht ganz ohne sie. Aber ich war zu sehr mit

Angsthaben und Traurigsein beschäftigt und mit dem Sterben, und dann mit Ben und mir und unserem Glück.

Wir werden aufs Land gehen.

Aber erst muss ich Santje finden.

Wir müssen sie mitnehmen. Überall ist es besser als in der Stadt.

Ohne meine Eltern bekomme ich nicht den monatlichen Familienvermerk in meinen Ausweis, und das heißt, dass die Soldaten mich von Ben trennen und in ein Heim stecken werden, wenn sie mich schnappen.

Über die Heime habe ich die schlimmsten Sachen gehört. In einem sollen gefrorene Beine im Keller gefunden worden sein. Wenn ich daran denke, habe ich sofort Bilder von einbeinigen Kindern im Kopf. Aber das ist natürlich wieder nur Blödsinn, den die Leute erzählen.

Wir liegen nur so da. Hand in Hand. Ben zieht mich an sich. Wenn er mich festhält, bleibt die Welt für eine unendliche Sekunde stehen.

Und erst viel später sage ich: »Lass uns wenigstens noch ein paar Tage hierbleiben. Bitte.«

Die Augen halte ich fest geschlossen. Ich spüre nur, wie Ben nickt, und dann wieder seine Lippen.

Brausepulver und Vanille.

Aber schon am nächsten Tag ist alles vorbei. Es gibt eben keinen Frieden – nirgendwo.

Flip hört die Männer zuerst.

Die WePo versteht keinen Spaß

Weg, weg, weg, schlägt mein Herz.

Lauf, lauf, lauf.

Lauf weg. Lauf weg. Lauf weg. Lauf weg. Lauf weg.

Aber es geht nicht. Ich sitze schockgefrostet auf dem Bett.

Alles ist überlaut. Das Fiepen von Flip. Das »Psst!« von Ben. Das Pochen in meinen Ohren. Das Aufklappen seines Messers.

Er stößt mich an. Ein Blick. Sachen packen. Leise, leise, leise, den Rucksack, das Board. Meine Waffe in den Rockbund. Zu laut, sie zu entsichern. Und die ganze Zeit die Stimmen von unten. Rau, roh, wie knirschendes Metall.

»Wenn das Schwein das nächste Mal im Netz ist ... Müssen nur warten, bisses wieder Strom gibt, dann. Kann nich lang dauern.« Ein rostiges Lachen. »Dann isser tot.«

»Der hat wirklich versucht, Daddy zu hacken?«

»Wenn ich's dir doch sag! Nicht *versucht,* er *hat* ihn gehackt. Mit 'nem Trojaner, wie früher. Old-style.«

»Und wenn er doch hier ist?«

»Geh doch nachgucken.«

»Geh doch selber gucken.«

»Leck mich.«

Leise, leise in die Schuhe. Die suchen uns? Die suchen uns! Den WePo-Server gehackt! Wer macht so was?

Ben macht so was. Ich weiß es. Er hat mein Board benutzt. Wir sind tot.

Ich hab auch schon gehackt. Aber das ...

»Wär nicht das erste Mal, dass du falsch liegst, Wanze.«

»Der is gegenüber, weil die Ortung sagt, dass er gegenüber is.«

»Vorher hat die Ortung aber in ’nem anderen Haus gesagt.«

»Du bist dumm wie Dauerbrot! Da is ja wohl niemand mehr. Haste doch gesehen.«

»Was is das denn für ’ne Logik?«

Ben legt das Messer weg. Schlüpft in den Mantel. Sieht sich um, schiebt Zigaretten in den Rucksack, mein Tagebuch, die Bürste. Schwingt ihn auf den Rücken.

»Ich muss pissen.«

»Erst checkst du, ob das Haus clean ist.«

»Mach’s doch selbst.«

»Du nervst, Ratte!«

Flip steht auf den Hinterbeinen, seine Barthaare zucken nervös.

Wir schleichen los. Meine Nagelschere, meine Feile! Ohne die bin ich kein Mensch. Ich brauche sie. Sie liegen auf dem Boden vor dem Bett. Leise, leise. Meine Hände zittern. Die Schere fällt. Sie fällt so laut auf den Boden, dass es bis ins All zu hören ist.

Die Männer sind still. Wir sind still. Flip ist still.

»Da war was. Oben.«

»Das sind Ratten, Ratte.«

»Bullshit. Ich guck jetzt nach.«

Ben macht Flip ein Zeichen.

Flip trippelt los und springt durch einen Riss im Boden.

Ein Schrei. Ein Schuss.

»Siehst du, Ratte? War nur einer deiner Cousins.«

»Fresse, Wanze, ich geh gucken.«

Ben schleicht zur Klozimmertür.

»Da is nix, Ratte. Aber bevor du dir vor Angst noch in die Hosen machst, geh halt gucken.«

Unten quietscht eine Tür.

Die Verräter Schere und Feile in die Manteltasche.

Ich schleiche Ben hinterher. Weiche Beine. Rauschen im Hirn. Ben hockt am Klo. Macht Zeichen. *Knie dich hin.*

»Was ist das denn?«, wundert Ratte sich direkt unter uns. Dann ruft er: »Wanze, das musst du dir ansehen! Von der Decke wächst 'ne schwarze Riesenzunge!«

Ben legt die Klobrille zur Seite, löst den stinkenden Plastiksack von den Nägeln. Ich nehme die andere Seite.

Bens Mund formt Worte: Eins, zwei, drei.

Wir lassen los.

»Scheiße, verdammte Scheiße, scheiße!« Ratte schreit. »Scheiße, scheiße, scheiße ...«

Wanze lacht. »Du bist total vollgeschissen!«

Fast muss ich auch lachen. Aber das ist schnell vorbei.

»Scheiße, verdammt, die sind oben!«

Bloß weg! Laufen, laufen, laufen.

Durchs Zimmer. Wohnungstür. Hausflur. Treppe. Hoch, hoch, hoch. Immer Ben hinterher.

Oben - kein Dach. Abbruchkante. Rissige Steine. Über uns der eisige Himmel.

Das nächste Hausdach. So weit, zu weit.

Sie kommen.

Sie schreien.

Sie sind da.

»Spring!«, schreit Ben.

Er fliegt. Ich fliege. Es ist zu weit. Der Flug dauert zwei Stunden Angst.

Ich falle. Aufs nächste Dach. Auf Ben.

»Scheiße, Wanze. Hinterher!«

»Mach doch selber!«

Schuss und Schuss und Schuss. Ich weiß, es kann nicht sein, aber ich spüre den Luftzug der Kugeln, als sie über uns hinwegzischen.

Wegrollen. An die Mauer.

»Vergiss den Scheiß. Wir schnappen sie uns unten.«

Ben zieht mich zum Treppenhaus.

Wir können da doch nicht runter! Unten warten Ratte und Wanze. Meine Beine bewegen sich nur in Zeitlupe. Sie sind so schwer. Es dauert alles zu lange.

Die Treppe ist kaputt. Aber da hängt ein Seil. Wir lassen uns runter in die Wohnung.

Meine Lunge rasselt. Ich höre Ben keuchen.

Die WePos sind unten! Ich höre sie im Hausflur.

Trotzdem rast Ben vor mir die Treppe runter - ihnen entgegen. »Komm schon, komm!«, ruft er leise.

Er biegt ab in eine Wohnung.

Da ist ein Loch in der Wand. Wir klettern durch ins nächste Haus.

Runter, runter. Wir rasen nach unten. Bloß weg. Über einen Hinterhof. Unsere Schritte auf dem harten Pflaster. Schnell, schnell, ins nächste Haus.

Nach vorne raus. Eine Straße. Freiheit.

Stopp!

Stopp!

Stopp!

Wir bleiben im Hausflur stehen. An die Mauer gedrückt. In meiner Brust ein reißender Schmerz. Wanze und Ratte sind nicht da, aber Menschen. Schreiende, gejagte Menschen. Hinter ihnen her ein Panzer und ein Jeep. Soldaten stehen darin, die Gewehre im Anschlag.

Und dann höre ich das Geräusch. Höre das Donnern der Rotorblätter, bevor ich ihn sehe. Wie ein gemeines, fettes Insekt kommt der Hubschrauber über die Häuser geflogen.

Ben beachtet ihn nicht. Er starrt auf die Straße.

»Da ist Jamal!« Seine Augen sind staunende schwarze Kugeln.

»Jamal?«

Wieso kennt Ben jemanden in Berlin außer mir?

Ein Junge zieht im Laufen eine Waffe.

»Tu's nicht!«, flüstert Ben. »Neinneinneinnein …«

Jamal bleibt stehen, dreht sich zu den Soldaten um.

Auch ich bete jetzt: Tu's nicht, tu's nicht. Damit bringst du alle um.

Aber er schießt. Einmal, zweimal, dreimal, bis das Magazin leer ist.

Schüsse, Zischen, Pfeifen, Schreie, Blut und immer mehr Blut und Blut und Schreie. Menschen stolpern, fallen, bleiben liegen. Der Hubschrauber dröhnt, jagt, tötet.

Ich. Stocksteif. Ich kann mich nicht mehr bewegen. Ich schließe die Augen. Alle Geräusche rasen davon. Werden aufgesaugt. Stille im Kopf. Ich liege wieder unter meinen Bettdecken, ich liege auf dem Meeresgrund. Diese fast perfekte Stille. Nur ein fernes Rauschen. Ich bin allein. Hier bleibe ich. Das Wasser drückt mich zusammen. Hält mich fest. Es ist friedlich.

»Anna, Anna, mach die Augen auf. Es ist vorbei. Wir müssen hier weg. Gleich kommen die Leichensammler.«

Es ist nicht das Wasser. Es sind Bens Arme. Meine Zähne klappern hart aufeinander. Ich kann nicht so schnell zittern, wie ich friere. Ich will ja weg hier, aber es geht nicht.

»Anna, mach die Augen auf.«

Ich mache die Augen auf. Die Stadt ist zurück.

Ben zieht mich hoch.

Die Soldaten sind weg. Die Menschen noch da. Wir steigen über sie hinweg. Da ist dieses Wimmern, gegen das man nichts machen kann. Eine Frau hält einen Jungen im Arm. Alles ist rot und grau.

Ich muss mich übergeben. Es schmeckt bitter. Ich lehne mich an eine Hauswand. Die Steine sind fest. Aber die Wand schwankt.

»Anna, wir müssen weg von hier, schnell.«

Es wird langsam dunkel. Die Stadt ist wieder die Stadt. Ein paar Schüsse in der Ferne. Sonst ist alles ruhig. Wir auch. Wir reden nicht, wir gehen einfach. Fuß hoch und noch einen Schritt. Immer weiter.

Ich habe Ratte und Wanze nur Sekunden gesehen, als wir auf dem anderen Dach gelandet sind und ich mich zu ihnen umgedreht hab. Aber jetzt sind sie in mein Gehirn eingeritzt. Es ist besser, nie zurückzuschauen.

Ratte sah wirklich aus wie eine Ratte. Klein und fadendünn, ein spitzes Gesicht und braun verschmiert vom Kot gemischt mit Urin. Wir hatten den Sack lange nicht geleert. Das Gesicht: Ekel und Wut. Daneben Wanze, die Waffe auf uns gerichtet. Groß und kräftig, dichte braune Haare. Beide in schwarzen Hosen und Jacken. Wanze stand ganz ruhig da, und sein Gesicht sagte: Menschen erschießen, das mach ich jeden Morgen zum Frühstück.

Warum hat Ben deren System gehackt? Mit meinem Board. Finalbescheuert!

»Wo willst du denn hin, Anna?«

»Was hast du gemacht?« Ich trommle auf seiner Brust herum, auf seinen spitzen Knochen. Ich kratze ihm Streifen ins Gesicht.

Er versucht, mich zu packen. Wir rollen auf dem kalten Boden herum. Ich will ihm wehtun. Dringend.

Weil er sich einfach nicht wehrt, höre ich auf zu treten und zu schlagen. Als ich wieder atmen kann, betone ich jedes Wort: »DU GEHST MIT MIR AUFS LAND!«

Er nickt.

Ich packe seine Handgelenke. »Und wir suchen Santje. Jetzt!«

»Lass uns das morgen machen. Ich weiß, wo wir sicher schlafen können. Morgen machen wir alles, was du willst.«

Ich schüttele den Kopf. Wir machen es jetzt, jetzt, jetzt. Ist mir egal, dass die Sirenen heulen und der Laser AUSGANGSSPERRE in den Himmel schreibt.

Luki würde ein Feuer anzünden.

»Wir machen es, wie ich es will. Jetzt sofort.«

Mir ist klar, wir suchen Santje *und* Daisy. Es wird Schwierigkeiten mit ihr geben. Es gibt immer Schwierigkeiten mit Daisy. Wenn sie überhaupt noch lebt. Wenn sie beide noch leben. Aber das Letzte denke ich nur ganz leise. Und auch wenn ich Daisy nicht leiden kann, hoffe ich, dass sie bei Santje ist. Santje allein ist verloren. Ich habe sie einfach im Stich gelassen.

Ben schiebt seine Hand in meine Manteltasche. Unsere Finger finden sich wie warme weiche Tierchen, die sich in ihrer Höhle aneinanderschmiegen und zu einem verschmelzen. Mehr habe ich nicht. Nur ihn, einen Jungen mit falschem Namen, der lügt und den ich liebe. Das muss reichen.

Von hier aus kenne ich den Weg zu unserem alten Versteck nicht. Ich beschreibe Ben, wo es ist. Er findet den Weg leicht, dabei ist er doch noch gar nicht lange in Berlin. Es dauert eine ganze Weile, bis wir da sind.

»Woher kennst du Jamal?«

»Später«, sagt er.

Die alte Halle sieht aus wie immer. Das Tor ist nicht abgeschlossen. Wir schieben es ein Stück auf, zwängen uns durch den Spalt. Sie müssen hier drin sein. Jemand muss hier drin sein.

In der Halle stehen wie immer die Busse – ohne Reifen, aber voller Spinnweben und Schmutz, der von der Decke rieselt. Wie stille graue Riesen in einer Höhle.

Es ist dunkel, aber weil das Mondlicht durch die schmalen Fenster unter dem Dach fällt, können wir die Umrisse gut erkennen.

Alles ist ruhig.

Ben packt mich am Arm.

Stimmen.

Sie klingen wütend.

Ich stehe mitten in der Halle und weiß nicht, was ich tun soll. Ben zieht mich wieder Richtung Tor, doch dann bleiben wir beide gleichzeitig stehen und lauschen gebannt. Da ist eine traurige kleine Melodie, so hauchzart, dass sie ein bisschen taumelt, als sie durch die Halle auf uns zufliegt.

»Santje«, flüstere ich und ziehe meine Waffe aus dem Rocksaum.

Meine Hände zittern diesmal nicht. Ich halte das kalte Metall ganz fest. Und ich weiß, dass Ben weiß, dass er mitkommen oder es lassen kann. Ich gehe notfalls auch allein.

Ich höre sein Messer aufklappen.

Wir schleichen an der Wand entlang in den hinteren Teil der Halle. Da sind die alten Büros und auch das Zimmer, das Luki und ich für Santje hergerichtet haben. Ich öffne die Tür zum Flur.

Die Klinke quietscht ein bisschen, aber der schiefe Ton versteckt sich in der Melodie, die jetzt lauter zu hören ist. Wir steigen über den Schutt im engen Gang und einen Moment muss ich mich anlehnen. Als ich bereit bin, öffne ich die Tür neben mir und schiebe schnell erst die Waffe und dann mich in den Raum.

Ich spüre Ben hinter mir.

Es ist schummrig hier drin. Nur eine Kerze brennt auf dem Boden. Die Fenster sind verdunkelt. Santje steht in einer Ecke und lässt ihre Flöte sinken, als sie mich sieht. Da ist wie immer ihr Bett. Aber darauf liegt ein Soldat. Er starrt uns an. Seine Arme ragen nach hinten über seinen Kopf.

»Hände hoch oder ich schieße!«

Seine Hände sind ja irgendwie schon oben. Aber was soll ich denn sonst sagen?

»Verpiss dich, Schlampe!« Daisys Kopf taucht hinter dem Bett auf. Wegen ihres Beins dauert es einen Moment, bis sie steht. Jetzt begreife ich: Die Hände des Soldaten sind schon gefesselt, und Daisy war gerade dabei, sie auch noch am Kopfteil festzubinden. Sein Gewehr liegt neben dem Bett. Ich muss nicht mal eine Sekunde darüber nachdenken, wie sie ihn dazu gekriegt hat, sich hinzulegen. Seine Hose ist offen.

Ben springt vor und schnappt sich das Gewehr.

»Das ist meins, du Pisser!« Daisy greift sich ihre Krücke und schlägt damit nach Ben.

Eine Bewegung und meine Waffe ist entsichert. Mir ist nicht mehr kalt, ich bin kalt. »Noch einen Schritt und du bist tot.«

Meine Stimme ist kalt wie Eis.

Daisy erstarrt. Alle erstarren. Ich kann in Ruhe alles betrachten. Ich habe Zeit – eine Ewigkeit.

Ben kniet, das Gewehr in der Hand. Er und der Soldat sehen sich an. Der Soldat hat kurze graue Haare und einen ebenfalls grauen, spitzen Bart am Kinn. Dabei ist er noch jung. Er trägt die grüne Uniform der Sondereinheit der Armee. Die normalen Soldaten tragen Grau. Ich kann sie alle nicht leiden. Seine Kappe ist auf den Boden gefallen. Sein Mantel hängt über dem Bettende. Der Mann sieht gut aus. Er kommt mir bekannt vor und doch wieder ganz fremd. Woher sollte ich ihn auch kennen? Diese Art von Soldat verteilt kein Essen in den Stationen.

Daisy hat die Hände gehoben. Ihre Augen sind blau und böse. Daisy ist zehn Myriaden Mal hübscher als ich, nur jetzt nicht. Ihr Gesicht ist wutverzerrt. Und drumherum blonde Locken.

Meine Haare sind ganz dick, rot und lang, aber wenn ich sie nicht bürste, stehen sie wild in alle Richtungen ab. Meine Augen sind viel zu groß, deshalb sehe ich immer ein bisschen erstaunt aus, egal ob ich wütend bin oder froh. Und mein Mund ist auch zu groß. Er ist riesig. Mein ganzer Körper ist voller Sommersprossen.

Santje steht ganz in die Ecke gedrückt. Sie sieht aus wie eine ängstliche Maus. Sie ist sehr klein und ihr Gesicht spitz, die Haare sind stumpf und linealgerade. Alles an ihr ist irgendwie farblos. Sogar ihre Augen sind farblos mit einem Hauch grau und grün. Nur ihre Flöte mit dem Elfenbeinkopf schimmert weiß und hell in ihrer Hand wie ein Stern. Sie hat sie von ihrem Großvater bekommen, und der hatte sie von seinem Großvater und immer so weiter.

Ich habe nichts unter Kontrolle. Es ist gefährlich hier. Und ich denke an blonde Locken und Spitzbärte.

Warum weiß ich, dass Daisy den Mann umbringen wird, wenn sie bekommen hat, was sie will? Er ist schließlich nur ein Soldat. Warum habe ich dann Lukis Stimme im Kopf? *Du sollst nicht töten.* Ich soll an das Gute glauben? Ich sehe hier nichts Gutes. Aber für Luki tue ich es. Und weil ich nicht töten kann. Nicht Daisy und auch nicht den Soldaten. Krieg hin oder her.

Die Welt setzt sich wieder in Bewegung.

Ben packt das Gewehr und lässt es über den Boden in meine Richtung schlittern.

»Bind ihn los«, zische ich Daisy zu.

»Einen Scheiß werd ich tun.«

»Lass die Hände oben!«, schreie ich.

Ben zieht den Revolver aus dem Gürtel des Soldaten. »Tu, was sie sagt!«

»Was jetzt?« Daisy grinst hämisch. »Hände hoch oder losbinden?«

»Losbinden«, sagt Ben.

Sie tut es ruckartig, zwei Waffen auf sich gerichtet. Der Soldat macht keinen Mucks. Er verzieht nicht mal das Gesicht.

Daisy kommt auf mich zu. Ein Schuss knallt. Sie schreit. Blut tropft von ihren Fingerspitzen. Dabei habe ich doch auf den Boden vor sie gezielt. Sie sollte nur merken, dass ich es ernst meine.

Mist, Mist, Mist, es tut mir leid! Trotzdem sage ich: »Das nächste Mal ist dein Arm dran.«

Daisy hält ihre Hand und wimmert.

Der Soldat ist frei, er reibt sich schweigend die Handgelenke. Es wirkt, als wäre er an der ganzen Sache nicht beteiligt. Ben leert die Patronen aus der Pistole und steckt sie in seine Tasche. Genauso macht er es mit dem Gewehr.

Der Soldat knöpft seine Hose zu, zieht seinen Mantel an und rückt seine Kappe zurecht.

Ben wirft ihm das Gewehr zu, dann den Revolver. »Hau ab«, sagt er.

Das hier ist meine Sache, warum spielt er Chef? Aber eine andere Idee habe ich auch nicht. Und es ist kein guter Zeitpunkt, um zu streiten.

Der Spitzbart sagt nicht mal Danke. Er nickt einfach und geht zur Tür.

»Mit dem wirst du keinen Spaß haben.« Daisys gesunder Arm ragt nach vorn wie ein Gewehrlauf und zeigt auf Ben. »Ich hab dich gleich erkannt. Du wirst gesucht. In jeder Militärstation hängt dein Bild. Ihr beide habt euch echt verdient.«

Der Spitzbart dreht sich noch mal um. Ben und er sehen sich an.

Der Spitzbart sieht mich an.

Dann geht er endlich.

Daisy wimmert wieder, sie bückt sich und hebt ihre Krücke auf. Das Versteck ist verbrannt. Der Soldat wird seinen Kumpels Bescheid sagen und wiederkommen.

»Du beschissene Schlange …« Daisy fängt plötzlich an zu fluchen, sie hört gar nicht mehr auf. »Das wirst du mir büßen!«, schreit sie mich an. »Du hast alles versaut!« Sie geht zu Santje und reißt ihr die Elfenbeinflöte aus der Hand.

»Nein!«, rufe ich.

Aber es ist zu spät. Sie donnert die Flöte mit aller Kraft auf den Boden. Das Elfenbein zerspringt in tausend kleine Stücke.

Santje steht nur da. Sie kniet sich nicht hin, sie schaut nicht auf den Boden. Sie sieht nur Daisy mit ungläubigen Augen an.

»Was meinst du, wovon ich leben soll?«, schreit Daisy und packt Santjes Arm. »Weißt du, was ich mit den Waffen alles hätte machen können?« Sie stößt Santje in meine Richtung. »Die kannst du zurückhaben!«

Santje prallt gegen mich und fällt mit einem winzigen Schrei auf den Boden.

Daisy humpelt aus dem Raum. Eine Tür kracht.

Dann ist es still.

Die weißen Splitter auf dem Boden funkeln wie gefallene Sterne.

Das hab ich nicht gewollt.

IN DEN UNTERGRUND

Alles fühlt sich taub an. Ich bin eine trostlose Wüste, durch die ein schwarzer Wind pfeift.

Ben geht voran. Drückt sich an Mauern entlang, durch Torbögen. Ich laufe hinterher, ziehe Santje an der Hand mit mir, umklammere die Waffe in der Manteltasche.

Wo gehen wir hin? Wie schnell werden die Soldaten hinter uns her sein?

Bens Rücken ist gekrümmt, die Schultern hat er nach vorn gezogen. Sogar von hinten sieht er grimmig aus. Er ärgert sich über das, was gerade passiert ist. Was hat er mit dem Soldaten zu tun? Da war dieser Blick. Warum wird er gesucht? Die Soldaten hatten ihn doch schon geschnappt. Und warum war Daisy in einer Militärstation?

Santje wird immer langsamer. Ich ziehe sie vorwärts, aber sie stemmt sich dagegen. Wenn sie wenigstens etwas sagen würde, wenn sie mich anschreien würde. Doch so macht sie mich nur noch wütender.

»Komm jetzt endlich!«, zische ich und schäme mich im selben Moment.

Santje bleibt stehen. »Ich möchte ... ich möchte meine Flöte ... wiederhaben.«

Mir steigen die Tränen in die Augen. Ihre Stimme klingt seltsam rau, vielleicht weil sie sie so selten benutzt. Die Worte kommen stockend und mit Pausen dazwischen.

»Ich möchte meine Flöte ... wiederhaben.«

»Ich weiß, Santje, aber das geht nicht. Komm, wir reden später. Wir müssen hier weg.«

Ich versuche, sie weiterzuziehen. Aber sie schüttelt den Kopf und macht sich steif. Ben ist schon ein ganzes Stück voraus. Ein dunkler Schatten in der Nacht. Ich will ihn gerade rufen, da dreht er sich um. Der Schatten winkt uns zu sich.

Er kann in der Dunkelheit nicht sehen, dass ich den Kopf schüttele. Aber auf einmal ist er neben mir.

»Sie will einfach nicht weitergehen«, flüstere ich verzweifelt.

»Ich möchte ... meine Flöte wiederhaben.«

»Du bekommst deine Flöte wieder«, sagt Ben. »Nicht genau so eine, aber eine andere. Ich versprech's dir.«

»Wie kannst du so was sagen?«, frage ich.

»Ich versprech's dir«, wiederholt Santje Bens Worte.

»Ich zeig dir einen Ort, der hell und warm ist und wo überall Noten wohnen. Du kannst wieder Musik machen. Möchtest du das?«

»Wo die Noten wohnen ...«

»Du kannst so viele davon spielen, wie du willst. Du musst nur mit uns kommen. Ich zeig dir, wo die Noten wohnen.«

Santje nickt und wir gehen weiter. Ich weiß nicht mehr, wo wir sind. Wo will er bitte eine Flöte herbekommen?

Auch wenn es nicht richtig ist, dass er Santje angelogen hat - ich bin froh, dass sie nun mitläuft. Ben ist nicht einen Moment unsicher und geht weiter, Straße für Straße, immer weniger vorsichtig.

Langsam kriecht mir die Kälte in jede Pore. Ich kann gleich nicht mehr weiter. Und ich weiß auch nicht, ob ich noch weiter will. In meinem Kopf ist ein einziges Durcheinander.

Ben bleibt stehen.

Im selben Moment höre ich es, das Surren eines Jeeps. Lichtkegel kommen näher. Gleich sind die Soldaten da. Wir stehen mitten auf der Straße. Ich sehe mich um, es gibt nichts, keinen Torbogen, keine Nische, keine Tür. Nur ein paar Autos.

»Unters Auto«, flüstert Ben.

»Nein«, sage ich. Er weiß es doch selbst, nie unter Autos, wenn sie einen da erwischen, ist es aus. Da kommt man nicht mehr weg.

»Unters Auto! Sofort!« Ben liegt auf dem Boden und robbt vorwärts. Santje kriecht ihm nach. Die Scheinwerfer kommen näher.

Ich stehe nur da, ganz starr.

Gleich werden sie uns schnappen, dann ist es endlich vorbei.

Ben kriecht wieder unter dem Auto hervor. Zieht mich mit sich.

Ich gebe nach, lasse mich fallen, rolle unters Auto.

Die Lichtkegel huschen über uns hinweg.

Der Motor wird leiser, dann ist alles still.

»Bist du wahnsinnig?«, fragt Ben. »Was glaubst du passiert, wenn sie dich kriegen?«

Die Worte schießen aus mir heraus: »Warum wirst du gesucht? Warum haben die Soldaten dich freigelassen? Warum kannte der Soldat dich? Ihr kanntet euch. Ich hab's gesehen.«

Santje wimmert wie ein kleines Tier. Sie hält sich die Ohren zu, und dann stößt sie einen Schrei aus, der mir durch Mark und Bein geht.

Ich streichle ihr übers Haar, flüstere: »Alles ist gut, Santje, wir hören auf zu streiten. Alles ist gut ...« So lange, bis sie ruhig wird. Aber unter dem Auto hervor kriecht sie erst, als Ben ihr eine Geschichte mit Musik verspricht.

Ben nimmt Santje an die Hand. »Es war einmal ein wunderlicher Mann, der kam in eine Stadt namens Berlin. Er hatte einen bunten Rock an und eine Kappe auf dem Kopf mit vielen Glöckchen daran, und er sagte, er sei ein Soldatenfänger. Er versprach, im Tausch gegen etwas zu essen die Stadt von allen Soldaten zu befreien ...«

Santje hört zu und läuft neben ihm her. Alles bleibt ruhig. Langsam kenne ich mich in der Gegend wieder aus. Am Potsdamer Platz führt Ben uns zur U-Bahn.

»Wir gehen da jetzt runter«, sagt er.

Gänsehaut überzieht meinen ganzen Körper. »Ich geh da nicht runter! Da sind Menschen, die wer weiß wie gefährlich sind. Die essen Ratten. Die bringen uns um ...«

»Psst …«

Der Eingang ist mit einem Absperrzaun geschützt. Glassplitter knirschen unter meinen Füßen. Ich sehe nach oben. Von den meisten Hochhäusern stehen nur noch die Stahlgerippe. Alle Fassaden sind zerstört. Ich stelle mir vor, wie es Glasscherben geregnet haben muss, als der Platz bombardiert wurde.

»Hilf mir endlich, Anna.«

Wir richten einen Müllcontainer auf, steigen drauf und klettern über einen Drahtzaun, rutschen über Geröll bis auf einen Vorsprung runter. Zwei Meter müssen wir uns fallen lassen auf die Gleise.

Ben sagt: »Da drin ist die Musik.«

Santje zögert keine Sekunde.

Ben schaut zu mir hoch. »Da drin hab ich Freunde. Komm!«

Die beiden sind schon fast im Tunnel verschwunden, als ich springe.

Nach ein paar Metern im Tunnel macht Ben wieder »Psst …« und alles ist totenstill. Da ist nur noch das Rauschen in meinen Ohren, und ein Tropfen, der von der Decke klatscht, und noch einer. Ich blicke zurück, aber der Eingang ist schon nicht mehr zu sehen. Die Dunkelheit ist wie eine kalte Umarmung, aus der man nie wieder entkommt. Der Geruch, der uns aus dem Tunnel entgegenschlägt, beißt in meiner Nase und lässt mich würgen. Ich ziehe meinen Rollkragen hoch bis unter die Augen. Noten in der Luft? Ein warmer, heller Ort? Ich will keinen Schritt weitergehen.

Ben lauscht in die Dunkelheit. »Gefährlich ist es hier für Feinde ...«, flüstert er.

Aus der Finsternis sagt eine tiefe Stimme, als hätte der Tunnel selbst einen Mund: »... aber als Freund bist du in Sicherheit.«

Vor Schreck mache ich einen Schritt rückwärts, stolpere und falle auf die Gleise.

Ben zieht mich wieder hoch.

Ich bin so wütend auf ihn und seine ganzen Geheimnisse, und nun gibt es noch eins mehr. Was für Freunde?

»Lass mich. Ich kehr um! Santje, komm.«

Santje nimmt meine Hand. »Wir suchen den Ort ... wo die Noten wohnen.«

Ben mit seinen blöden Geschichten.

Ich weiß, dass Santje nicht mit mir kommen wird, ich muss es gar nicht erst versuchen. Also gebe ich nach.

Je tiefer wir kommen, desto stickiger wird es. Es fällt mir immer schwerer zu atmen. Niemand sagt ein Wort.

Die rechte Hand strecke ich nach hinten, um Santje nicht zu verlieren, meine linke Hand streift immer an der Wand entlang, über kleine Risse, raue Vorsprünge. Meine Kehle ist trocken vor Angst und alle Sinne sind angespannt, und trotzdem peitschen Gedanken durch meinen Kopf wie kleine gemeine Schüsse. Wer ist Ben wirklich? Wer lebt hier unten? Wer ist der Mann, der nur eine Stimme hat, aber keinen Körper? Warum kennt Ben hier jemanden?

»Wer war der Mann?«, frage ich, als ich die Stille nicht mehr aushalte. Es ist so dunkel, dass ich Ben nicht sehen kann, ich höre nur seine leisen Schritte vor mir.

»Smirge«, flüstert Ben.

»Sag nicht meinen Namen«, dröhnt die Stimme direkt neben uns. Santje schreit vor Schreck auf. Ich ziehe sie zu mir. Mein Herz rast. Dieser Smirge war die ganze Zeit da! Ich hab nicht mal seine Schritte gehört. Wer ist sonst noch hier?

»Tut mir leid.« Bens Stimme klingt klein.

Es wird wärmer. Als ob irgendwo tief unten in den Tunneln ein Feuer brennt.

»Wir sind bald da«, sagt Ben. »Wartet.«

Langsam wird meine Furcht zu Panik. Wenn es nur ein bisschen Licht gäbe. »Geh nicht weg!«

Ich höre Steinchen fallen.

Eine Taschenlampe leuchtet auf. Als Erstes blicke ich mich nach Smirge um, aber da ist niemand.

»Du wirst ihn nicht sehen, aber er ist immer da«, höre ich Ben.

Das ist nun wirklich kein Trost. Wenn es hier noch mehr von der Sorte gibt, kann ich mir vorstellen, warum die Soldaten die Tunnel meiden wie die Pest – und alle anderen auch.

Etwas huscht um uns herum.

»Das sind nur Ratten«, sagt Ben. »Sie tun uns nichts.«

Die Lampe beleuchtet eine rostige Leiter, die an einer glatten Betonwand nach oben führt. Geflügelte Insekten geraten durch das zitternde Licht in Aufruhr und krabbeln und huschen durcheinander.

Ben zeigt nach oben. »Nicht mehr weit.«

Er klettert zuerst, dann Santje, dann ich.

Ben hilft uns in einen kleinen Raum, in dem wir gerade so stehen können. Im schwachen Licht, das noch von unten herauf scheint, erkenne ich Schlafsäcke, und in einer Ecke eine kleine Eisentür. Ben klopft. Klopft noch mal.

Die Tür öffnet sich einen Spalt, wir schlüpfen durch.

Ein Mann sitzt in einem spärlich beleuchteten Durchgang. Sein Gesicht ist fast schwarz, das Weiß seiner Augen strahlt. Er stützt sich auf sein Gewehr und lächelt. »Na, Ben, die schönsten Frauen der Stadt entführt?«

Es klingt nett, und zum ersten Mal, seitdem wir hier unten sind, atme ich tief durch. Am Ende des Gangs öffnet Ben eine weitere Eisentür und wir treten in eine andere Welt.

Die Tunnelmenschen

Wir stehen inmitten von Stimmen, und es dauert einen Moment, bis ich blinzelnd etwas erkenne. Stehlampen tauchen den Raum in helles Licht. Er ist lang und schmal und nicht sehr hoch.

Fenster gibt es natürlich keine, hier unter der Erde. Aber es gibt Tische, Sofas, Sessel. Leute hängen rum, reden oder schlafen. Neben ihnen liegen Gewehre, ein paar haben Waffen am Gürtel. Einige schauen sich kurz nach uns um und reden dann weiter. Eine Frau lacht.

Ich ziehe meinen Mantel aus.

Eine Ratte läuft auf Ben zu. Flip! Ben hebt ihn hoch. »Ich hab gewusst, dass du nicht tot bist!«

Flip hat eine blutige, verschorfte Stelle an der Seite, aber sonst scheint es ihm gut zu gehen. Ich freue mich fast, ihn zu sehen. Er hat uns wahrscheinlich das Leben gerettet.

»Ben!« Ein Mann und eine Frau kommen auf uns zu.

Der Mann hat Rastalocken und ist dunkelhäutig wie der Typ im Durchgang. Er sieht gleichzeitig alt und jung aus. Das liegt an seinem Gesicht – es ist vernarbt, als wäre er schon mehr als einmal in einen ernsthaften Kampf geraten. Sein langer, schwerer Mantel ist zerschlissen. Der schwarze Pullover darunter hat Löcher. Der Mann sieht aus, als hätte er Macht.

Die Frau ist vielleicht vierzig und trägt ein Kopftuch. Ihr rundes Gesicht ist ernst und nachdenklich. Sie hat tiefe, dunkle Augenringe. »Ihr habt es also doch geschafft! Wir haben uns schon Sorgen gemacht.« Sie zeigt auf den Mann neben sich. »Zahur war in der Wohnung, als du nicht gekommen bist. Er hat nur deine Ratte gefunden.«

Zahur lacht. »Und einen großen Haufen Scheiße. Ihr müsst erzählen, was passiert ist. Du bist bestimmt Anna?«

Automatisch strecke ich meine Hand zur Begrüßung aus.

»Ich bin Aza«, sagt die Frau.

»Und das ist Santje«, sage ich. »Meine Schwester.«

Santje schaut wie immer nur mit großen Augen.

»Sie redet fast nicht«, erkläre ich. »Aber sie versteht alles.«

»Was war los?«, fragt Zahur.

»Die WePo war mir auf der Spur«, sagt Ben. »War knapp. Und Jamal ist tot. Es gab einen Aufstand. Anna und ich sind fast reingeraten. Die Soldaten haben die Menschen vor sich hergetrieben. Und dann hat Jamal auf die Soldaten geschossen ...«

Zahur sieht ihn kopfschüttelnd an. »Jamal ist gestern Morgen verschwunden.«

»Das hat er wegen Elija getan«, sagt Aza. »Gab es viele Tote?«

Ben nickt und Aza stößt einen Seufzer aus. »Du hättest gleich mit Anna herkommen sollen.«

»Sie war zu schwach«, verteidigt sich Ben.

»Wir hätten dir geholfen, das weißt du doch«, sagt Aza.

Ben senkt den Blick. »Nicht alle wollen, dass ich hier bin. Wer traut mir hier denn außer euch?«

»Ist gut jetzt. Ruht euch aus.« Zahur schaut auf seine Uhr. »Aza, Sitzung«, sagt er und geht.

Santje zupft Ben am Ärmel. »Noten in der Luft?«

»Was meint sie?«, fragt Aza.

Ben zuckt mit den Schultern. »Ich hab ihr versprochen, dass ihr Musik macht und sie mitspielen darf.«

»Sie spielt Flöte«, erkläre ich. »Wie niemand sonst. Aber ihre ist kaputtgegangen.«

Aza lächelt. »Das kriegen wir hin. Ich kümmere mich später darum.« Dann geht sie Zahur hinterher.

Wir suchen uns eine Sitzgruppe und lassen uns in die Sessel sinken. Ben versucht, meine Hand zu nehmen. Aber ich ziehe sie weg. Wir schälen uns aus den Pullovern und sitzen in T-Shirts da, so warm ist es hier drin.

Ein Mann bringt ein Tablett zum Tisch, auf dem Wassergläser und drei dampfende Teller mit weißen Bohnen stehen. Fleisch ist daruntergemischt. Das esse ich nicht, es ist bestimmt Ratte.

Nach dem Essen schläft Santje in meinem Arm ein.

Ich beobachte die Leute. Sie sehen auch nicht viel anders aus als die Menschen oben, nur dass sie alle bewaffnet sind. Aber sie gehen nicht so gebeugt und wirken weniger ängstlich.

Ben sagt, das hier sei der Aufenthaltsraum. Nach dem Tag heute ist es für mich das Paradies, auch weil es hier nicht so stinkt. Oder ich rieche es bloß nicht mehr.

Fast niemand beachtet uns.

»Komm, Anna.«

Santje lassen wir auf dem Sofa weiterschlafen. Ben zeigt mir den Waschraum, der vom Aufenthaltsraum abgeht. Mit Toiletten und einer Dusche, die sogar manchmal funktioniert, sagt Ben. Nur im Moment nicht. Aber ich kann mich an einem Bottich waschen.

Bevor Ben den Vorhang hinter mir zuzieht, will ich noch wissen, warum es hier Licht gibt, Heizung und Essen.

»Generator«, sagt er. »Und genug Vorräte.«

»Das ist doch ungerecht.«

»Es reicht aber nicht für alle. Und der Widerstand braucht gesunde, kräftige Kämpfer, um die Militärregierung zu stürzen und dann den anderen zu helfen.«

Ich halte beide Hände in das lauwarme Wasser und spritze es mir ins Gesicht. Das hier ist also der Widerstand.

Ich lasse mir Zeit, wasche mich von Kopf bis Fuß. Dann wecke ich Santje und helfe ihr beim Ausziehen und Einseifen. Als wir zurückkommen, machen Aza und zwei Männer Musik, die sehr fremd klingt. Es hört sich an, als würde sie ein bisschen leiern, aber sie hat auch etwas Geheimnisvolles und Mitreißendes.

Aza spielt Laute, die Männer trommeln und haben ein Instrument, das eine Art Geige sein könnte. Santje strahlt, als Ben ihr eine Bambusflöte in die Hand drückt. Ihre Melodie steigt zwischen den anderen Klängen wie ein kleiner Vogel in die Luft. Sie spielt ganz versunken und passt sich trotzdem perfekt der Musik an. Es klingt wunderschön. Ein paar Männer fangen an zu tanzen. Als das Lied zu Ende ist, klatschen wir alle. Nur Ben nicht. Er unterhält sich mit irgendeinem Typ. Es sieht aus, als würden die beiden sich streiten. Ben gestikuliert wild.

Die Musik fängt wieder an. Plötzlich packt der Typ Ben und drückt ihn an die Wand. Mit zwei Schritten ist Zahur bei ihnen, noch bevor jemand anders bemerkt, dass etwas nicht stimmt, und trennt sie voneinander.

Zahur und Ben setzen sich auf ein Sofa und stecken die Köpfe zusammen. Sie wirken sehr ernst.

Der Typ verzieht sich in den hinteren Teil des Raums, redet mit einem anderen, zeigt auf Ben. Dann verschwindet er durch eine Tür.

Santje schließt die Augen und spielt allein. Nach einer Weile stimmen die anderen wieder mit ein. Sie sieht aus, als wäre sie ganz weit weg. Ich glaube, sie macht keine Musik, sie ist die Musik. Wenn sie spielt, passiert etwas Seltsames. Wie soll ich das bloß sagen? Es fühlt sich menschlich an. Solange es Musik gibt, gibt es Hoffnung. Hoffnung, dass das Leben mehr ist als Krieg und dass das Gute gewinnt. Wobei ich keine Ahnung habe, wer die Guten und wer die Bösen sind. Ist es denn richtig, dass es hier unten alles gibt und oben die Menschen sterben?

Die Band spielt weiter. Ich wippe mit den Füßen und sehe den Paaren beim Tanzen zu. Ben steht vor mir, verbeugt sich und zieht mich hoch. Ich tanze das erste Mal in meinem Leben.

Ben lacht mich an, nimmt meine Hände und wirbelt mich herum. »Sie nennen sich *Die Gleishasen.* Das ist ein anderes Wort für Ratten. Gefällt's dir trotzdem?«

Ich nicke und wir tanzen weiter.

Ob man Spaß haben darf, wenn andere gerade Angst haben und unglücklich sind?

Später sitzen wir mit Zahur und Aza in einer Ecke. Eine Marielouise und eine Tabea sind auch noch dabei. Sie reden über Staatsformen und Revolte. Wenn die Militärregierung erst einmal gestürzt ist, was für eine Form wäre dann zunächst tragbar und was ist das langfristige Ziel?

Es ist komisch. Alle wissen genau, wie es gehen muss, aber jeder will etwas anderes. Als sich meine Eltern mit den Nachbarn die Zukunft ausgemalt haben, konnten sie sich auch nicht einigen, aber manchmal hat mein Vater gelächelt, wenn er zurückkam, als ob ihm die Gespräche neue Hoffnung gegeben hätten. Hier gucken alle sehr ernst. Es geht auch darum, dass Ben in den WePo-Rechner reingekommen ist und dass er da noch mehr über die Fabrik erfahren hat.

Wieso noch mehr? Ich bin müde und bekomme nur noch Bruchstücke mit. Sie reden und reden. Hätten sie gesagt: *Morgen geht's los, wir kämpfen,* wäre ich sofort dabei gewesen, aber so ...

Es ist spät, als alle aufbrechen. Santje darf auf ihrem Sofa liegen bleiben. Sie ist schon lange eingeschlafen. Aza bringt eine Decke und verspricht, auf sie aufzupassen. Santje ist nach dem Konzert nicht mehr von Azas Seite gewichen. Ich bin ein bisschen eifersüchtig, aber auch erleichtert, weil ich das Gefühl habe, nicht mehr die ganze Verantwortung für sie zu tragen.

Ben und ich müssen wieder in den Tunnel, zurück durch den Durchgang, die Leiter runterklettern. Aber dann gehen wir nicht zum Ausgang, sondern in die andere Richtung. Hier ist es kühl, wenn auch lange nicht so kalt wie über der Erde. Ich bin froh, dass wir diesmal eine Gaslaterne dabeihaben. So ist es weniger unheimlich. Smirge bekomme ich trotzdem nicht zu sehen.

In den Betonwänden über unseren Köpfen gibt es lange, schmale Einbuchtungen. Ben klettert in eine hinauf und zieht mich hoch. »Wie Kojen in einem Schiff«, sagt er.

Es ist eigentlich ganz gemütlich in den Schlafsäcken, trotz des Geruchs, und ich bin froh, dass wir ohne Santje übernachten können. Meine Wut hat sich schlafen gelegt.

»Soll ich dir die Geschichte von Captain Hook und Peter Pan erzählen?«, fragt Ben.

»Nein«, sage ich. »Keine Geschichten mehr. Ich will die Wahrheit.«

»Das ist die Wahrheit. Die Guten kämpfen gegen die Bösen.«

Ich schüttele den Kopf.

»Okay«, sagt Ben. Er greift nach der Lampe, um das Licht zu löschen.

»Noch nicht ...«

Er lässt seine Hand sinken. Ich weiß, dass es Verschwendung ist, aber ich möchte es noch einen Moment hell haben. Ich schiebe meine Hand wie immer unter Bens Pullover, und er rutscht noch ein bisschen näher an mich ran und steckt seine Nase in meine Haare.

»Leben überall in den U-Bahn-Tunneln Menschen?«

Ben legt seinen Kopf auf meine Schulter. Seine Haare kitzeln mich am Hals. »Es gibt verschiedene Gruppen. Aber ein Teil vom U-Bahn-System ist vom Widerstand besetzt. Wir sind schon oft umgezogen. Die Soldaten sollen sich nie sicher sein, wo wir gerade sind. Sie haben schon versucht, die Tunnel auszuräuchern. Mehr als einmal.« Er lacht leise. »Mit Rauchbomben. Dann sind sie mit Gasmasken rein und haben sich selbst nicht mehr zurechtgefunden in all dem Rauch. Aber wir haben Leute, die kennen sich hier unten blind aus.«

»Smirge«, sage ich.

»Zum Beispiel. Wir haben ein paar Smirges. Eine Zeit lang dachte Zahur sogar, es gibt einen Verräter unter uns. Die Soldaten schienen immer zu wissen, was wir vorhaben und wo wir sind. Aber in letzter Zeit ist es ruhiger geworden.« Er macht eine Pause, bevor er weiterspricht. »Ich habe gehört, dass Zahur eine ganz große Sache plant.«

Ben macht eine Geste mit dem Arm. »In diesem Abschnitt sind wir noch gar nicht so lange. Das Grundwasser drückt an ein paar Stellen hoch. Es ist feucht, aber das Wasser ist trinkbar, wenn man es filtert. Verdursten muss hier unten jedenfalls niemand. Nicht mal im Sommer. Soldaten, die auch nur in die Nähe kommen, werden erschossen. Sie wissen nicht genau, wo wir sind und wie viele wir sind. Sie können nichts gegen die Tunnelmenschen machen, oder zumindest ist ihnen bis jetzt noch nichts eingefallen. Man muss nur höllisch aufpassen, besonders wenn man die Tunnel verlässt. Das ist am gefährlichsten. Aber wir haben überall Späher postiert, die uns helfen.«

Als Ben fertig ist, bin ich für einen Moment still. Seine Stimme hat so stolz geklungen, als wäre er der König der Tunnelmenschen. Auf jeden Fall ist er der König der Geschichtenerzähler.

»Warum hast du zu Zahur gesagt, dass dir hier keiner traut? Was wollte der Typ vorhin von dir? Der, mit dem du gestritten hast?«

»Ach, das ist nichts. Dem passt meine Nase nicht. Er ist nicht der Einzige. Hier traut eben keiner dem anderen. Und darum darf man eigentlich auch nur zu zweit oder dritt raus und rein, immer in unterschiedlichen Gruppen, damit es keinen Verrat gibt. Nur ganz wenige, so wie Aza und Zahur, gehen allein raus, und ich mach auch, was ich will.« Es klingt trotzig und stolz zugleich.

»Und was sagt Zahur dazu?«

»Er lässt mich machen und mischt sich nicht ein. Ich glaube, wir sind uns ähnlich.«

»Inwiefern?«

»Nur so ein Gefühl. Kann ich nicht erklären.« Er nimmt eine Haarsträhne und dreht sie um seine Finger.

»Wie lange bist du denn schon hier? Warum weißt du so viel über den Widerstand?«

»Ich lerne eben schnell.«

»Und wie lange schon?«

»'ne Weile eben. Weiß nicht so genau.«

Danach ist es still. Als ich schon fast eingeschlafen bin, sagt er plötzlich: »Morgen gehen wir aufs Land. Wir können nicht hierbleiben.«

Da es meine Idee war, kann ich jetzt schlecht etwas dagegen sagen. Ich lege nur meine Hand auf seine Wange.

»Wir müssen ohne Santje gehen«, sagt er, und: »Hör mir erst zu«, während ich gleichzeitig »Niemals« sage.

Ich ziehe meine Hand zurück.

»Du musst mir vertrauen. Wir haben einen Plan. Es gibt einen Ort, an dem wir sicher sind, jedenfalls sicherer als hier. Aber der Weg ist weit.«

»Ist das der große Plan?«

»Nein, das ist noch mal was ganz anderes. Mehr kann ich dir nicht sagen. Wenn wir erwischt werden, ist es besser, du weißt nichts.«

»Aber du darfst alles wissen? Aus dir kriegen die Soldaten nichts raus, oder wie?«

»Je mehr Leute Bescheid wissen, desto gefährlicher ist es. So einfach ist das. Santje bleibt hier bei Aza und Zahur. Sie kommt im Sommer nach. Santje ist … Sie ist langsam und der Weg ist gefährlich und es ist kalt.«

»Okay. Aber nur, wenn du mir sagst, wo wir hingehen und was der tolle Plan ist. Nur wenn du mir mehr vom Widerstand erzählst.« Plötzlich kommt die Wut wieder hoch. »Du kommst doch gar nicht aus Hamburg, du kennst dich hier viel zu gut aus. Du hast mich belogen. Du heißt ja noch nicht mal Ben.«

Er schweigt eine ganze Weile. Als ich schon denke, es käme keine Antwort mehr, sagt er: »Wenn wir auf dem Weg sind, okay? Ich erzähl dir alles.«

»Schwörst du es?«

»Ich schwöre es.«

»Sorgst du dafür, dass Santje in Sicherheit ist und nachkommt?«

»Ja.«

»Schwöre.«

»Ich schwöre.«

WIR GEHEN AUFS LAND

Ben will auf einmal so schnell wie möglich los. Wir bleiben also wirklich nur noch bis zum Abend bei den Tunnelmenschen. Es geht aufs Land, so wie ich es mir gewünscht habe. Nur ohne Santje. Das ist okay. Sie ist hier glücklich und ich vertraue Aza und Zahur. Aber es fühlt sich trotzdem nicht richtig an.

Zwischendurch flackert das Licht in den Lampen und geht ganz aus. Wie von Zauberhand brennen plötzlich Kerzen auf den Tischen.

Ich kuschele mich zu Santje aufs Sofa und versuche, ihr zu erklären, was wir vorhaben und dass sie nachkommen wird, aber sie sieht mich kaum an. Sie umklammert nur ihre neue Flöte und fängt leise an zu spielen.

»Ich werde gut auf sie aufpassen«, sagt Aza.

Ben trägt einen großen Rucksack mit Proviant. Er hat Dauerbrot, eine Dose Mais und sogar ein paar nahrhafte Militärriegel aufgetrieben, die eigentlich nur für die Soldaten sind. Außerdem einen Schlafsack. Auf meinen Rucksack schnallt er den zweiten. Ich hab nie darüber nachgedacht, was man alles braucht, wenn man aufs Land geht.

Aza bringt uns zwei Flaschen Wasser, die wir auch noch verstauen, und eine Taschenlampe.

Flip bleibt zurück. Ben streichelt ihn noch einmal. »Bis später, Kumpel.«

Flip huscht mit uns raus und verschwindet in den schwarzen Gängen.

Auf dem Weg nach draußen begleitet uns wieder nur Stille. Und das unheimliche Gefühl, dass Smirge und vielleicht noch andere direkt neben uns laufen - völlig lautlos.

Am Tunnelausgang bleiben wir stehen. Ich kann schon die kalte, frische Winterluft riechen. Gierig sauge ich sie ein.

Ben lässt unsere Taschenlampe zweimal aufleuchten.

Nur ein paar Sekunden später fällt ein roter Lichtpunkt vor unsere Füße und erlischt sofort wieder. Ben nickt, und vorsichtig gehen wir weiter. Es ist ein anderer Zugang als der, durch den wir reingekommen sind. Wir müssen nur über eine Mauer klettern und sind frei. So fühlt es sich an, frei. Die da unten mögen reich sein und Essen und Waffen haben und Pläne und Musik. Aber die Luft ist zu dick und überall sind Ratten und Kakerlaken. Ich bin froh, wieder oben zu sein.

Wir gehen schnell und ohne zu reden. Immer weiter, bis in die Außenbezirke der Stadt. Wir laufen die Schönhauser Allee entlang und dann durch Pankow.

Dreimal müssen wir patrouillierenden Soldaten ausweichen.

Wir laufen unterm Berliner Damm durch, und plötzlich, ich versteh einfach nicht, wie er das macht, sagt Ben: »Warte mal eben« und kriecht in ein Auto, das am Straßenrand rumsteht. Er öffnet das Handschuhfach und holt eine Dose raus. Ein bisschen angerostet, aber sonst tipptopp.

»Bier.« Er stopft die braune Dose in meinen Rucksack. »Können wir vielleicht tauschen.«

Wir kommen an ein weites Feld mit Stacheldrahtzaun und einem Schild: MILITÄRISCHES SPERRGEBIET. Was ja wohl ein Witz ist, weil doch eigentlich die ganze Welt militärisches Sperrgebiet ist. Wir schieben uns unter dem Zaun durch und stapfen über den harten grauen Boden.

Es ist bestimmt schon nach Mitternacht, als wir in einem Ort ankommen, der Mönchmühle heißt. Hier sind die Häuser nicht so hoch wie in Berlin, aber genauso zerstört. Kein Mensch ist zu sehen, nirgendwo brennt Licht. Die Fenster sind vernagelt oder eingeschlagen – schwarze Löcher starren uns wie leere Augenhöhlen entgegen. Hier scheint niemand mehr zu leben.

Wir kommen am Bahnhof vorbei und Ben sagt: »Wir müssen warten«, aber natürlich sagt er nicht worauf.

Er schaltet die Taschenlampe aus. Heute Nacht bedecken graue Wolken den Himmel. Es sind Schneewolken, das kann ich riechen. Außerdem zwickt meine Narbe wieder. Das tut sie immer, wenn sich das Wetter ändert.

Wir sitzen an eine Mauer gekauert, und weil wir nicht mehr in Bewegung sind, wird uns kalt und wir klappern beide mit den Zähnen. Im Untergrund ist es vielleicht doch gar nicht so schlecht gewesen. Ich denke an Santje. Ich habe sie schon wieder im Stich gelassen. Aber es ist besser so für sie.

Oder für dich?, flüstert eine fiese kleine Stimme in meinem Kopf. *Du willst doch nur Ben für dich allein haben und das ganze Landleben noch dazu!*

Ein scharfer Pfiff durchschneidet die Stille.

Ben springt auf.

Jemand kommt auf uns zu, das Gesicht verhüllt. Ich kann nicht mal erkennen, ob es ein Mann ist oder eine Frau. Aber die Gestalt schiebt ein Fahrrad.

Ich habe ewig keins mehr gesehen. Es muss ein uraltes sein, es hat noch nicht mal einen Motor.

Der Austausch findet ohne ein Wort statt. Die Gestalt drückt Ben den Lenker in die Hand und verschwindet wieder in die Dunkelheit.

Das Fahrrad ist blau, oder schwarz, das kann ich nicht richtig erkennen. Es hat vorne einen Korb und auf dem Gepäckträger eine Holzplatte mit einem Kissen drauf.

»Damit kommen wir schneller voran«, sagt Ben.

»Das gehört jetzt uns?« Ich strahle ihn an. »Goldklasse!« Im Sachenbesorgen ist Ben einfach der Beste.

»Kannst du fahren?«, fragt er.

Ich schüttele den Kopf.

»Ich bring es dir bei. Morgen. Steig auf!«

Mein kleiner Rucksack kommt vorne in den Korb und ich nehme Bens großen auf den Rücken. Ben fährt ganz langsam los, ich renne nebenher, und nach ein paar Anläufen sitze ich auf dem Gepäckträger. Wir fahren eine

Weile schwankend Schlangenlinien, bis Ben das Gleichgewicht hält, aber dann geht's schnell geradeaus.

Hier draußen sind die Straßen ziemlich aufgeräumt und nicht voller Schutt wie in der Stadt.

Ich lache vor Glück. Radfahren macht Spaß! Jedenfalls auf dem Gepäckträger.

Ben fährt und fährt. Er schnauft und stöhnt. Ich hab keine Ahnung, woher er die Kraft nimmt. Meine Beine werden langsam taub, mein Hintern tut weh, trotz des Kissens. Ich traue mich kaum, mich zu rühren, damit wir nicht aus dem Gleichgewicht kommen. Ich schlottere vor Kälte, Ben schwitzt. Ab und zu fährt er sich mit der Hand über die Stirn. Der Rucksack auf meinem Rücken zieht mich nach hinten. Ich versuche, mich auf die Landschaft zu konzentrieren, mich abzulenken. Es gibt weniger Häuser, aber das Land ist das hier auch nicht. Es ist einfach nichts. Graue Erde, die giftig aussieht, sogar im Dunkeln. Niedrige Büsche und ein bisschen Gras am Straßenrand. Ben weicht immer wieder Schlaglöchern aus. Dann schwankt das ganze Rad und wir fangen uns nur mühsam.

Erst als ich wirklich nicht mehr kann, sage ich: »Halt mal an, ich brauche eine Pause.«

»Ein bisschen noch, wir müssen vorwärtskommen.«

»Dann erzähl mir jetzt, wo du herkommst und wo wir hinfahren.«

Ben atmet keuchend und hustet und schweigt.

»Sag was, oder ich spring ab.«

Mittlerweile ist mir klar, dass er noch viel dringender

aufs Land will als ich. Ich versteh nur einfach nicht, wovor er wegläuft.

»Gut«, keucht er.

Die Worte kommen hastig und ruckartig, als ob er sie ausspuckt. Er hat nicht viel Atem übrig. Es ist mir egal.

»Ich komme aus Berlin. Ich hab hier gelebt, bis ich elf war. Meine Eltern haben sich getrennt. Das heißt, mein Vater hat uns rausgeschmissen. Meine Mutter wollte unbedingt zurück nach Hamburg, wo sie herkommt. Weil ihr Vater damals auch noch gelebt hat. Also sind wir alle nach Hamburg. Meine beiden Brüder und ich. Als wir ankamen, war mein Opa aber schon tot.«

»Und dein Vater?«

Ben zuckt mit den Schultern. »Keine Ahnung. Interessiert mich nicht.«

»Ist das die Wahrheit?«

»Sieh mal!«, ruft Ben und hält plötzlich an. Ich springe ab und wir schauen nach oben. Aus den dicken grauen Wolken kommen Flocken. Weiße, reine Schneeflocken. Sie taumeln um uns herum, schmelzen auf unseren zum Himmel gereckten Gesichtern, landen auf unseren Mützen und Mänteln.

Ben küsst mich hauchzart auf die Nasenspitze, als könnte sie sonst schmelzen. »Die Flocken sehen dich von oben und wollen alle bei dir landen, weil du so schön bist.«

Und ich habe nichts Besseres zu tun, als rot zu werden.

Als das erste fahle Licht am Horizont auftaucht, halten wir wieder an. Nicht weit von der Straße entdecken wir einen Unterstand aus Beton. Ich kann mir nicht vorstellen, zu was der mal gedient hat, aber er hält den Wind ab, der über die Felder fegt und den Schnee aufwirbelt.

Eingemummelt in unsere Schlafsäcke, die Mützen tief ins Gesicht gezogen, sitzen wir ganz eng aneinandergeschmiegt, wie Tiere, die sich auf den Winterschlaf vorbereiten. Ich knabbere an einem Müsliriegel, Ben isst riesige Mengen Dauerbrot, als hätten wir unendlich viel davon. Er zupft eine Haarsträhne unter meiner Mütze hervor und dreht sie um seinen Finger. »Bekomme ich eine Locke?«

»Wie schmeckt eigentlich Bier?«, frage ich zurück.

Ben kramt nach der Dose, zieht die Lasche ab und schlürft den rausquellenden Schaum.

Er hält mir die Dose hin. »Eigentlich ganz lecker.«

Zuerst schüttelt es mich, so bitter schmeckt es, aber dann wird es immer besser. Und immer lustiger. So lustig, dass Ben vorschlägt, mir jetzt sofort das Fahrradfahren beizubringen, auch wenn wir vor Müdigkeit eigentlich nicht mehr können.

Wir schieben das Rad auf die Straße. Ich steige auf, Ben hält mich am Gepäckträger. Ich balanciere, fahre wilde Schlangenlinien. Steige ab und fahre in die andere Richtung, immer schneller.

»Jaaaaa!«, schreie ich in die kalte Luft.

»Weiter so! Immer treten!«, höre ich Bens Stimme weit hinter mir.

Ich drehe mich um. Er ist weg! Er hält mich nicht mehr,

er steht und winkt. Ich schwanke und falle lachend in den Schnee. Ben kommt angelaufen, hilft mir hoch. Mit einer Hand schiebt er das Rad, mit der anderen hält er mich fest. Wir laufen zurück zum Unterstand.

»Morgen fahr besser ich noch mal«, sagt er und lacht.

Ich greife in meinen Rucksack, da muss ein Taschentuch drin sein, mir läuft seit Stunden die Nase. Ich suche. Das Taschentuch finde ich, Wasser, meine Bürste auch, aber mein Board ist nicht mehr da.

»Ben, wo ist es?«

Ich weiß die Antwort schon, bevor Ben auf das Fahrrad zeigt, das vor uns im Schnee liegt.

Er zieht die Schultern hoch. »Das Board war sowieso verbrannt. Du hättest es nie mehr benutzen können. Die WePo hätte dich sofort geortet damit.«

»Und warum?«, schreie ich. »Weil du unbedingt ihren Server hacken musstest! Geht's eigentlich noch? Du hättest mich wenigstens fragen können! Du hast doch 'nen Vollschaden!« Meine Stimme überschlägt sich. »Ich weiß überhaupt nicht mehr, wer du bist. Du sagst nie die Wahrheit, Ben aus Hamburg. Der Soldat hat dich erkannt! Sag mir endlich, warum!«

Ben schweigt.

»Warum wirst du gesucht? Was machst du im Widerstand? Wo gehen wir hin? Los, jetzt sag schon was!« Meine Stimme gellt über die toten Felder. Ich packe Ben am Mantelkragen und schüttele ihn mit aller Kraft.

Er wehrt sich nicht, sagt nur: »Hör auf, Anna. Du verstehst das nicht.«

»Ach, vergiss es.«

Wir steigen in die Schlafsäcke, ohne noch ein Wort zu sagen, und liegen Rücken an Rücken. Und als würde das nicht schon reichen, kriechen meine Eltern vom Grund der tiefen See hoch, und Luki hinterher.

Ob Tränen auf dem Gesicht gefrieren können? Oder sind sie zu salzig?

Ben dreht sich um und nimmt mich in den Arm. »Ich bin ein ganz normaler Junge, der ein ganz besonderes Mädchen liebt.«

Das tröstet mich und ich glaube ihm. Aber ich sage trotzdem: »Lass mich in Ruhe.«

Und Ben dreht sich weg.

GEFANGEN

Wir schlafen, bis es fast schon wieder dunkel ist. Wir haben beschlossen, nur nachts zu fahren. Wenn Patrouillen kommen sollten, würden wir die Scheinwerfer schon von Weitem sehen und könnten uns verstecken.

Nicht, dass es sonderlich viel zum Verstecken gibt. In der Ferne erkennt man ein paar Häuser, aber sonst ist da weit und breit nichts.

Es muss den ganzen Tag über geschneit haben. Als wir aufwachen, liegen wir im Unterstand in einer Schneewehe. Wir essen Dauerbrot, sparen aber das Wasser in den Flaschen auf und essen lieber ein paar handvoll frischen Schnee.

Wir packen zusammen. Bis jetzt haben wir nicht ein Wort geredet.

»Warum hast du nicht einfach dein eigenes Board genommen?«

»Das hatte ich schon für das Essen getauscht, das wir in der Wohnung hatten, das Gas, die Kartoffel, den Tee. Deins funktionierte besser als meins.«

Wir schweigen wieder. Und ich dachte, er hätte das

alles irgendwo gefunden. Ich bin so dumm. Aber er hat es für mich getan, hat sein Board weggeben. Warum stelle ich mich mit meinem so an? Er hat mich gerettet.

Die Wolken verziehen sich langsam und das Licht wird dunkelblau wie Samt. Sterne flackern auf, als würde da oben jemand übers Firmament spazieren und Kerzen anzünden, eine nach der anderen. Es werden immer mehr.

Ich lausche wieder. Die Stille ist so anders als sonst. In der Stadt gibt es immer Geräusche. Das Brummen der Panzer und der Jeeps, manchmal das Dröhnen der Hubschrauber. Schüsse, Schreie. Und ich glaube, dass man auch die Fabrik hört. Ein ständiges Grollen aus der Ferne. Hier fühle ich mich taub. Diese absolute Stille. Durch den Schnee hat sie sich verändert. Es ist eine schöne Ruhe, die über dem ganzen Land liegt, die uns einhüllt und uns schützt. Der Schnee leuchtet von innen heraus und lässt es nicht richtig dunkel werden.

Die Straße erkennen wir nur, weil sie ein wenig höher liegt. Wie ein Damm, der zu den Seiten hin abfällt. In den Kuhlen links und rechts ist der Boden wohl wärmer, dort ist der Schnee geschmolzen. Wir fahren zwischen zwei schwarzen Streifen auf unserer eigenen Piste in die Zukunft. Es ist eine knifflige Angelegenheit, nicht aus dem Gleichgewicht zu geraten, weil Ben Schlaglöcher oder Steine natürlich nicht gut erkennen kann. Einmal fallen wir hin, kugeln übereinander, liegen im Schnee und lachen laut. Aber nur kurz. Dann fällt mir wieder ein, dass ich böse auf Ben bin, und das Lachen verendet im Schnee wie ein Vogel mit gebrochenem Flügel, der nicht mehr fliegen kann und es trotzdem versucht.

Wir steigen wieder auf und fahren weiter. Es muss schwer für Ben sein, durch den Schnee zu pflügen. Aber er klagt nicht, er schnauft nur. Wir fahren ohne Licht. Letzte Nacht haben wir den Dynamo am Fahrrad benutzt, doch da war es auch viel dunkler und der helle Streifen vor dem Rad hat uns vorwärtsgetrieben. »Ich fühl mich wie ein Esel, dem eine Karotte vor dem Gesicht baumelt«, hat Ben gesagt. »Nie werde ich das Licht einholen. Es ist mir immer eine Nasenlänge voraus.« Ich fand es seltsam, dass er *ich* sagte und nicht *wir,* und ich habe mich gefragt, ob er nicht etwas ganz anderes gemeint hat, was er nicht einholt. Aber ich habe nicht nachgefragt, er hätte mir ja sowieso nicht geantwortet. Wie immer, wenn es wichtig ist. Oder er hätte wieder gelogen.

Heute Nacht fühlen wir uns sicherer ohne Licht. Weit und breit ist niemand zu sehen. Der Schnee und die Dunkelheit beschützen uns.

Ich habe für einen Moment das Gefühl, dass wir die einzigen Menschen auf Erden sind, und der Gedanke gefällt mir sehr gut. Aber leider ist es nicht die Wahrheit.

Ab und an kommen wir durch ein Dorf oder passieren eine Ansammlung von Häusern. Alles stockfinster. Hier lebt niemand mehr. Trotzdem kneift mich jedes Mal die Angst in den Nacken. Ich warte auf einen peitschenden Schuss aus den dunklen Fenstern. Als ob Scharfschützen sich hier verschanzt haben und nur auf uns warten.

Immer mal wieder kommen wir an Autos vorbei. Manche stehen einfach auf der Straße, die Türen offen, andere sind am Straßenrand abgestellt, als ob jemand nur kurz angehalten hätte, um eine Pause zu machen. Wahrscheinlich ist ihnen der Wasserstoff ausgegangen.

Ben stoppt nie an den Autos. »Wer hier gestrandet ist, hat alles mitgenommen, was noch zu gebrauchen war. Und den Rest haben die genommen, die später kamen.«

Ich frage mich, wo die Leute hinwollten, und ob sie zu Fuß weitergegangen und an ihrem Ziel angekommen sind. Ich stelle mir vor, dass sie jetzt irgendwo in Sicherheit sind, im fernen Ausland, zum Beispiel in Indien, und sich darüber unterhalten, wie gefährlich die Flucht war, aber dass nun alles gut ist.

Ich bin ganz in meine Gedanken versunken, als Ben sagt: »Schau nicht hin!« Aber es ist zu spät. Vier Menschen liegen an der Straße. Eine Frau ist dabei, der Wind hat ihr den Schnee vom Körper geweht. Trotz der Dunkelheit kann ich lange schwarze Haare erkennen, doch ihr Gesicht ist schon zerfallen. Sie hat ein Kind an der Hand, es liegt ganz nah bei ihr.

Und schon sind wir vorbei. Erst als wir die Toten weit hinter uns gelassen haben, machen wir eine Pause, essen etwas Schnee und teilen uns ein Stück Dauerbrot.

In der Stadt war es irgendwie normaler, Tote zu sehen. Das war eben so. Aber hier draußen nehmen sie mir allen Mut.

»Wir kommen ans Ziel«, sagt Ben leise. Er fasst mit seinem Fausthandschuh nach meinem und hält ihn einen

Moment fest. »Es kann ein bisschen dauern, aber wir schaffen es.«

Ich nicke.

Warum glaube ich ihm bloß immer noch?

Wir fahren schweigend weiter. Aber es ist ein friedliches Schweigen. Wir schmollen nicht mehr, seitdem wir die Toten gesehen haben. Wir haben nur uns, und es ergibt auf einmal keinen Sinn mehr, sauer zu sein. Was bringt es mir schon, Recht zu haben, wenn wir beide auch tot im Straßengraben enden?

Ein Air-Shuttle liegt mitten auf einem Feld. Wie ein Klumpen Hoffnung, der einfach vom Himmel gestürzt ist. Auch die Reichen haben es nicht geschafft abzuhauen.

In meine Gedanken hinein beginnt Ben plötzlich, eine Geschichte zu erzählen. Von einem Mädchen, das unbedingt einmal Weihnachten im Schnee feiern wollte. Das Mädchen hieß Dala und war in Südindien aufgewachsen, seine Eltern waren Diplomaten. Die Mutter kam aus Deutschland und der Vater war Engländer. Die Mutter sehnte sich nach ihrem Zuhause und hatte Dala, schon als sie ganz klein war, immer von weißen Weihnachten erzählt. In Südindien gab es nie Schnee, und als Dala Jahre und Jahre gebettelt hatte, bekam sie schließlich die Reise geschenkt. Ihre Eltern flogen mit ihr nach Deutschland in ein kleines Dorf hoch oben im Schwarzwald.

Ich denke, das wollte das Mädchen nur, weil seine Mutter ihm immer wieder davon erzählt hatte. Von Tannenbäumen, Schnee, Kerzen und bunten Kugeln. Vielleicht ist es besser, wenn man nicht weiß, was es alles gegeben hat und dass es einmal anders war. Und wie gut es sein könnte. Dadurch wird alles nur schlimmer. Aber die Geschichte von Ben macht mir trotzdem ein warmes Gefühl. Er erzählt von duftenden Bratäpfeln und Schokoladenweihnachtsmännern. Von allem, was es früher zu essen gab. Gefüllte Gans mit Äpfeln und Maronen, dazu Rotkohl und Kartoffeln. Pudding zum Nachtisch und Weihnachtsplätzchen – so viele, dass man darin baden konnte. Ein paar Sachen muss er mir erklären, was Maronen sind zum Beispiel und Lametta und Christstollen. Bens Mutter hat ihm ständig von früher erzählt, darum weiß er das alles. »Und aus Büchern.« Er hat noch viel mehr gelesen als ich.

Als in der Geschichte dann der Weihnachtsmann an die Tür klopft und dem Mädchen einen Hund bringt, habe ich das Gefühl, dass der Welpe Bobo um uns herumspringt.

Vielleicht ist es, weil wir so laut reden und uns übertrumpfen mit dem, was es alles bei der südindischen Familie im Schwarzwald zu essen gibt, dass wir sie nicht früh genug hören.

Wir lachen über Bobo, der dem Diplomaten-Vater ins Bein beißt und den Baum umrennt, der sofort anfängt zu brennen, weil die Mutter ihn mit echten Kerzen geschmückt hat. Wir überlegen, ob wir das ganze Haus abfackeln wollen oder ob die Geschichte ein gutes Ende nehmen soll. Bobo schleppt die Reste vom Gänsebraten nach draußen und macht sich darüber her, als das Feuer schon am Dachstuhl knabbert. Die südindische Familie im Schwarzwald sucht gerade mit verkohlten Haaren das Weite, da hören wir das Brummen der Jeeps.

Ich sehe mich um. Scheinwerfer kommen auf uns zu. Schnell. Viel schneller als in der Stadt. Wir springen ab, Ben schiebt das Fahrrad aufs Feld, lässt es fallen.

Wir rennen, Ben vorweg. Er dreht sich um, sieht, dass ich zurückbleibe, schreit: »Wirf den Rucksack weg!«

Ich lasse ihn einfach von den Schultern gleiten und laufe weiter. Vielleicht haben sie uns ja nicht gesehen.

Aber die Jeeps halten an. Einer kommt uns hinterher aufs Feld, fährt über die Furchen, ist schneller, als wir je sein könnten. Das Licht erfasst uns, verliert uns wieder, wie eine Katze, die mit ihrer Beute spielt.

Mein Kopf dröhnt. Die Angst treibt mich vorwärts. Aber wie in einem Albtraum komme ich nicht von der Stelle. Ich stolpere, falle, krieche auf allen vieren weiter.

»Lauf, lauf!«, gellt Bens Schrei durch die Nacht. Er kommt zurück, rast an mir vorbei.

Ich drehe mich um. Ben stellt sich direkt vor den Jeep, der Wagen bremst, der Motor stirbt. Zwei Soldaten springen heraus.

»Lauf!«

Und ich stehe auf und laufe und laufe. Ich höre ein Keuchen hinter mir, aber ich drehe mich nicht um. Dann reißt meine Lunge meinen Brustkorb entzwei. Ich falle, stehe auf, stolpere weiter. Jemand packt mich, reißt mich hoch und schubst mich vor sich her über die Furchen, auf den Jeep zu.

Ich sehe Ben im Scheinwerferlicht. Ein Soldat verdreht

ihm den Arm, er krümmt sich nach vorn, wird zum Wagen gestoßen, reingeschoben. Die Tür knallt wie ein Schuss. Der Soldat steigt ein und fährt los, übers Feld bis zur Straße, vorbei an den zwei anderen Jeeps, die warten wie Raubtiere auf ihre Beute. Auf mich.

Bens Jeep fährt den Weg zurück, den wir gekommen sind. Der zweite Jeep folgt ihm.

»Ben!«, schreie ich. Stunden zu spät. »BEN!«

Auf der Straße tastet ein Soldat mich ab. Ich beiße mir auf die Lippe, als seine Hände in meine Taschen gleiten, in meine Jacke und unter meinen Pullover. Sie streifen meine Brüste und greifen mir in den Schritt.

Ein Jeep frisst mich. Ich sitze auf dem Rücksitz. Der Soldat und eine Soldatin sitzen vorn. Die Frau fährt. Ich rüttle an den Türen. Der Mann lacht. Es riecht nach Leder und Schweiß und Metall. Wir fahren weiter geradeaus. Weg von Ben. Wohin?

Ich versuche abzutauchen wie immer. Ich schließe die Augen, werde starr und steif. Ich will nichts spüren, keine Angst mehr haben. Aber es funktioniert nicht. Immer wieder ist da Ben, wie er in den Jeep geschoben wird. Wie er weggefahren wird. Weg von mir. Ich sehe sein Gesicht. Und meines wird heiß. Warum haben wir uns bloß so gestritten?

Der Motor brummt, ich öffne die Augen, das finstere Land saust vorbei.

»Wir müssen sie nicht sofort abliefern«, sagt der Soldat. »Lass uns anhalten und ein bisschen Spaß haben.«

In mir zieht sich alles zusammen. Ich halte alles aus, sie sollen mich von mir aus erschießen, aber nicht das.

»Nicht mit mir, Petersen«, sagt die Frau. »Das weißt du.«

Petersen lacht. »Du bist zu gut für diese Welt.«

Erleichtert sinke ich in den Sitz zurück. Ich versuche mitzubekommen, wo wir hinfahren, aber es ist sinnlos. Es ist zu dunkel, ich erkenne nichts. Wir biegen ab und irgendwann noch einmal. Der Jeep hält und der Motor wird ausgeschaltet.

Wir stehen vor einem hellen langen Gebäude mit flachem Dach und Stacheldrahtrollen obenauf. Nur ein Teil davon scheint doppelstöckig zu sein. Zwei Fenster im oberen Stock sind beleuchtet.

Die Scheinwerfer links und rechts sind wie weit auseinanderstehende Augen, die über alles wachen. Zwischen ihnen ein Tor wie ein großes verschlossenes Maul.

Petersen zieht ein Gerät aus der Tasche. Es ist ein i-Glass, er ist also kein normaler Soldat. Er setzt es auf, tippt in die Luft auf ein Hologramm, das nur er sieht, und sagt: »Wir sind da.« Dann steigt er aus.

Meine Tür wird geöffnet, Petersen zerrt mich heraus. Er greift mir in die Jacke und packt mit seinem Lederhandschuh meine Brust. Sogar durch meinen dicken Pullover spüre ich seine Finger. Es ist eklig und demütigend.

»Diesmal hast du Glück, Kleine. Das nächste Mal gehörst du mir. Und wenn du erst richtig erzogen bist, sogar freiwillig.«

Er hält mich im Nacken und schiebt mich vorwärts. Als

wir näher kommen, flammt über dem Tor ein grelles Licht auf.

Ich reiße mich los, laufe durch den Schnee in die Nacht. Aber ich komme nicht weit. Der Soldat packt meinen Arm, wirbelt mich herum, schlägt mir mit der flachen Hand ins Gesicht. Meine Wange glüht. Ich schlage um mich, erwische sein Gesicht und hinterlasse drei rote Streifen.

Er fasst meine Arme von hinten, hält mich so fest, dass ich mich nicht mehr rühren kann, schiebt mich zurück zum Jeep.

»Du bist ja eine ganz Wilde!«

Die Soldatin ist ausgestiegen. Sie steckt ihre Waffe zurück ins Holster.

»Ich kann mir nicht helfen, Rotschopf.« Petersen dreht mich zu sich um. Zieht meinen Kopf an den Haaren zurück. »Du gefällst mir.« Er versucht, mich auf die Rückbank des Jeeps zu schieben.

Panik flutet durch meinen Körper. »Ich hab Flöhe«, röchle ich. Ich bekomme kaum Luft. Der Soldat ist viel größer als ich. Seine Lederhandschuhhand drückt auf meinen Hals. Ich sehe ihm ins Gesicht. Kalte Augen, eine steile Falte zwischen den Brauen.

Petersen lacht. »Wer so schöne Haare hat, hat doch keine Flöhe.«

»Hör auf mit den Spielchen, Petersen. Mir ist kalt. Das ist ein Befehl.« Die Soldatin steigt wieder in den Jeep. Sie hat mehr Sterne auf den Schulterklappen als Petersen, vielleicht kann sie deswegen so mit ihm reden.

Der Soldat zieht mich von der Rückbank ins Freie. »Ich behalt dich im Auge, Süße. Und deinem kleinen Freund sag ich, dass du von jetzt an mir gehörst.«

»Wo ist er? Wo haben Sie ihn hingebracht?«

»Möchtest du gerne wissen, was? Vielleicht sag ich's dir, wenn du immer schön brav bist.«

Ich spucke ihn an. Ich weiß nicht, woher ich den Mut nehme. Aus meiner Panik ist längst Wut geworden.

Petersen stößt mich zum Tor, drückt auf eine Klingel.

Kurze Zeit später wird das Tor einen Spalt geöffnet. Eine Frau in grauer Uniform mit einer Kappe auf den grauen Haaren tritt hinaus. »Leutnant Petersen! Es ist mir eine Ehre.«

»Matron Pernilla! Wie schön, Sie zu sehen«, sagt Leutnant Petersen mit honigsüßer Stimme und zieht seine Schirmmütze. Dann fällt er zurück in seinen derben Ton. »Zufall, dass wir die Kleine hier erwischt haben. Hatten eigentlich was anderes vor.« Er drückt ihr meinen Pass in die Hand. »Ist abgelaufen.«

Dann fällt sein Blick wieder auf mich. »Wir sehen uns. Ich freu mich drauf.« Er kneift mich in die Wange und geht.

»Meine Eltern werden mich suchen«, behaupte ich. »Sie finden mich, egal wo ich bin.«

Matron Pernilla packt mich am Arm. Das Tor schließt sich hinter uns.

DAS MÄDCHENHEIM

Ich hasse Matron Pernilla vom ersten Augenblick an. Wir stehen in einem neonhellen Gang und sie beäugt mich abschätzend. Ich gebe ihr den Blick genauso zurück.

Sie ist kleiner als ich und ziemlich rund. Die Uniform sieht seltsam an ihr aus. Sie trägt eine graue, dicke Jacke, die ihr bis über den Hintern geht und die vorn schräg über ihren dicken Bauch geknöpft ist, dazu eine graue Hose, die nur an den Oberschenkeln weit ist, und schwarze, enge Stiefel mit Fellrand, die bis über die Waden gehen. Für so warme Stiefel würde ich einiges geben.

Alles an *Matroooon* Pernilla ist stramm. Ihre Sachen sind an ein paar Stellen geflickt, aber sie sehen ordentlich aus. Im Gürtel, den sie über ihrer Jacke festgeschnürt hat, steckt ein kurzer Schlagstock. Sie zieht ihn heraus, hält ihn mir unters Kinn und hebt meinen Kopf an.

»Ich bin die Head of Household. Du nennst mich Matron Pernilla. Ich mache hier die Regeln. Du tust, was ich und meine Helper sagen. Das alles hier ist zu deinem Besten. Wir werden einen funktionierenden Menschen aus dir machen. Und es heißt: *Ja, Matron Pernilla.*«

Mein Herz schlägt schneller, wie immer, wenn ich Angst habe, aber gleichzeitig ist das alles so albern, dass ich fast lachen muss. Ich verziehe meinen Mund. Pernillas Auge zuckt. Dann drückt sie einen Knopf am Stock. Ein Stromschlag fährt durch meinen Körper, und ich liege am Boden und spüre, wie meine Arme und Beine zucken. Es tut so weh, dass ich kaum atmen kann.

»Hopp, auf!«, befiehlt Pernilla. »Hier wird nicht gelacht.«

Ich schaffe es kaum hochzukommen.

»Wird's bald?«

Ich stehe auf wackligen Beinen.

»Lerne deine erste Regel: Augen zu Boden, wenn du mit mir sprichst.«

Ich nicke und schaue zu Boden. Mein Herz rast.

»Wie heißt das?«

»Ja, Matron Pernilla.«

»Gut so. Und nun zeige ich dir deinen Schlafsaal.«

Matron Pernilla übergibt mich an eine Frau, die sie Helper Gunda nennt. Gunda ist groß und schwer und trägt dieselbe Uniform wie Pernilla. Unwirsch teilt sie mir ein Bett in einer der beiden langen Reihen zu. »Sei leise, die anderen schlafen.«

Es ist die einzig freie Matratze in der Reihe, soweit ich das im Halbdunkeln erkennen kann. In allen anderen Betten liegt jemand. An der Tür stehen ein Schreibtisch und ein Sessel. Eine Stehlampe brennt.

Helper Gunda setzt sich in den Sessel und liest. Leise

Musik läuft im Hintergrund, jemand hustet, jemand dreht sich um. Es ist kalt. Ich ziehe meinen Mantel nicht aus, sondern schlüpfe, so wie ich bin, unter die dicke Wolldecke. Ich bin so aufgedreht, dass ich nicht einschlafen kann. Jetzt bin ich also doch in einem Heim gelandet. Was soll das hier sonst sein? Aber wo haben sie Ben hingebracht? Der abscheuliche Petersen spukt durch meinen Kopf. Ich kann seine ekligen Hände immer noch auf mir spüren. Ich versuche, mir etwas Schönes vorzustellen, aber es geht nicht. Als ich gerade wegdämmere, ertönt ein Gong und wir müssen aufstehen.

Ich schlüpfe in die Badeschuhe, die Helper Gunda mir hinstellt, und laufe den anderen hinterher in die Waschräume. Es sind alles Mädchen. Sie sehen verschlafen aus, und keine wagt es, mich anzuschauen.

Wir müssen uns ausziehen. Ich stehe nackt und frierend in der langen Schlange und warte auf eine der beiden Duschen.

Die Mädchen, die schon unter dem harten Wasserstrahl stehen, schlingen die Arme um sich und schlottern. Nach ein paar Minuten klatscht Gunda in die Hände und die nächsten beiden sind dran.

»Ist das Wasser kalt?«, frage ich ein kleines Mädchen, das hinter mir steht. Riesige blaue Augen sehen mich erschrocken an. Sie ist bestimmt nicht älter als acht oder neun. Sie hält ihren Zeigefinger vor den Mund.

Das Mädchen vor mir dreht sich um. Es ist so groß wie ich und zischt mir zu: »Klappe halten! Sonst gibt's Ärger.«

Immer weiter rücke ich in der Reihe vor. Gunda klatscht

und ich bin dran. Das eiskalte Wasser prasselt auf mich ein. Jeder Muskel in meinem Körper zieht sich zusammen. Ich mache mich ganz steif und atme nicht mehr. Aber die Kälte kriecht mir bis in die Knochen.

Gunda klatscht und ich bin erlöst.

Danach rubbeln wir uns mit grauen, harten Handtüchern trocken, müssen noch Zähne putzen und ziehen uns wieder an. Niemand sagt ein Wort.

Ich gehe mit den anderen zurück und eine zweite Gruppe Mädchen kommt uns entgegen. Vielleicht ein weiterer Schlafsaal? In unserem wartet schon Matron Pernilla auf mich. Erst untersucht sie meine Kopfhaut nach Flöhen, dann hält sie mir eine Bürste hin und erklärt, dass es in diesem Schlafsaal nur fünf davon gibt. Wir müssen sie uns teilen.

»Beeil dich«, herrscht sie mich an.

Ich kämme rasch meine Haare und binde sie zum Zopf. Matron Pernilla lässt mich meine Schuhe und meinen Mantel in die Hand nehmen und führt mich einen langen Gang entlang in ein Untersuchungszimmer.

Ich muss mich wieder ausziehen und all meine Sachen in einen Sack stecken. Auf dem Schreibtisch liegt ein Stapel frischer Kleider. Ich stehe schlotternd vor Pernilla. Sie misst mich, sie wiegt mich, sie sieht in meinen Mund. Sie nimmt mir Blut ab und spritzt mir Vitamine – zumindest sagt sie, dass es Vitamine sind. Dann stellt sie mich nackt vor die weiße Wand und macht Fotos von mir. Ich fühle mich wie ein Stück Fleisch, nicht wie ein Mensch.

Sie deutet auf den Stapel Kleidung.

»Zieh dich an.«

Frische Unterwäsche, eine Thermo-Leggins, eine Wollhose, ein langes T-Shirt und ein Pullover aus dicker Wolle. Alles ist alt und mehrfach gestopft, aber sauber. Es fühlt sich so gut an, endlich wieder gewaschene Sachen zu tragen. Aber ich bin misstrauisch. Wer so was Wertvolles hergibt, will auch etwas Wertvolles dafür von dir haben.

Pernilla entlässt mich. Ich soll frühstücken gehen, danach ist Unterricht. »Du kommst in meine Gruppe, Gruppe Eins. Ich erwarte von dir, dass du folgsam bist und lernst. Zalda ist Team-Leader. Wenn ich nichts anderes sage, bestimmt sie.«

Ich gehe weiter den Gang entlang, wie Pernilla es gesagt hat, und trete durch die einzige offene Tür in einen großen Raum mit vier langen Tischen. Vor jedem Tisch steht ein Stab mit einer Nummer.

Es wird nur geflüstert. An meinem Tisch ist das Gemurmel etwas lauter, aber als ich mich zwischen zwei Mädchen setze, wird es plötzlich ganz still.

Eine Frau in schwarzer Hose und Hemd bringt mir ein Stück Brot und einen Becher dampfenden Tee, der aussieht wie Spülwasser und auch so schmeckt. Aber das Brot! Es ist echtes graues Brot. Eine ganze, dicke Scheibe. So etwas habe ich das letzte Mal gegessen, als ich noch klein war. Doch bevor ich reinbeißen kann, sagt vom Kopfende ein Mädchen: »Ich bin Team-Leader Zalda. Gib mir dein Brot.«

Ich sehe sie nur kurz an. Rundes Gesicht, dünne braune

Haare. Zalda streckt ihre Hand aus. Ich weiß, es geht um mehr als um das Brot.

»Tu's besser«, sagt das Mädchen neben mir.

»Nein«, sage ich und esse die Scheibe Bissen für Bissen auf.

»Gruppe Eins!«, bellt eine der Aufseherinnen. Alle Mädchen an meinem Tisch schieben ihre Stühle zurück, rufen: »Für Lie-be und für Si-cher-heit« und stellen sich schnell in Zweierreihen auf.

Zalda drängt sich neben mich. Als wir losmarschieren, nimmt sie meine Hand, und etwas Spitzes bohrt sich schnell in meinen Handballen.

»Keinen Mucks«, flüstert sie.

Ich beiße die Zähne zusammen, es ist gerade noch auszuhalten.

»Ich bestimme die Regeln in unserer Gruppe. Du tust, was ich sage. Ist das klar? Essen abgeben heißt Essen abgeben. Verstanden?«

Ich sage nichts. Mir reicht eine Matron.

»Ist das klar?«

Wir gehen ins Klassenzimmer.

»Sag was.«

Gar nichts werde ich sagen. Und vor allem nicht *Ja.*

Zalda drückt zu. Im Stühlerücken geht mein Schrei unter. Sie lässt meine Hand los. Die Nadel steckt tief in meinem Handballen. Mit einem Ruck ziehe ich sie raus.

Zalda setzt sich neben mich. »Her damit!«

»Vergiss es!«, zische ich trotz der Schmerzen.

»Matron Pernilla«, meldet sich ein Mädchen. »Es tut mir sehr leid zu stören, aber ich spüre ein Frauenleiden kommen. Darf ich austreten?«

Matron Pernilla nickt gnädig. »Zalda, du begleitest Azura.«

»Ja, Matron Pernilla.«

Zalda und Azura grinsen sich an und verschwinden.

Wir anderen bleiben im Stuhlkreis sitzen. Pernilla steht mit einem Zeigestock vorne und tippt auf ein großes Multiboard an der Wand. FÜR LIEBE UND FÜR SICHERHEIT steht in roter Schrift auf dem Display.

»Wie grüßen sich die Mädchen im Waldesruh?«

Alle stehen auf und rufen im Chor: »Für Lie-be und für Si-cher-heit.«

Ich schüttele den Kopf. Das ist doch finalbescheuert.

»Anna, nach vorn!«, schrillt Matron Pernillas Stimme.

Ich zögere, und schon steht Pernilla vor mir, den schwarzen Stock gezückt. Ein Stromschlag rauscht durch meinen Körper. Nicht so schlimm wie beim ersten Mal, aber es tut trotzdem weh. Ich stehe auf und muss nach vorne gehen.

Vor der Klasse muss ich fünfmal wiederholen: »Für Lie-be und für Si-cher-heit, für Lie-be und für Si-cherheit, für Lie-be ...«

Pernilla lässt mich beide Hände vorstrecken und bei jeder Silbe schlägt sie mit dem Zeigestock auf meine Handflächen. Es ist fast so schlimm wie die Stromschläge. Meine Kopfhaut zieht sich zusammen.

Mir steigen Tränen in die Augen, und der Raum dreht

sich, als ich zu meinem Platz zurückgehe. Zwei Mädchen sehen aus, als würden sie sich großartig amüsieren. Die anderen starren auf den Boden, als gäbe es dort etwas Interessantes zu sehen. Nur das Mädchen links von mir schaut mich an. Es hat etwas dunklere Haut und schwarze Locken.

Ich setze mich und gucke auf meine Füße. Ihre Hand fasst mein Handgelenk, drückt vorsichtig und lässt wieder los.

»Fatma«, flüstert sie und lächelt, und ich lächle zurück.

Ich glaube, sie hat eins der Betten neben meinem.

Zalda und Azura kommen wieder und der Unterricht beginnt.

Wie konnte ich auch nur einen Moment glauben, dass wir hier was Richtiges lernen würden? Als Matron Pernilla von *Unterricht* gesprochen hat, habe ich mich dabei ertappt, dass ich mich für einen kurzen Moment gefreut habe. Ich dachte, sogar die kalte Dusche ertragen zu können, wenn es jeden Tag Essen gäbe und Unterricht und ein Bett zum Schlafen. Nur um nicht mehr auf der Flucht sein zu müssen. Mit Zalda, Head of Speisesaal, würde ich schon fertigwerden. Ich habe mir eingeredet, dass die Heime vielleicht gar nicht so schlimm sind, wie man erzählt. Alle haben zwei Beine und niemand sieht unterernährt aus.

Aber das war in einer schwachen Minute. Ben ist irgendwo gefangen, und ich werde hier bestimmt nie wieder rauskommen, wenn ich nichts unternehme. Ich werde fliehen. Das schwöre ich. Ich gehöre niemandem. Nicht Pernilla und nicht diesem Petersen.

Nun erklärt Matron Pernilla uns, dass wir derzeit noch

eine minderwertige Lebensform sind und hier erst zu funktionierenden Menschen gemacht werden müssen. »Ihr seid Material, das der Militärregierung zur Verfügung zu stehen hat. Eure Bedürfnisse stellt ihr dem Wohl des Staates unter. Ihr könnt euch glücklich schätzen, eine so wichtige Funktion erfüllen zu dürfen! Unsere Kontrolle ist die höchste Form der Liebe und sie wird euer Leben zum Besseren wenden. Und jetzt die Kopfhörer aufgesetzt und alle zusammen ... Anna, dich will ich ganz besonders deutlich hören!«

An jedem Stuhl hängen Kopfhörer, die wir aufsetzen.

Pernilla drückt einen Knopf auf dem Control Panel und auf dem Multiboard erscheinen neue Sätze. Sie tippt auf die einzelnen Wörter. KONTROLLE SCHAFFT FRIEDEN. Gleichzeitig höre ich über die Kopfhörer eine tiefe Männerstimme, die die Sätze mitspricht. Und von ganz weit hinten kommt ein Ton. Es ist wie früher in der Schule, als wir Chinesischunterricht hatten. Ich mochte das nicht. Aber mein Vater hat mir erklärt, dass sich mit dem Niederfrequenz-Impulston von Dorste-Rickenbach Sprachen besser einprägen. Was wohl stimmt, denn bis heute weiß ich, was *Guten Morgen* und dergleichen auf Chinesisch heißt. Dabei hatte ich nur zwei Stunden, bevor die Schule endgültig dichtgemacht hat.

Es geht weiter mit: KONTROLLE IST LIEBE. Und: WIR SIND EINE MINDERWERTIGE LEBENSFORM, DIE ERZOGEN WERDEN MUSS.

WIR SIND EINE GEMEINSCHAFT, DIE SICH LIEBT UND KONTROLLIERT.

WIR DIENEN DER REGIERUNG.

Matron Pernilla erzählt uns danach noch eine ganze Menge über Kontrolle und Sicherheit. Sie bringt Beispiele aus der Geschichte, als es an beidem gemangelt hat. Als auch alles schiefgegangen ist.

»Demokratie ist Teufelswerk. Sie hat den Krieg überhaupt erst möglich gemacht.« Abschließend sagt sie: »Wenn man will, dass es jemandem gut geht, dann kontrolliert man ihn. Kontrolle und feste Regeln sichern eure Zukunft. Wer liebt, der kontrolliert. So, und jetzt singen wir noch unser Abschlusslied.«

Die bessere Zukunft für jedermann
nur strenge Kontrolle erreichen kann.
So geben wir uns der Regierung hin,
den Regeln zu folgen ist unser Sinn.
Gleich sind wir alle und mit dabei,
Kontrolle ist Liebe, und die macht uns frei.

Und so geht es noch drei Strophen weiter.

Matron Pernilla wippt mit den Füßen und dirigiert mit dem Zeigestock.

Es ist nicht auszuhalten.

Vor dem Mittagessen müssen wir uns eine halbe Stunde auf die Betten legen. Meine Matratze ist nass und stinkt. Das waren Azura und Zalda. Von wegen *Frauenleiden!*

Schlafen kann ich nicht, obwohl ich todmüde bin.

Ich muss alles über diesen Ort herausfinden. Nur so kann ich meine Flucht planen. Hier ist, was ich weiß: Wir sind um die achtzig Mädchen zwischen zehn und sechzehn Jahren, aufgeteilt in vier Gruppen und vier Schlafsäle. Manche sind schon viele Monate hier, andere Wochen oder erst ein paar Tage. Nur bei Fatma und Zalda sind es schon Jahre.

Fatma sagt, Mädchen kommen und gehen.

»Und was wird aus ihnen?«

Doch sie will nicht darüber reden. »Das bringt nichts. Niemand weiß was.«

Zalda müsste eigentlich Molly heißen. Sie ist überall rund, obwohl es hier auch nicht besonders viel zu essen gibt. Aber die beiden Küchenfrauen stecken ihr immer etwas außer der Reihe zu. Gute Sachen, Militärriegel und manchmal sogar Schokolade. Hin und wieder bekommt sie auch einen echten Apfel. Ich weiß das, weil Zalda mich immer einteilt, wenn sie selbst Küchendienst hat. Als ob sie mich im Blick behalten will.

Wo kommen die ganzen Sachen her? Warum müssen die Menschen in der Stadt verhungern, wenn es doch genug zu essen gibt? Hier und im Widerstand. Meine Eltern hätten nicht sterben müssen. Seitdem ich hier bin, verfolgen mich die Bilder im Schlaf: Meine Eltern liegen steif und eiskalt in unserem Bett, ihre Gesichter sind grau. Als ich mich über sie beuge, öffnet mein Vater die Augen und starrt mich an. Meine Mutter schießt hoch und versucht, mich mit ihren dünnen Armen zu umschließen. Dann wache ich schreiend auf. Warum habe ich immer nur

Albträume von meinen Eltern? Wo sind meine guten Erinnerungen geblieben?

Ich bin nicht die Einzige, die schlecht träumt. Manchmal höre ich sogar Schreie aus den anderen Schlafsälen. Wenn es den Helpern zu viel wird, bekommen wir ein Schlafmittel gespritzt. Das macht alles nur noch schlimmer. Die Albträume kommen trotzdem, nur kann ich nicht mehr aus ihnen aufwachen.

Mein Vater sagt: »Komm.«

Ich versuche zu schreien, aber es geht nicht. Den Rest der Nacht schwebe ich durch ein graues Nichts. Luki ist da, und meine Eltern. Frau Weber von unten, meine Großeltern, unsere Nachbarn. Manchmal kommen wildfremde Menschen dazu, die ich irgendwann mal tot auf der Straße habe liegen sehen.

Nach so einer Nacht freue ich mich fast auf die Dusche. Sie reißt mich aus dem Gespensterreich und holt mich zurück ins Leben. Aber wenn ich mich dann beim Frühstück umsehe oder im Unterricht sitze, ist das einfach ein anderer Albtraum, aus dem ich nicht aufwachen kann.

Außer Matron Pernilla gibt es noch fünf andere Frauen, die für uns zuständig sind. Helper Ursel, Amora, Nena, Heidrun und Gunda. Alle tragen die gleiche Uniform wie Pernilla. Nur dass Pernilla rote Streifen an den Seiten hat und die Helper grüne. Und dann gibt es noch die beiden Küchenfrauen Ilaria und Aische. Sie tragen Schwarz, als sei Küchenarbeit eine traurige Angelegenheit. Ich sehe sie immer nur in der Küche. Wahrscheinlich wohnen sie auch dort.

Ich weiß schon jetzt nicht mehr, wie lange ich hier bin.

Zum Mittag gibt es fast immer Reissuppe, dazu aber nur manchmal eine graue Scheibe Brot.

»Anna, gib mir dein Brot«, sagt Zalda. »Und du auch, Ranga.«

Zaldas Hofstaat sieht mich herausfordernd an. Azura genauso wie Pregnanta, das zweite Mädchen in Zaldas Gefolge. Sie hat seltsam schief stehende Augen, mit denen sie Zalda unentwegt anhimmelt. Dann gehört noch Sapho dazu. Sie ist stiller als die anderen und fällt nicht groß auf. Höchstens dadurch, dass sie immer »gerne« antwortet, wenn Zalda sie um etwas bittet. Sapho, hol mir die Bürste. *Gerne*. Sapho, mach mein Bett. *Gerne*. Sapho, gib mir dein Brot. *Gerne*. Und so weiter.

Ich esse weiter. Ranga gehorcht, wie alle anderen auch, wenn Zalda Befehle erteilt. Aber ich mache da nicht mit.

Manches gibt Zalda an ihren Hofstaat weiter, aber manches auch an die Kleineren am Tisch. Wobei Latifee bei uns mit zwölf die Jüngste ist. Mit ihren stumpfen blonden Haaren, die ihr vom Kopf abstehen, sieht sie aus wie ein achtjähriger Junge. Sie hat am ersten Tag im Duschraum hinter mir gestanden und mich mit ihren riesigen blauen Augen angesehen. Die letzten Tage habe ich ihr immer etwas abgegeben – sie erinnert mich an Santje. Ich weiß, dass Zalda das nicht passt. Sie will bestimmen, wer was bekommt.

Am Tisch ist es ganz still geworden.

Caroline, die Brave, stößt mich mit dem Fuß an. »Psst, dein Brot.«

»Du möchtest mein Brot haben?«, frage ich. »Gerne.« Ich schiebe es zu ihr herüber.

Louisa sitzt mir gegenüber und schaut mit großen Augen zu.

Caroline weiß nicht, was sie tun soll. Fast tut sie mir leid, aber ich nehme das Brot nicht zurück. Es bleibt unberührt neben ihrem Teller liegen.

Schon am nächsten Morgen bekomme ich es heimgezahlt. Natürlich.

Ich laufe nach dem Duschen in meinen Badeschuhen in den Schlafsaal zurück und setze mich kurz aufs Bett, um meine Schuhe anzuziehen. Aber jemand hat reingepinkelt.

Fatma merkt sofort, dass etwas nicht stimmt, und setzt sich zu mir. »Tut mir leid. Willst du meine Schuhe haben? Wir haben die gleiche Größe.«

»Kommt gar nicht in Frage.« Fatmas Angebot macht mich nur noch wütender.

»Vielleicht solltest du besser auf Zalda hören. Sie ist sehr stark.«

»Da haben wir ja was gemeinsam.«

Plötzlich steht Zalda neben mir. Ich steige in meine stinkenden Schuhe.

»Wer ist Team-Leader? Wem gehorchst du?«

»Du bist nur eine miese, fette Ratte«, sage ich ganz

ruhig, obwohl ich vor Zorn bebe. Der beißende Geruch steigt mir in die Nase. »So was wie du hat keinen Respekt verdient.«

Zalda stampft davon. Fatma sieht mich entsetzt an, eine Hand vor dem Mund.

Caroline hockt auf ihrem Bett in der Reihe gegenüber. Sie wischt sich Tränen aus den Augen. Ihre Schuhe sind auch nass. Auf einmal fällt meine Wut in sich zusammen wie ein Kartenhaus und ich schäme mich nur noch. Ich will nicht, dass jemand anders für mich den Kopf hinhalten muss.

Ich träume mich zu Ben, ich wünschte, wir wären in Berlin geblieben und ich hätte Santje nicht zurückgelassen. Tränen brennen in meinen Augen. Weg damit. Selbstmitleid ist erbärmlich. Ich brauche meine Wut, um hier zu überleben.

Nachmittags gibt es eine spezielle Lerneinheit im Aufenthaltsraum, die *Liebe und Kontrolle* heißt.

Das kann sich nur Pernilla ausgedacht haben. Sie hasst uns alle, bis auf Zalda vielleicht, aber sie nennt es Liebe.

In *Liebe und Kontrolle* muss man Regelverletzungen von anderen anzeigen. Wir sollen lernen, uns gegenseitig zu kontrollieren. »Denn Kontrolle ist Liebe«, sagt Pernilla.

Ich nenne es die Verratsstunde. Und jedes Mal denke ich an einen Aufstand. Wir müssen alle hier rauskommen. Aber wie?

Jede Gruppe hat ihr eigenes Klassenzimmer und ihren eigenen Aufenthaltsraum. Nur den Speisesaal und den

Hof nutzen wir gemeinsam. Die Waschräume liegen nebeneinander im hinteren Teil des Gebäudes, aber auch da mischen sich die Gruppen nicht.

Es wird nicht leicht, einen Aufstand zu organisieren – wie sollen wir uns absprechen? Nicht mal an unserem Tisch würde ich es schaffen, alle auf meine Seite zu ziehen. Wir halten nicht zusammen, wir kämpfen lieber gegeneinander. Mädchen wie Zalda sind das Problem. Und idiotische Lerneinheiten wie *Liebe und Kontrolle.*

Unser Aufenthaltsraum hat wie alle anderen Räume Glasbausteine als Fenster, aber zusätzlich noch zwei Oberlichter in der Decke, wie auch der Klassenraum. Es gibt weiche Sofas und bequeme Sessel, damit der Verrat umso verlockender ist.

Bei *Liebe und Kontrolle* wechseln sich die Helper und Pernilla ab. Die Leiterin sitzt vorne auf einem Stuhl. Durch die Oberlichter sehe ich den grauen, den blauen, den schneeschweren Himmel. Und immer ruft er mich zu sich. *Komm raus zu mir, Anna.*

Heute ist der Himmel voll dunkler Wolken. Fatma sitzt neben mir. Sie stößt mich mit dem Ellbogen an.

Es dauert einen Moment, bis ich begreife, dass Helper Amora mich meint.

»Was sagst du zu Azuras Vorwürfen?«

Ich sehe Azura an. »Was hast du noch mal gesagt?«

Sie wiederholt es langsam und genüsslich. »Anna hat Zaldas Befehle als Team-Leader nicht befolgt und sie eine miese, fette Ratte genannt.«

»Stimmt das, Anna?«, fragt Amora.

»Das kann man so oder so sehen.«

Fatma stößt mich wieder an.

»Ob das stimmt, will ich wissen, nicht wie man das sehen kann!«, sagt Helper Amora.

Ich setze mich aufrecht hin. »Ja, es stimmt. Zalda ist eine miese, fette Ratte. Genauer gesagt: eine miese, fette und hinterhältige Piss-Ratte.«

Ein paar Mädchen kichern.

»Ruhe!«, zischt Helper Amora. »Wir wollen über Anna urteilen.«

Azura meldet sich: »Ich schlage vor, dass Anna zur Strafe vier Tage nichts zu essen bekommt. Und Einzelhaft. Weil sie die Regeln nicht anerkennt. Plus jeden Tag einen Stromschlag für die Beleidigung.«

Helper Amora nickt. »Wer dafür ist, hebt die Hand.«

Azuras, Pregnantas und Saphos Arme schießen in die Höhe. Zalda sieht aus, als wäre ihr etwas im Hals stecken geblieben. Langsam wandert auch ihre Hand nach oben.

Ich schaue in die Runde. Bestimmt die Hälfte der Mädchen hat die Hände schon oben. Ein paar zögern. Louisa, die mir beim Mittagessen gegenüber gesessen hat. Und Latifee. Aber jetzt hebt sie doch die Hand. Sie wippt dabei mit dem Oberkörper vor und zurück.

Dann meldet Fatma sich, sie schnipst mit den Fingern wie in der Schule.

»Ich finde, Azura hat Recht. Annas Verstoß gegen die Regeln muss bestraft werden. Aber ich würde für nur eine ausgesetzte Mahlzeit stimmen, in der Gemeinschaft. Ihre Portion bekommt Zalda. Keine Stromschläge. Und sie muss anerkennen, dass Zalda Team-Leader ist. Anna ist schließlich neu hier. Sie muss noch lernen. Ich denke, diese Strafe bringt mehr.«

Alle Mädchen stimmen sofort dafür. Nur Zalda und ihr Hofstaat zögern. Aber dann geben auch sie ihr Handzeichen.

Helper Amora sagt: »Ihr habt gute Arbeit geleistet. Für Liebe und für Sicherheit.«

»Für Lie-be und für Si-cher-heit!«, rufen alle.

»Und nun, Anna, bist du dran.«

Ich bringe es schnell hinter mich: »Ich erkenne an–«

»Laut und deutlich, bitte«, sagt Amora.

»Ich erkenne an, dass Zalda Team-Leader ist.«

»Und gleich noch mal, Anna.«

Helper Amoras GoCall klingelt. Sie steht auf und geht aus dem Raum.

»Hab ich dir nicht gesagt, du sollst die Klappe halten?«, zischt Zalda Azura zu.

»Aber ... ich hab gedacht ...«, stottert Azura.

»Du sollst nicht denken, du sollst gehorchen! *Wer* weiß hier nicht, wer Team-Leader ist?«

Helper Amora kommt zurück und lässt uns zum Hofgang antreten.

Wir sortieren uns in Zweierreihen und marschieren los. Ich schnappe mir Fatma. »Warum hast du das gemacht? Lieber hätte ich eine Woche lang gehungert.«

Fatma senkt den Kopf. »Du warst noch nicht in Einzelhaft. Es ist schrecklich. Und es ist für uns alle nicht gut, dass du Krieg mit Zalda hast. Das bringt nichts.«

»Hör doch auf mit deinem *Das bringt nichts.* Ich brauch jemanden, den ich hassen kann!«, schimpfe ich. »Ich hab sonst nichts.«

Fatma schiebt ihre Hand in meine. »Doch. Du hast mich.«

Ein paar Schneeflocken tanzen zu uns herunter.

»Vertrau mir. Ich bin schon so lange hier. Du musst glauben.«

»An was?«

»An Gott und an Liebe und Sicherheit. Ich bete jeden Abend, dass dir nichts passiert. Du bist mutig, aber du gehst einfach zu weit.«

Glauben. Ich muss sofort an Luki denken. Wie sie mich immer angesehen hat, mit ihren grünen Augen, die wie die Sonne strahlen konnten und zum Schluss tot in den Himmel starrten. Ich sollte für sie an das Gute glauben. Aber das kann ich nicht. Ich glaube an mich. Ich glaube daran, dass ich hier rauskomme und Ben und Santje wiederfinde. Und wenn niemand mitkommt, gehe ich eben allein.

Matron Pernilla und ihre Helper wechseln sich mit dem Dienst in den Schlafsälen ab und sorgen dafür, dass der Tagesplan exakt eingehalten wird.

Die Schlafsäle werden nacheinander geweckt. Alle müssen sich in den kalten Waschräumen ausziehen und sich unter die eisigen Duschen stellen. Vier Minuten lang. Wenn die Zeit rum ist, klatscht die Aufseherin in die Hände.

Vier Minuten können eine Ewigkeit sein.

Die anderen Räume sind wenigstens ein bisschen warm, und wir können unsere Mäntel ausziehen, aber die Waschräume und die Schlafräume sind immer eiskalt.

»Das härtet ab, Mädchen!«, ruft Matron Pernilla quer durch den gekachelten Raum, und ihre Stimme hallt von den Wänden wider. »Und die nächsten beiden!«

Klatschklatsch.

Ich habe schon oft gefroren, aber noch nie so sehr wie unter der Eiswürfeldusche.

Einmal in der Woche gibt es frische Wäsche und eine Vitaminspritze. Meinen Mantel habe ich schon am dritten Tag gewaschen zurückbekommen. So gut hat er noch nie gerochen.

Ich habe auch andere Schuhe bekommen, fellgefüttert, weil meine so bestialisch nach Pisse gestunken haben. Der Gestank hat mich überallhin verfolgt, und die Matron und ihre Helper haben es irgendwann einfach nicht mehr ausgehalten. Manchmal hat sogar das Schlechte etwas Gutes. Und ich bin froh, weil auch Caroline neue Schuhe bekommen hat.

Nach der Dusche gehen wir zum Frühstück in den Speisesaal. Es gibt drei Mahlzeiten pro Tag. Regelmäßig etwas zu essen. Mal Dauerbrot, mal Haferschleim, und zum Mittag dünne Reissuppe mit steinhartem Schwarzbrot, das wir in der wässrigen Suppe einzuweichen versuchen. Nur ganz selten gibt es das graue, weiche Brot.

Auf den Tischen im Speisesaal liegen Wachstischdecken mit Blümchenmuster. Wie früher bei meiner Oma. Zalda sitzt bei uns immer am Kopfende und rechts und links daneben ihr Hofstaat. Wir anderen verteilen uns, wie wir wollen.

Zalda bestimmt, wer Tisch- und Küchendienst hat. Unnötig zu sagen, dass ihr Hofstaat jeden zweiten Morgen den Frühdienst übernimmt. Wer zum Frühdienst eingeteilt wird, muss sich nur kurz waschen und nicht duschen. Wer Frühdienst hat, darf später zum Unterricht kommen. Zalda macht das Duschen wohl nicht so viel aus. Sie macht meist Mittagsdienst, weil es da die besten Sachen zu essen gibt und meistens noch was für sie abfällt in der Küche.

Beim Essen dürfen wir leise reden. Aber sobald wir zu laut werden, kommt die Aufsicht, und dann hat man schnell den Elektrostock im Nacken. Man muss immer auf der Hut sein.

Die meisten in unserer Gruppe versuchen, alles richtig zu machen. Viele sind still. Als ob es irgendwann nichts mehr zu sagen gibt. Als ob die Angst die Stimmbänder verätzt. Die meisten haben eine Freundin, neben der sie zum Unterricht gehen oder auf dem Hof ihre Runden drehen. Auch wenn Fatma mich manchmal nervt, bin ich froh, dass ich sie habe.

Wir sitzen beim Abendessen, als es plötzlich seltsam unruhig wird. Alle sind nervös. Die Mädchen reden kaum, sie starren auf den Tisch oder beobachten die Helper. Heute stehen sie nicht in einer Ecke zusammen, sondern laufen durch die Reihen.

Azura flüstert: »Gunda hat Ranga angeschaut. Zweimal.«

Ranga schießen Tränen in die Augen. »Das stimmt nicht!«

Im Schlafsaal frage ich Fatma danach.

»Morgen Früh wird wieder jemand abgeholt«, sagt sie.

»Von wem?«

»Soldaten.«

»Warum? Wohin werden sie gebracht?«

»Hör auf, Anna.« Fatma dreht sich weg und steigt ins Bett.

Louisa bleibt bei uns stehen und flüstert: »Es gibt Camps da draußen. Da werden wir zu Soldatinnen ausgebildet.« Als sie weiter zu ihrem Bett geht, fügt sie leise hinzu: »Ich hoffe, ich werde bald ausgesucht.«

»Stimmt das?«, frage ich Fatma.

»Ich weiß es nicht.«

»Warum bist du schon so lange hier?«

Sie hält sich die Ohren zu, kneift die Augen zusammen und singt leise vor sich hin.

Ich streichle vorsichtig ihren Arm.

Sie lässt die Hände sinken.

»Es tut mir leid. Ich frag nicht mehr.«

Fatma öffnet die Augen. »Wenn sie durch die Reihen gehen, dann wissen wir, dass es am nächsten Tag passiert. Beim Frühstück gibt es für die Mädchen, die abgeholt werden, etwas Besonderes zu essen.« Sie macht eine Pause. Ihre Schultern sind nach oben gezogen. »Manchmal kommen die Soldaten aber auch einfach nur so und holen niemanden. Mehr weiß ich nicht.«

»Danke«, sage ich.

Am nächsten Morgen bekommen ein paar der Mädchen Honigbrot. Für die anderen gibt es Dauerbrot und saure Schlehenmarmelade. Die Helper und Pernilla haben wohl Spaß an solchen Spielchen. An unserem Tisch bekommt Özlem den Honig. Aber nicht Ranga. Sie sieht erleichtert aus.

Özlem rührt ihr Frühstück nicht an. Sie schaut niemandem mehr in die Augen. Kaum eine von uns mag essen, außer Zalda und ihr Hofstaat.

Es klingelt in Pernillas Jacke. Sie holt umständlich ihr GoCall heraus, der schrille Ton hallt eine Ewigkeit durch den Saal. Dann sagt sie »Hallo« und »Bis gleich«.

Sie geht an den Tischen vorbei und tippt den Mädchen, die sowieso schon wissen, dass sie dran sind, mit ihren spitzen Fingern auf den Kopf. »Du, du und du. Aufstehen.«

Nur Özlem rührt sich einfach nicht. »Ich will nicht«, wimmert sie. Helper Gunda kommt und versetzt ihr einen Stromschlag. Özlem rutscht mit einem Schrei auf den Boden. Ihr Körper zuckt, dann liegt sie ganz still. Gunda steht ungerührt daneben. Tippt sie mit dem Fuß an. Özlem stöhnt.

Helper Amora und Nena kommen angelaufen und heben Özlem hoch, schleifen sie in eine Ecke zu den anderen Mädchen.

Wir Übrigen müssen zum Unterricht. Gerade als wir uns hinsetzen, summt es am Tor.

Beim Putzdienst frage ich Louisa, Caroline und Dania, die neben mir den Boden im Schlafraum schrubben, wohin die Mädchen wohl gebracht werden.

Dania flüstert: »Sie werden Soldatenbräute. Das wünsch ich mir auch. Da sind bestimmt gute Männer dabei.«

Caroline meidet mich nicht mehr, sie hat mir wohl verziehen, und ich versuche, besonders nett zu ihr zu sein. Ihre Stimme zittert, als sie sagt: »Sie werden getötet und dann werden ihre Organe verletzten Soldaten verpflanzt. Oder sie werden ins Ausland verkauft.«

»Die Organe?«, frage ich.

»Nein, die Mädchen«, wispert Caroline.

Dania sagt, dass es eigentlich immer gleich abläuft. Es kann aber alle paar Tage passieren oder wochenlang nicht.

Louisa redet wieder vom Ausbildungscamp. Sie wünscht sich, dass sie endlich geholt wird.

Keines der Mädchen ist bis jetzt zurückgekommen.

Beim Mittagessen frage ich Caroline, woher sie das mit den Organen hat.

Bevor Caroline antworten kann, sagt Fatma: »Das ist totaler Unsinn. Die Mädchen werden verheiratet mit Soldaten oder sie gehen selbst in den Militärdienst für unser Land. Es passiert ihnen nichts Schlimmes.«

Die Reissuppe wird aufgetragen.

Ich glaube ihr nicht, obwohl sie uns im Unterricht Dinge erzählen, die dazu passen würden. Auch heute Morgen, es ist immer das Gleiche: Wir sind eine minderwertige Lebensform. Wir werden hier zu Menschen erzogen, die Gehorsam kennen. Sie erzählen uns, wie toll das Militär ist, dass es uns beschützt und über uns wacht. Und wie dringend unser Land Frauen und Soldatinnen braucht, die sich aufopfern. Soldaten brauchen gute Frauen, die sich ihnen hingeben, und die Soldatinnen geben sich dem Land hin. Hier werden wir abgehärtet und in den Dienst der Sache gestellt. »Für Lie-be und für Si-cher-heit!«

Kein Wunder, dass es hier keine einbeinigen Mädchen gibt. Oder einarmige oder noch schlimmer verstümmelte. In der Stadt ist das ganz normal, man sieht es jeden Tag. Aber der Dienst für die Sache geht bestimmt nur mit vollständigem Körper.

Ich muss an Daisy denken. Was machen sie mit Mädchen wie ihr, wenn sie sie schnappen? Daisy hat schon lange keinen gültigen Ausweis mehr. Sie hätte die Waffen vom Spitzbart gut gebrauchen können, die Ben und ich ihr weggenommen haben. Hätte sie den Soldaten wirklich getötet?

Ich weiß nicht mehr, ob sie böse ist. Vielleicht braucht sie ja auch nur jemanden, den sie hassen kann, um zu überleben. Manchmal denke ich, *ich* werde hier böse. Etwas frisst mich von innen auf, weil ich mich nicht wehren und nichts gegen Pernilla und ihre Helper ausrichten kann.

Ich denke darüber nach und vergesse zu essen. Die anderen sind schon fast fertig.

Ich sehe Caroline an. Sie ist so alt wie ich, aber spindeldürr. Ihr wächst ein kleiner Bart auf der Oberlippe. Wie meiner Mutter, von der Unterernährung. Es ist, als ob kein Essen der Welt bei ihr haften bleibt, als ob sie ein Loch im Magen hat, das niemals gestopft werden kann.

Fatma tippt mich an und deutet mit dem Kopf zum Tischende. Der Platz gegenüber von Anngold ist leer. Sie isst nicht. Sie starrt nur auf den Tisch. Özlem war ihre Freundin.

»Warum wehren wir uns nicht einfach?«, sage ich leise. »Wir können ausbrechen. Alle zusammen.«

»Hör auf, wir müssen gehorchen, sonst holen sie uns alle ab«, flüstert Caroline.

Latifee sitzt ihr gegenüber. »Wer entscheidet, wer abgeholt wird?«

»Es kommt darauf an, welche Blutgruppe man hat«, sagt Louisa, die neben ihr sitzt. »Sonst hätten sie doch nicht den Test gemacht. Wer gutes Blut hat, kommt ins Camp.«

»Hört doch auf, bitte!«, wispert Fatma.

»Quatsch«, meint Tamalla. »Es kommt aufs Aussehen an. Die Hübschen kommen zuerst dran.«

»Tja, mein Pech.« Louisa lächelt schief. »Dann bin ich wohl noch hier, wenn ich hundert bin.«

»Wer angeschaut wird von den Helpern, ist dran«, sagt Tamalla. »Das stimmt meistens. Wer tagelang schon beobachtet wird.«

»Stimmt nicht«, sagt Louisa. »Ranga haben sie auch angeschaut und sie wurde nicht abgeholt.«

»Du musst ins System passen und gut erzogen sein«, sagt Stella.

»Ruhe dahinten!«, ruft Zalda vom Kopf des Tisches. »Küchendienst: Anna, Fatma und ich.«

Schon einen Tag später geht es wieder los. Die Helper gehen durch die Reihen und schauen sich um.

Am nächsten Morgen gibt es Schlehenmarmelade und Honig. An unserem Tisch ist niemand dran.

Pernillas Telefon klingelt. Und bevor sie rumgehen und auf Köpfe tippen kann, summt es am Tor. Wir hören es über die Lautsprecher.

Pernilla runzelt die Stirn und geht. Zurück kommt sie mit zwei Soldaten. Einer der beiden ist Petersen.

Ich rutsche sofort tiefer in meinem Stuhl, mache mich klein und gucke nach unten.

Im Speisesaal wird es ganz still.

»Esst weiter!«, ruft Helper Gunda.

Ich schiele zur Tür. Petersen schaut sich um. Ein Mundwinkel geht nach oben. Er zeigt auf mich.

Pernilla nickt Richtung Tür und geht mit den Soldaten nach draußen.

Mir ist eiskalt und gleichzeitig brennt mein Gesicht. Ich kann nichts denken. Ich weiß nur, ich bin dran. Jetzt bin ich dran und werde selbst sehen, was mit den Mädchen geschieht, die abgeholt werden.

Nach einer Weile kommt Pernilla allein zurück. Macht ihre Runde, tippt auf vier Köpfe. Sie kommt an unseren Tisch, bleibt hinter mir stehen, legt die Hände auf meine Schultern und beugt sich zu mir. »Es interessiert sich jemand für dich. Du hast Glück. Du bist jetzt in der Schlussphase deiner Ausbildung. Benimm dich.« Sie geht weiter.

Ich fange wieder an zu atmen.

Unser Tisch wird aufgerufen. Wir bilden eine Zweierreihe und verlassen den Saal. Als wir an den beiden Soldaten vorbeilaufen, schaue ich kurz hoch. Petersens Blick saugt sich an mir fest.

Er wird bald wiederkommen. Wie viel Zeit habe ich noch?

Am nächsten Tag werden fünf neue Mädchen gebracht. Zwei kommen in unsere Gruppe.

Seitdem Özlem weg ist, kümmern Fatma und ich uns ein bisschen um Anngold. Eine von uns dreht immer mit ihr die Runden auf dem Hof, sitzt neben ihr beim Essen. Anngold lässt es einfach geschehen, sie starrt nur vor sich hin und antwortet auf keine einzige Frage. Mehr können wir nicht für sie tun.

Jeden Tag bin ich froh, wenn Pernillas Telefon nicht klingelt. Das bedeutet einen weiteren Tag Aufschub für mich, Aufschub für alle.

Aber es gibt noch ein anderes Problem: Die Spielregeln bei *Liebe und Kontrolle* werden strenger. Wenn keine von uns irgendwas falsch gemacht und niemand etwas zu berichten hat, werden alle bestraft. Kein Essen bis zur nächsten Sitzung. Oder für jede einen Stromschlag.

Wir sitzen zu dritt auf einem Sofa im Aufenthaltsraum. Heute leitet Helper Ursel *Liebe und Kontrolle.* Eigentlich mag ich sie am liebsten, wenn man hier von mögen sprechen kann, weil sie nachts bei der Aufsicht immer einschläft und vergisst, die Musik wieder einzuschalten.

Wir rufen: »Für Lie-be und für Si-cher-heit!«

Helper Ursel sagt: »Wer hat im Namen von Liebe und Kontrolle jemanden anzuklagen?«

Es wird still, weil mal wieder niemand was zu petzen hat. Wir schauen uns nicht an und schweigen.

Nach einer Weile sagt Ursel: »Gut, einen Stromschlag für jede von euch. Und der Hofgang fällt aus.«

»Nein!«, ruft Caroline. »Heute beim Küchendienst hat Fatma heimlich einen Löffel Reis gegessen.«

Fatma wird feuerrot.

»Hat sie nicht!«, sage ich. »Ich war dabei.«

Jetzt wird Caroline rot.

»Hast du etwa gerade gelogen, Caroline?«, fragt Ursel. »Um dich vor dem Stromschlag zu drücken?«

»Nein, sie hat Recht«, sagt Fatma. »Als Anna gerade nicht geguckt hat.«

Ich weiß, dass das nicht stimmt. Fatma würde so etwas nie tun. Fatma und ihre finalblöde Heiligkeit.

»Wir verurteilen also Fatma, weil sie gestohlen und damit der Gemeinschaft etwas weggenommen hat. Und wir verurteilen Anna, weil sie sich unrechtmäßig eingemischt und Caroline als Lügnerin bezeichnet hat.« Helper Ursel sieht in die Runde. »Wie sollen die beiden bestraft werden?«

Caroline lügt und ich werde bestraft? Ich verstehe nicht, warum Caroline das tut. Sie ist doch sonst immer so brav. Und Fatma? Die freut sich bestimmt auch noch darüber, dass sie für alle anderen leiden darf.

Fatma und ich bekommen einen Stromschlag.

Danach herrscht eisiges Schweigen zwischen uns.

SANTJE

Ich glaube, das Mädchenheim Waldesruh ist eine alte Insektenfarm. Ob es hier wirklich einen Wald gibt? Als ich ankam, war es dunkel, und seitdem durfte ich kein einziges Mal einen Blick nach draußen werfen. Wir können nur ein winziges Stückchen Himmel durch die Oberlichter und beim Hofgang sehen.

Im Speisesaal gibt es eine ganze Wand leerer Terrarien, und in den anderen Räumen erkennt man die Stellen, wo die Kästen abgebaut worden sind. Als ich vier war, hatte ich auch ein Terrarium, nur viel kleiner. Ich hab Heuschrecken gezüchtet, aber sie sind mir alle eingegangen.

Ich überlege die ganze Zeit, wie ich fliehen kann, bevor ich abgeholt werde. Vielleicht kann ich es rauszögern, wenn ich aufsässig bin und nicht richtig mitmache. Dafür gibt es zwar Strafen, doch ich könnte noch länger hierbleiben. Ich denke nämlich, Stella hat Recht. Wer gut erzogen ist, wird abgeholt. Aufsässige Soldatenbräute braucht niemand. Aber zu sehr auffallen will ich auch nicht. Wenn ich eine Chance haben will abzuhauen, darf ich nicht unter Beobachtung stehen.

Ich frage mich, warum Fatma noch da ist. Sie benimmt sich immer vorbildlich, macht alles richtig. Das spricht eigentlich gegen Stellas Theorie. Oder es gibt einen anderen Grund, wie bei Zalda? Ist doch seltsam, dass die beiden schon so lange hier sind.

Nach der Sache bei *Liebe und Kontrolle* habe ich keine Lust mehr, mit Fatma zu reden. Sie läuft mit Anngold auf dem Hof, weil sie sich natürlich an unsere Abmachung hält, Anngold beizustehen, und ich lasse sie damit allein.

Ich versuche, mich abzulenken, und drehe meine Runden mit Latifee. Ich erzähle ihr die Geschichte von dem indischen Mädchen im Schwarzwald.

Dann ist Latifee dran. Bei ihr geht es immer um Frösche. »Ein Mädchen läuft über eine grüne Wiese. Das Gras kitzelt ihre Füße. Plötzlich hört sie ein leises Quaken. Direkt vor dem Mädchen sitzt ein winziger Frosch auf einem Grashalm.« Das Mädchen bringt den Frosch zum See, da gibt es eine ganze Froschfamilie, die Froschfamilie bringt sie zum Fluss, da gibt es ein ganzes Ufer voller Frösche und so weiter.

Latifee sagt, sie hat mal ein Froschhologramm gesehen, und seitdem wünscht sie sich einen Frosch. Am liebsten *wäre* sie ein Frosch und würde den ganzen Tag durchs Gras hüpfen.

»Quak, quak, quak«, macht sie neben mir.

Ich verstehe, warum Ben Geschichten mag. Sie lassen die Wirklichkeit verschwinden.

Schon nach einem Tag tut es mir leid, dass ich so blöd zu Fatma war, aber ich kann mich nicht dazu durchringen, zu ihr zu gehen. Wir sagen uns noch nicht mal mehr gute Nacht.

Aber nach drei Tagen setzt sich Fatma beim Mittagessen neben mich. »Ich halte das nicht mehr aus, Anna. Hier ist so viel Schlechtes. Du darfst nicht böse auf mich sein. Hör mir bitte, bitte zu.«

Ich nicke. Ich bin so froh, dass sie den ersten Schritt macht. Sie erklärt mir, dass Caroline doch nur den Rest der Gruppe schützen wollte.

»Und sich«, sage ich spitz. Es klingt noch böse, aber eigentlich schäme ich mich. Fatma hat Recht. Wir müssen zusammenhalten.

»Warte mal.« Ich denke nach. »Vielleicht ist das gar keine schlechte Methode. Bei jeder Sitzung sollte sich eine von uns bestrafen lassen, aber nur für eine Kleinigkeit. Dann ist jede nur alle zwanzig Tage dran. Und wir können selbst über die Strafe bestimmen.«

»Ich könnte auch öfter dran sein«, sagt Fatma eifrig.

Sie sieht ganz erleichtert aus, weil wir wieder miteinander sprechen. Ich bin's auch. Ich mag sie einfach zu gern, trotz ihrer Heiligkeit. Oder vielleicht sogar gerade deswegen. Weil sie wirklich versucht, gut zu sein.

»Alles wieder in Ordnung«, sage ich. »Es tut mir leid.«

Sie strahlt mich an.

»Aber die nächsten Tage kann ich den Hofgang trotzdem nicht mit dir machen. Geh mit Anngold. Ich muss was rauskriegen.«

Wenn ich Ben finden will, muss ich schließlich wissen, wo ich suchen muss. Ich hätte schon viel früher etwas unternehmen müssen, aber ich war zu sehr damit beschäftigt, wütend zu sein.

Ich versuche, neben möglichst vielen verschiedenen Mädchen zu gehen, auch aus anderen Gruppen. Ich frage jede, was mit Jungs passiert, die gefangen werden, aber angeblich weiß keine was. Die meisten gucken nur betreten zu Boden. Ganz wenige frage ich vorsichtig, ob sie mit mir ausbrechen würden. Natürlich nicht direkt, nur was sie von einem Aufstand halten würden. Aber alle machen sofort einen Schritt weg von mir, als ob ich eine schlimme Krankheit hätte, und schauen sich rasch um, ob jemand mitgehört hat. Das Misstrauen schwebt herum wie feuchter Nebel, der durch die Kleider kriecht bis auf die Haut. Er macht uns kalt und klamm und stumm. Und sie haben ja Recht, warum sollten sie mir trauen? Woher sollen sie wissen, dass ich sie nicht verrate?

Als ich von Ben erzählen will, sagt Stella: »Besser, du redest nicht mehr von ihm.«

Es ist hier auch nicht anders als in der Stadt. Eigentlich kämpft jede für sich.

Das Heim ist riesig, bestimmt könnten hier noch viel mehr Menschen leben. Der lange Korridor führt innen einmal um das Gebäude herum. Und dann ist da noch der Gang zum ummauerten Hof, wo wir nachmittags immer unsere Runden drehen. Die meisten Räume sind innen liegend.

Ohne richtige Fenster fühlt man sich seltsam abgeschnitten von der Wirklichkeit. Die Welt könnte genauso gut gar nicht existieren.

Über den Hof ist es unmöglich zu entkommen. Die Mauern sind glatt und hoch. Die beiden Oberlichter in unserem Aufenthaltsraum könnte ich erreichen, wenn ich auf die Möbel steige, aber wie soll ich sie öffnen? Die Stange dafür ist in einem Schrank eingeschlossen. Außerdem müsste ich allein im Aufenthaltsraum sein. Ich müsste einen Tisch unter das Fenster stellen und darauf noch einen Stuhl. Vielleicht könnte ich das Oberlicht mit einem zweiten Stuhl aufdrücken und mich dann mit einem Klimmzug an der Fensterkante hochziehen. Ich bezweifle, dass ich die Kraft dazu habe. Aber vor allem weiß ich nicht, wie ich es anstellen soll, allein im Aufenthaltsraum zu sein. Selbst wenn ich Putzdienst habe, sind immer noch mindestens zwei andere Mädchen da. Ich müsste es irgendwie schaffen, mit Fatma und Latifee eingeteilt zu werden. Sie würden mich nicht verraten. Aber wie soll ich das machen?

Bleibt noch das Tor, durch das ich reingekommen bin. Wir gehen immer daran vorbei. Einen weiteren Ausgang gibt es nicht. Jedenfalls hab ich noch keinen anderen entdeckt. Das Tor ist mit einem Code gesichert, den man über ein silbernes Tastenfeld eingeben muss.

Auf einer Seite des Gebäudes, bei unseren Schlafräumen, geht es hoch in den zweiten Stock, der für uns verboten ist. Dort leben die Helper und die Matron. Vom Korridor führt eine Treppe nach oben. Ob man von dort entkommen könnte? Bestimmt gibt es dort Fenster, durch die man hinausklettern kann. Aber dann müsste man springen.

Wenn ich nur einmal da hoch könnte, wie Zalda. Nach dem Abendessen, wenn wir anderen alle in den Schlafsaal müssen, wird Zalda nämlich immer von einer der Helper abgeholt. Nach etwa einer Stunde ist sie wieder da. Oft hat sie rotgeweinte Augen.

Fatma sagt, sie bekommt Einzelunterricht von Matron Pernilla. Oben in ihren Privaträumen. Nur Zalda geht hoch, niemand sonst. Mehr sagt Fatma nicht dazu. Aber ich habe das Gefühl, dass sie mehr weiß und es mir nur nicht erzählen will.

Seit einiger Zeit machen wir etwas Neues. Es ist das Schönste, was ich hier habe. Und die einzige Übertretung, die sich Fatma erlaubt. Nach der Dusche, wenn wir in den Schlafsaal zurückgehen, beeilen Fatma und ich uns besonders. Wir versuchen immer, die Ersten beim Duschen und Zähneputzen zu sein, um schnell fertig zu werden und Zeit zum Bürsten zu haben. Wir setzen uns auf mein Bett und Fatma kämmt mir die Haare. Danach kämme ich ihre. Sie hat dicke schwarze Locken, die ihr aber nur bis zum Kinn gehen.

»Ich lass sie wachsen, sie sollen so lang werden wie deine«, sagt sie.

Wenn wir die Aufsicht kommen hören, machen wir schnell Schluss.

Unter dem Bett hat jedes Mädchen einen flachen Kasten für Wäsche. Das ist das Einzige hier, was sich ein bisschen privat anfühlt. Ich hätte gerne etwas, das ich hineintun könnte. Etwas zu lesen, das wäre das Größte. Oder meine eigene Bürste. Zalda und ihr Gefolge haben zwei der fünf Bürsten versteckt, und Fatma bewahrt seit ein paar Tagen eine für uns in ihrem Bettkasten auf. Die Helper sagen nichts, obwohl sie genau wissen, dass Bürsten im Schrank fehlen. Das ist das einzige Sonderrecht, das Fatma sich rausnimmt. Weil sie schon so lange da ist, sagt sie.

Aber das ist jetzt vorbei. Azura ist immer ganz vorne mit dabei, wenn es bei *Liebe und Kontrolle* etwas zu petzen gibt. Auch heute meldet sie sich.

Sie klagt Fatma an, dass sie eine Bürste versteckt hat. Ich beiße mir auf die Lippe. Es bringt nichts, Zalda und ihr Gefolge aus Rache auch anzuschwärzen. Azura hat die beiden Hofstaat-Bürsten heute Morgen bestimmt ordentlich in den Schrank geräumt.

Fatma muss die Bürste abgeben. Wir dürfen uns ab jetzt nicht mehr gegenseitig die Haare kämmen. Und zur Strafe bekommen wir beide fünf Minuten extra unter der Dusche aufgebrummt. Anngold bekommt die gleiche Strafe. Sie ist nicht aufgestanden nach dem Frühstück, erst nachdem ich sie hochgezogen habe.

Fatma bibbert, sie hat die Arme um sich geschlungen. Ihre schwarzen Locken kleben ihr im Gesicht. Ich zittere neben ihr unter der zweiten Dusche. Mein ganzer Körper wird zu Eis.

Matron Gnadenlos hat die Aufsicht. Sie lässt uns aufsagen: »Wir haben die Strafe verdient. Wir werden uns mehr für die Gemeinschaft anstrengen. Wir werden die Liebe zu schätzen wissen.«

Meine Zähne klappern so sehr, dass ich die Worte kaum hervorbringe. Ich weiß, wenn ich es nicht schaffe, wird die Matron mich so lange unter der Dusche stehen lassen, bis ich erfriere.

Klatschklatsch. »Die Nächste!«, ruft Pernilla.

Anngold ist dran. Sie schreit, als das kalte Wasser sie trifft. Sie schreit immer weiter und weiter.

Matron Pernilla brüllt mühelos gegen sie an. »Alle raus! Raus!«

Das Plitschtplatsch der Badeschuhe, Anngolds Schreie, die Stille im Umkleideraum.

Keine sagt etwas. Und in der Dusche ist plötzlich auch alles still.

Seitdem ist Anngold verschwunden. Sie ist nicht beim Frühstück aufgetaucht, nicht beim Unterricht oder Putzen, nicht beim Mittagessen, nicht beim Hofgang und abends nicht im Schlafsaal. Auch nicht am nächsten Tag und nicht am übernächsten.

Was sollen wir bloß tun? Was soll ich tun? Ich darf nicht abgeholt werden, ich muss Santje und Ben finden.

Wir sind doch viele. Was passiert, wenn wir uns alle zusammentun? Aber ich habe ihre Gesichter gesehen, wenn ich vom Fliehen oder einem Aufstand rede. Und dann gibt es Mädchen wie Louisa und Stella aus unserer

Gruppe, die sagen, dass alles hier gut und richtig ist. Es gibt hier kein Wir. Ich kann nur auf mich selbst zählen.

Die Idee mit der Flucht durch das Oberlicht ist wieder in meinem Kopf. Es könnte klappen, wenn ich Putzdienst habe. Das scheint mir bis jetzt die beste Idee zu sein. Selbst wenn noch zwei Mädchen dabei sind, die mich verraten könnten. Ich muss es darauf ankommen lassen. Wie lange hätte ich Zeit, bis es auffällt, dass ich fehle? Und wie komme ich runter vom Dach? Ich werde springen müssen. Und ich darf mich auf keinen Fall verletzen. Dann muss ich rennen. So schnell wie noch nie.

Jeden Tag nach dem Unterricht bis zum Mittagessen putzen wir. Die Waschräume und die Toiletten. Wir schrubben den Korridor und alle Böden. Und wir waschen. Hinter der Küche gibt es einen Raum mit breiten Waschbecken. Da stehen zwar auch Waschmaschinen und Trockner, aber es heißt, die Waschmaschinen seien alle kaputt. Wir holen heißes Wasser aus der Küche und mischen es mit dem eiskalten aus dem Hahn. Unsere Hände sind rot und aufgeweicht, wenn wir die Wäsche auf Waschbrettern geschrubbt und ausgewrungen haben. Dann werfen wir sie in die Trockner. Die funktionieren. Mein Rücken tut weh.

Nach dem Mittagessen, bis zu *Liebe und Kontrolle,* dürfen wir im Aufenthaltsraum auf den Sofas und Sesseln sitzen und bekommen etwas zu nähen. Das ist die beste Zeit. Wir flicken Hosen und Hemden, nähen Knöpfe an, bessern die Uniformen der Helper aus.

Nach *Liebe und Kontrolle* gibt es den Hofgang und dann müssen wir noch mal putzen. Und nach dem Abendessen geht es ins Bett.

Im Schlafsaal wechseln sich die Helper und Matron Pernilla ab. Die Aufsicht hat einen Schreibtisch mit einer Leselampe und einem Sessel. Meistens gibt es Strom. Die Generatoren arbeiten zuverlässig. Wenn Helper Ursel vergisst, die Musik wieder einzuschalten, wird es ganz still, und man hört nur noch das leise Brummen der Maschinen im Keller unter uns.

Leutnant Petersen ist wieder da. Diesmal mit der Soldatin, mit der er mich hergebracht hat. Wir frühstücken, sie holen ein Mädchen ab. Es steht zwischen den beiden und sieht auf den Boden.

Petersen nickt mir zu und grinst. Sein Mund formt ein Wort: »Bald.«

Dann sind sie weg.

Nachts habe ich Zeit nachzudenken. Meistens läuft irgendwas mit Geigen und Klavier. Ich glaube, da ist irgendeine Hochfrequenz drin versteckt, die Botschaften übermittelt. So was wie: Ihr schlaft tief und ruhig und kommt nicht auf dumme Gedanken. Oder: Ihr seid eine minderwertige Lebensform, da ist nichts zu machen.

Vielleicht sind wir das ja wirklich. Manchmal bin ich mir nicht mehr sicher.

Ich versuche, Pläne zu schmieden, versuche, mir auszumalen, wo Ben sein könnte. Aber wenn dann die Angst kommt, dass er vielleicht schon tot ist und dass ich hier nie rauskommen werde, dann träume ich mich weg, in eine bessere Welt, in der Ben und ich immer zusammen sind. Ich erinnere mich an seine Haut, an seine Stimme. Ich erinnere mich an sein Gesicht. Doch dann kommt der Schlaf, der einzige Ort ohne Kontrolle. Und wenn ich Pech habe, jagen mich die Toten bis in den Morgen.

Warum hat mein Vater mich alleingelassen?

Morgens ist mir schlecht. Ich bekomme regelmäßig einen Stromschlag, wie jede aus meiner Gruppe. Wahrscheinlich kommt die Übelkeit davon. Das Gute ist, dass ich meistens sowieso die Klos putzen muss. Ich versuche, ganz leise zu sein, ziehe die Tür ran und übergebe mich. Bis jetzt hat niemand was gemerkt.

Seitdem ich den Aufenthaltsraum als Fluchtort im Kopf habe, werde ich nicht mehr dafür eingeteilt, und auch nicht fürs Klassenzimmer. Ist das ein Zufall? Ich habe nur Fatma von meiner Idee erzählt.

Wann werde ich abgeholt?

Als wir uns zum Hofgang aufstellen sollen, drängle ich Azura, Pregnanta und Sapho zur Seite und schiebe mich neben Zalda.

Wir drehen die erste Runde.

»Was verschafft mir die Ehre?«

»Du bist doch abends immer bei Matron Pernilla ...«

»Na und?«

»... und du bist schon ziemlich lange hier. Du weißt

doch bestimmt, was mit Jungs passiert, die gefangen werden.«

Keine Ahnung, warum ich mir das antue. Ist doch klar, dass sie mir nicht antwortet. Aber mittlerweile denke ich, dass Zalda die Einzige ist, die etwas wissen könnte und die sich auch trauen würde, es zu sagen. Ich glaube einfach nicht, dass sie nur Spezialunterricht bekommt. Bestimmt unterhält sie sich auch mit Matron Pernilla.

Zwischen uns hängt ein ungemütliches Schweigen.

»Was denkst *du* denn?«, fragt Zalda.

»Ich hab keinen Schimmer.«

»Siehst du, ich auch nicht.«

»Und was mit den Mädchen passiert, die abgeholt werden, weißt du natürlich auch nicht.«

»Organspende, buhuu ...« Sie lacht. »Psst, Azura ...«

Zaldas beste Freundin und Sapho gehen vor uns. Als Helper Heidrun und Gunda nicht schauen, tauschen wir Plätze. Zalda und Azura stecken die Köpfe zusammen, sie flüstern und lachen. Ich muss neben Sapho weitergehen, wir reden kein Wort.

Am nächsten Morgen gibt es keine Schlehenmarmelade und keinen Honig. Aber es werden trotzdem fünf Mädchen abgeholt. Gleich fünf! Azura ist dabei.

Leichenblass sitzt Zalda beim Mittagessen.

Ich höre sie leise schniefen, als sie vor mir den Boden im Speisesaal wienert.

»Tut mir leid«, sage ich. »Ich weiß, wie das ist. Meine beste Freundin ist gestorben.«

Es tut mir wirklich leid, obwohl Zalda ein echtes Miststück ist.

Zalda dreht sich um. Sie lächelt und sieht dabei fast nett aus.

Mit roten Augen kommt sie von ihrem Spezialunterricht.

Wir haben eine Art Waffenstillstand und das ist gar nicht schlecht.

Bei *Liebe und Kontrolle* hat sich mein System durchgesetzt. Fatma hat es Dania erklärt und die hat es Ranga gesagt und so weiter. Das erste Mal halten wir zusammen. Keine will jeden Tag einen Stromschlag bekommen. Nun sind wir abwechselnd an der Reihe. Wegen Kleinigkeiten. Die Bürste nicht saubergemacht. Schlecht geputzt. In der Küche etwas gestohlen. Und wir bestrafen uns nicht schwer. Einmal mit dem Essen aussetzen. Die dreckigsten Toiletten putzen. Zwei Minuten länger kalt duschen. Möglichst keine Stromschläge und niemals Einzelhaft. Sogar Zalda und ihr Hofstaat machen mit. Dafür sind sie allerdings auch am seltensten an der Reihe. Das ist die Abmachung. Es ist wie über dünnes Eis zu laufen.

Ich wälze mich im Bett hin und her. Ich kann einfach nicht schlafen.

Wie lange hält der Schock bei Zalda an?

Ich glaube, sie hat gedacht, ihrem Hofstaat könnte nichts passieren. Aber sie hat keine Macht. Wann wird sie wieder fies wie vorher? Wie lange lassen sich Matron Pernilla und die Helper von uns hinters Licht führen? Wie lange kann ich mich noch beherrschen? Der Zorn baut sich tief in mir auf. Ich könnte platzen vor Wut. Und wäre das so schlecht? Würde ich mir damit Zeit erkaufen? Und dann denke ich wieder, vielleicht haben sie ja Recht, ich bin nichts wert. Darüber schlafe ich ein.

Es passiert schon beim Unterricht am nächsten Morgen. Matron Pernilla hält einen Vortrag. Ich denke wieder darüber nach, ob vielleicht doch was an dem dran ist, was sie sagen. Wenn der Widerstand kontrolliert werden könnte (keine Ahnung, wie das gehen soll), wenn die Menschen besser kontrolliert würden, würde es keine Aufstände mehr geben. Vielleicht würde der Krieg dann endlich vorbei sein und alles langsam gut werden. Kontrolle schafft Frieden.

Ich drücke die Fäuste gegen meine Stirn. Ich will diese Gedanken aus meinem Kopf bekommen. Sie manipulieren uns. Ich habe das Gefühl, jeden Tag dümmer zu werden, faul und matt, und gleichzeitig habe ich diese ungeheure Wut im ganzen Körper.

»Das stimmt alles nicht!« Die Worte schießen einfach aus meinem Mund. »Sie! Haben! Unrecht!«, sage ich laut und deutlich.

Ich komme in Einzelhaft. Sofort. Ich werde den Korridor entlanggeführt, viel weiter als sonst, einmal ums ganze Gebäude an Türen und Türen und Türen vorbei. Da sind nur Pernillas Schritte und meine Schritte und der Gang wird länger und länger. Das Licht flackert an und aus.

Matron Pernilla bleibt stehen, schließt eine Tür auf und stößt mich in einen Raum. »Du bist aufsässig und uneinsichtig, Anna. Ich hätte mir wirklich mehr von dir erwartet. Aber jetzt hast du ja viel Zeit, über deine Fehler nachzudenken. Wir werden dich schon zu einem gehorsamen Menschen machen!«

Die Tür schlägt zu. Wie lange werden sie mich einsperren? Ich lausche. Es ist totenstill. Ich kann nicht mal das Brummen der Generatoren hören.

Der Raum ist klein. Er hat keine Fenster, nur weiße Wände und eine nackte Pritsche, die an der Wand verschraubt ist. Eine Metalltoilette daneben.

Immerhin ist es nicht kalt hier drin. Ich setze mich auf die Pritsche, versuche nachzudenken. Aber es sind immer die gleichen Gedanken, sie drehen sich ständig im Kreis. Ich stütze den Kopf in die Hände. Ich habe einen Fehler gemacht. Das hätte mir nicht passieren dürfen.

Plötzlich eine Stimme. Es ist die Männerstimme, die ich aus dem Kopfhörer kenne. Ich entdecke einen kleinen Lautsprecher an der Zellendecke.

KONTROLLE SCHAFFT FRIEDEN.

KONTROLLE IST LIEBE.

WIR SIND EINE GEMEINSCHAFT, DIE SICH LIEBT UND KONTROLLIERT.

WIR DIENEN DER REGIERUNG.

Danach ist wieder Ruhe, aber nach ein paar Minuten, vielleicht fünf oder zehn, ich weiß es nicht, fängt das Tonband wieder an. Immer wieder und wieder und wieder.

Ich lege mich hin und schließe die Augen. Ich weiß nicht, wie lange ich daliege und versuche, die Stimme zu ignorieren, bis ich es nicht mehr aushalte. Ich springe an der Wand hoch, um den Lautsprecher zu erreichen. Es klappt nicht, natürlich nicht.

Ich gehe auf und ab, ich setze mich hin, ich stehe auf. Als ich müde werde, lege ich mich auf die Pritsche. Das Licht geht nicht aus.

Irgendwann nicke ich trotz des Lichts ein, aber die Stimme weckt mich wieder.

Die Tür öffnet sich, Helper Heidrun schiebt eine Blechkanne mit Wasser und ein Stück Dauerbrot auf einem Teller rein. Erst trinke ich gierig die Kanne leer, dann schleudere ich sie gegen die Box. Sie wackelt. Ich hebe die Kanne wieder auf. Aber bevor ich sie noch mal schmeißen kann, öffnet sich die Tür. Helper Heidrun versetzt mir einen Stromschlag, die Beine sacken mir weg.

Als ich zu mir komme, sind die Blechkanne und der Teller verschwunden.

Ich gehe im Kreis, mache Liegestütze, klatsche in die Hände, sage Gedichte auf, die mein Vater mir beigebracht hat. Und immer wieder die blaue Blume: »... ich suche und finde sie nie ... mir träumt, dass in der Blume mein gutes Glück mir blüh.«

Ob Anngold hier war? Oder ob sie noch hier ist, in einer Zelle neben mir? Ich klopfe an die Wände. Keine Antwort.

Ich untersuche jede Ecke. Ich robbe sogar auf dem Boden herum, suche ein Mauseloch, durch das ich verschwinden kann. Unter der Pritsche hat jemand an die Wand geschrieben. *Das erste Opfer des Krieges ist die Wahrheit.* Ich versuche, darüber nachzudenken, aber es gelingt mir nicht. Dann kommt wieder die Stimme aus der Box, und ich beginne, die Worte mitzusprechen. »Kontrolle schafft Frieden, Kontrolle ist Liebe.«

Ich halte mir die Ohren zu. Ich wusste gar nicht, dass so viele unterschiedliche Gefühle gleichzeitig in einen Menschen passen. Da ist auch wieder die Wut auf Ben, weil er nie die Wahrheit gesagt hat. Vielleicht stimmt es ja, dass die Wahrheit im Krieg als Erstes stirbt. Wie kann ich ihm vertrauen, wenn ich gar nicht weiß, wer er ist? Dann könnte ja auch alles andere gelogen gewesen sein. Seine Küsse zum Beispiel, seine Blicke und seine Haut.

Wahr sind Sehnsucht und Freundschaft, hat er mir gesagt.

Gibt es unterschiedliche Wahrheiten?

Mir fällt unsere letzte Nacht ein. *Lass mich in Ruhe.* Ich hätte das nicht sagen sollen. Die Worte sitzen wie ein Stachel in meinem Herzen.

Nein, er hat nicht gelogen, wenn er mich so angesehen hat. Ich weiß es, mein ganzer Körper weiß es.

Und obwohl ich mich nicht richtig an die Melodien erinnern kann, die Santje gespielt hat, habe ich trotzdem plötzlich das Gefühl im Körper von unserem letzten Abend bei den Tunnelmenschen. Als wir getanzt haben. Und ich weiß, wenn ich das hier überleben will, dann geht das nur, solange ich noch Hoffnung habe. Wer braucht schon Wahrheit.

Also setze ich mich auf die Pritsche und rufe mir immer wieder jeden Moment mit Ben in Erinnerung. Die Worte und die Geschichten und die Blicke und die Berührungen.

Ich mache es so lange, bis ich weiß: Jetzt! Wo auch immer er ist, er kann spüren, dass ich an ihn denke, und ich fühle, dass er auch an mich denkt.

Die Männerstimme höre ich nur noch wie durch Watte. Sie kommt aus einer anderen Welt. Zwischendurch bekomme ich wieder Wasser und ein paar Brocken Brot. Es ist immer zu wenig. Die Kanne werfe ich nicht mehr.

Ich lege mich auf die Pritsche, die Augen geschlossen, die Augen offen. Die Stimme aus dem Lautsprecher ist weit weg. Morgen, gestern, heute verschwimmen zu einem unendlich langen Tag.

Als Helper Ursel mich holt, ist es Zeit für den Unterricht.

Ich weiß nicht, ob ich hundert Tage in der Zelle war oder nur zwei.

Wir gehen am *Freiheitstor* vorbei. Sehnsüchtig sehe ich auf das Zahlenfeld. Ich blinzle. Das Tor schwingt auf. Aber nein, es ist eine Täuschung. Es ist fest verschlossen wie immer.

Im Unterricht schlafe ich im Sitzen ein und kippe vom Stuhl. Fatma fängt mich im letzten Moment auf.

Mittags muss ich den anderen beim Essen zugucken.

Der letzte Teil meiner Strafe. Helper Gunda droht, wenn mir jemand etwas abgibt, kommen alle in Einzelhaft, es gibt Zellen genug. Zalda reicht trotzdem ihr Stück Dauerbrot für mich unter dem Tisch weiter. Zalda!

Erst beim Hofgang traue ich mich, es mir in den Mund zu stopfen. Ich falle vor Hunger und vor Müdigkeit fast um. Meine Beine tragen mich kaum.

Fatma hakt sich bei mir ein und stützt mich. »Du schaffst es. Bald kannst du schlafen.«

Zalda holt mit Sapho auf.

»Danke«, sage ich.

Zalda nickt.

»Wie lange war ich weg?«, frage ich Fatma.

»Drei Tage, drei Nächte.«

»Sind Mädchen abgeholt worden?«

Sie schüttelt den Kopf. »Nur zwei gebracht. Aber nicht von deinem Soldaten. Es waren zwei andere. Vielleicht kommt er ja nicht mehr.«

Unsinn. Petersen wird mich holen, früher oder später. Die Frage ist nicht ob, sondern wann. »Wir müssen hier raus«, sage ich. »Wir müssen alle zusammen fliehen.«

»Das geht nicht!«

»Wir sind achtzig Mädchen. Achtzig gegen acht. Es wird gehen.«

»Die Helper und Matron Pernilla haben Waffen. Unter ihren Jacken. Hast du das noch nie bemerkt? Sie haben nicht nur die Stöcke. Denkst du, auf die Idee ist vorher noch keine gekommen? Als ich neu hier war, hatte es kurz vorher einen Aufstand gegeben. Es sind viele gestorben.

Sie wurden erschossen, Anna. Entkommen ist keine. Und wo willst du überhaupt mit achtzig Mädchen hin? Wovon sollen wir leben?«

Verzweiflung steigt in mir auf. »Du warst doch gar nicht dabei, das hast du gerade selbst gesagt. Vielleicht hat es nie einen Aufstand gegeben. Die wollten euch nur Angst machen.«

Fatma schüttelt wieder den Kopf. »Denk an Stella und Louisa. Von der Sorte gibt es noch viel mehr. Das weißt du doch. Es machen nicht alle mit.«

Als wir abends im Bett liegen, flüstere ich ihr zu: »Würdest du denn mitkommen, wenn wir beide allein gehen?«

Ich höre ihrem Atem zu.

Sie wispert: »Nein. Da draußen wartet kein Air-Shuttle auf uns. Da draußen sind wir verloren.«

»Ruhe dahinten!«, brüllt Helper Nena.

Ich will wissen, ob Fatma Recht hat mit den Waffen. Und als ob sie meine Gedanken gehört hätte, greift Helper Gunda vor *Liebe und Kontrolle* unter ihre Jacke und rückt ihre Pistole zurecht.

Ich denke ständig an früher. Ich kann nicht damit aufhören. An die Zeit mit Ben im geheimen Zimmer und immer mehr an den Widerstand. Ich hätte Santje nie alleinlassen dürfen.

Manchmal habe ich das Gefühl, dass Ben ganz nah ist, manchmal, dass er unendlich weit weg ist.

Ich halte es nicht mehr aus. Und obwohl Fatma immer wieder gesagt hat, dass sie nichts von früher erzählen will und auch nichts hören und nicht daran denken, hat sie nach meiner Einzelhaft nichts mehr dagegen, dass ich ihr von Ben und dem Widerstand erzähle. Vielleicht ahnt sie, dass ich kurz davor bin durchzudrehen. Es tut einfach gut, meine Gedanken laut auszusprechen. Als ob Dampf aus einer Maschine abgelassen wird. Plötzlich kann ich gar nicht genug reden. Fatma hört geduldig zu. Sie fängt sogar an, meine Geschichten zu mögen. Und langsam wird Smirge immer unheimlicher und die Ratten größer und größer.

Ich versuche noch mal, Fatma zu überreden, mit mir zu fliehen. »Willst du nicht mit in den Widerstand? Dort wären wir frei.«

»Du bringst uns nur alle in Gefahr.«

»Aber wir sind doch schon alle in Gefahr!«

Sie schüttelt den Kopf. »Sich zu widersetzen bringt nichts.«

Der Hofgang ist zu Ende. Wir gehen Wäsche waschen und dann zum Abendessen.

Kann ich sicher sein, dass sie mich nicht verrät? Es ist schlimm, das zu denken. Ich habe doch nur sie.

Das Misstrauen schmeckt bitter wie Galle und macht mich traurig.

Am Abend ist es wieder soweit. Der Tischdienst hat gerade alles gedeckt und aufgetragen. Wir setzen uns.

Matron Pernillas GoCall klingelt, sie sagt »Hallo« und »Ich komme«.

Kein Tippen mit spitzen Fingern auf Köpfe. Abends wird niemand geholt, es werden nur neue Mädchen gebracht. So war es bisher immer. Warum, weiß ich nicht. Über die Lautsprecher hören wir wie immer das Summen am Tor. Kurz darauf öffnet sich die Tür zum Speisesaal wieder.

Helper Heidrun kommt herein und an ihrer Hand ...

»Santje!« Ich springe auf. Helper Ursel versetzt mir sofort einen Schlag auf den Rücken und ich falle zurück auf meinen Stuhl.

Helper Heidrun schiebt Santje nach vorn zu Pernilla. Die Matron hebt Santjes Kinn mit dem Stock an. Santje hält ihre Flöte in der Hand.

»Sie hat nichts dabei, außer dem da.« Heidrun zeigt auf die Flöte.

Matron Pernilla streckt die Hand aus. »Gib das Ding her.«

Santje regt sich nicht.

»Das ist meine Schwester!«, rufe ich.

Heidrun packt grob Santjes Hand. »Gib das her!«

Und Santje fängt an zu schreien. So etwas habe ich noch nie gehört. Nicht mal Anngold hat so geschrien. Santje krümmt sich und schreit so schrill, dass ich das Gefühl habe, die Teller vibrieren auf den Tischen.

Helper Heidrun gibt ihr eine schallende Ohrfeige, aber Santje lässt die Flöte nicht los und schreit weiter.

Matron Pernilla sieht einfach zu, ihren Stock in der Hand, doch sie unternimmt nichts.

Ich stürme nach vorn, niemand hindert mich mehr.

Helper Heidrun lässt Santje los.

»Santje! Ich bin's, Anna. Keiner nimmt dir die Flöte weg. Hörst du? Ich bin jetzt da.« Ich halte sie ganz fest umklammert. Sie hört auf zu schreien und im Saal ist es plötzlich mucksmäuschenstill. Die Mädchen nehmen die Hände von den Ohren.

In der Tür stehen die anderen Helper. Sogar Aische und Ilaria sind aus der Küche gekommen.

Matron Pernilla räuspert sich. »Sie sitzt neben dir. Sorg dafür, dass sie ruhig bleibt.« Sie klatscht in die Hände. »Genug geglotzt. Weiteressen!«

Als wir den Speisesaal verlassen, greife ich nach Santjes Hand. Sie fühlt sich warm und fest an.

»Was ist passiert? Geht's dir gut? Wo sind Aza und die anderen?«

Aber sie schweigt ihr Santje-Schweigen.

»Santje, antworte mir. Was ist passiert? Weißt du was über Ben?«

Sie sieht mich mit großen Augen an. Am liebsten würde ich sie schütteln.

Warum hat Matron Pernilla einfach zugeschaut?

Warum hat sie Santje keinen Stromschlag versetzt?

Weil sie weiß, dass sie mich jetzt in der Hand hat? Für Santje tue ich alles.

Wir müssen hier raus – Die Flucht

Es ist schlimm, Santje das erste Mal in der Dusche zu sehen. Jeder einzelne Knochen in ihrem kleinen Körper zeichnet sich ab und sie zittert erbärmlich. Ich kann ihre Rippen zählen.

Sie sieht mich an. »Kalt!«

»Du musst, Santje! Versuch einfach stillzustehen. Es ist besser so. Ich halte solange deine Flöte für dich.«

Ich weiß, dass sie es nicht lange durchhalten wird.

Als sie ins Untersuchungszimmer muss, darf ich bei ihr sein. Ich helfe ihr, sich auszuziehen. Ich plappere vor mich hin, dass es nur darum geht zu schauen, ob sie gesund ist.

Nackt und dürr steht sie da. Ich helfe Pernilla beim Messen und Wiegen. Ich halte Santje fest, als sie die Spritze bekommt. Sie guckt mich die ganze Zeit an und sagt nichts. Ich kann ihr doch nicht erklären, was hier wirklich passiert.

Am nächsten Morgen hat Matron Pernilla Aufsicht.

»Ich möchte bitte für Santje duschen«, sage ich.

»So, möchtest du das?« Pernilla sieht auf die große

Wanduhr und lächelt. »Haben wir endlich etwas gefunden, das dich zur Besinnung bringt? Eine Minute die Kleine. Neun Minuten du.«

Wenigstens macht Santje im Unterricht ganz gut mit. Und Matron Pernilla sagt nichts, als sie nicht immer mitspricht und stattdessen durchs Oberlicht in den Himmel schaut.

Aber beim Abschlusslied hält sich Santje die Ohren zu.

»Drei Schläge auf die Handflächen!« Pernilla ruft Santje nach vorne und lehnt es ab, dass ich die Schläge für sie bekomme.

Santje weint ganz leise. Mein Herz zieht sich zusammen. Ich halte das nicht aus.

Beim Hofgang rede ich auf Santje ein. Ich erkläre ihr, dass wir nicht lange hierbleiben werden. »Du musst alles tun, was die Helper und ich dir sagen. Und auf keinen Fall darfst du dir die Ohren zuhalten. Sing lieber ganz schön mit. Schöner als alle anderen. Sonst gibt es wieder Schläge.«

Sie sieht auf ihre Hände. Die Striemen sind immer noch rot. Pernilla hat ordentlich zugeschlagen.

Beim Nachmittagsputzdienst habe ich die Aufgabe, mit Santje die Betten neu zu beziehen. Einen Kopfkissenbezug knülle ich zusammen und stopfe ihn in meinen Kasten unter dem Bett.

Am nächsten Morgen geht es schon besser. Santje singt mit. Sie sitzt neben Zalda, und als wir fertig sind, nimmt sie ihre Hand und sagt: »Du singst sehr schön. Die anderen singen nicht gut. Nur du.« Sie lächelt Zalda voller Glück an.

Ich rufe Santje zu mir, aber es ist zu spät. Die beiden gehen zusammen zum Speisesaal. Erst an ihrem Platz lässt Santje Zaldas Hand wieder los. »Du bist lieb.«

Zalda lächelt und ihre Wangen werden rot.

Bei den Mahlzeiten esse ich nur noch den Haferschleim und die Suppe. Das Brot wandert in meine Hosentasche, zusammen mit ein paar Nüssen, und das alles in den Kissenbezug unter meinem Bett.

Durch eins der Oberlichter abzuhauen, ist mit Santje unmöglich. Den Plan gebe ich auf. Ich werde versuchen, Helper Ursel die Waffe abzunehmen. Sie ist am langsamsten. Ich mache es, wenn sie Nachtdienst im Schlafsaal hat, sobald sie eingeschlafen ist. Sie knöpft immer ihre Jacke auf und lehnt sich im Sessel zurück. Ich muss schnell sein, und dann muss ich sie irgendwie dazu bringen, uns rauszulassen.

Ich versuche jetzt, alle Regeln zu befolgen und alles richtig zu machen. Aber ich weiß auch, dass mich das in Gefahr bringt, von Petersen abgeholt zu werden. Pernilla hat mich endlich da, wo sie mich immer haben wollte. Ich sehe es an ihrem Lächeln.

Ich muss Santje beschützen. Ich versuche, neben ihr zu putzen und ihr möglichst viel abzunehmen. Sie ist so langsam, und wenn sie ihr Soll nicht erfüllt, ist das ein Grund für eine Anklage. Oder es setzt gleich Schläge.

Bis jetzt ist Santje nur einmal verurteilt und mit einem Stromschlag bestraft worden, weil sie im Unterricht Flöte gespielt hat. Hinterher hat sie mich mit großen Augen angesehen. Sie versteht doch überhaupt nicht, was hier vor sich geht.

Ich muss etwas tun, also schlage ich Matron Pernilla vor, dass Santje uns beim Schlusslied auf der Flöte begleiten könnte. Sie findet, das sei »eine ausgezeichnete Idee«.

Zalda grinst nur vor sich hin. Soll sie doch denken, was sie will.

Ich gehe zu meinem Platz zurück, um meinen Pullover zu holen. Als ich mich wieder umdrehe, traue ich meinen Augen nicht. Zalda steht bei Santje an der Tür und streichelt ihre Wange.

Als Zalda bemerkt, dass ich sie beobachte, geht sie schnell weiter.

Fatma ist ein Bett weiter gezogen, damit Santje neben mir schlafen kann. Sie setzt sich neben mich, nachdem sie ihr neues Bett gemacht hat.

»Ich weiß, du willst bald mit Santje abhauen. Aber es ist noch Winter. Ihr habt gar nichts außer ein bisschen Brot. Du weißt doch nicht mal die Richtung.«

Was soll ich sagen? Sie hat ja Recht.

»Willst du wirklich nicht mitkommen?«

Sie schüttelt wie immer den Kopf, wenn ich sie frage.

Am nächsten Morgen biegen Santje und ich gerade im Korridor um die Ecke, als am Tor der Summer ertönt und Helper Ursel angewatschelt kommt.

Wir sind die Letzten, Santje hat ewig gebraucht, um sich anzuziehen.

Das ist die Gelegenheit. Ursel ist allein, der Gang ist leer. Aber ich zögere. Selbst wenn ich die Waffe zu fassen bekomme, muss ich draußen an den Soldaten vorbei, die bestimmt Mädchen bringen oder holen wollen. Also besser nicht jetzt.

Ursel gibt den Code ein. Jede Zahl ein Piepton. Ich recke den Hals, aber ich kann nicht sehen, was sie tippt.

Tu es!, befiehlt eine Stimme in meinem Kopf. *Lass es*, warnt eine andere.

Das Tor öffnet sich. Durch den Spalt schaue ich hinaus. Zwei Soldaten, drei Mädchen – und hinter ihnen die Freiheit. Es regnet.

Santje zeigt zum Tor. »Können wir jetzt nach Hause gehen? Zu den Leuten, die Musik machen?«

»Bald«, flüstere ich. »Ich versprech's. Ganz bald.«

Ursel dreht sich um. »Geht sofort weiter, ihr beiden! Ihr habt hier nichts zu suchen.«

»Biep, biep, biiiep«, sagt Santje. »Das Tor macht Musik.«

Latifee wird abgeholt. Sie ist doch noch so klein.

Bei *Liebe und Kontrolle* werden Santje und ich zu einmal Essensentzug verurteilt, weil wir zu spät zum Frühstück gekommen sind.

Sapho schlägt dreimal vor. Aber Zalda meint, einmal würde reichen. Santje sei zu dünn.

»Danke«, murmele ich.

Zalda setzt zwar ihr mürrisches Gesicht auf, aber ich weiß, dass sie es nicht so meint. Wenn wir so weitermachen, werden wir noch beste Freundinnen.

Eines der neuen Mädchen wird unserer Gruppe zugeteilt. Sie heißt Birke. Auch wenn ihre Haare stumpf und strubbelig sind und sie aussieht, als hätte sie wochenlang nicht geschlafen, ist sie sehr schön. Sie hat ein fein geschnittenes Gesicht und strahlend blaue Augen. Wie ein wolkenloser Himmel. Und sie ist groß. Sie überragt alle anderen.

Ich kann förmlich riechen, dass es mit ihr Ärger geben wird. Auch, aber nicht nur, weil Zalda hübsche Mädchen nicht ausstehen kann. Keine Ahnung, warum das so ist. Schließlich werden die meistens als Erste wieder abgeholt. Na ja, so ganz stimmt das nicht – Azura war nicht hübsch und Latifee auch nicht. Und trotzdem, die sehr hübschen scheint es eher zu erwischen.

Beim Frühstück am zweiten Morgen treibt Zalda ihr übliches Spiel. Birke soll ihr Graubrot hergeben, und zwar zackig. Birke zögert, aber dann reicht sie es weiter. Zalda legt es Santje auf den Teller.

Birke kneift die Augen zusammen und funkelt Zalda an. Zalda lächelt zur Antwort ihr überlegenes Team-Leader-Lächeln.

Am Nachmittag bei *Liebe und Kontrolle* ist es so weit. Birke klagt Zalda an, ihr Brot gestohlen zu haben.

Ausgerechnet Pernilla hat Aufsicht. Sie räuspert sich. »Was sagst du zu dieser Anklage, Zalda?«

Zalda hat es sich in ihrem Lieblingssessel bequem gemacht. Sie sitzt im Schneidersitz da, die Hände vor dem Bauch verschränkt. »Wort gegen Wort. Ich hab's nicht gemacht.«

»Sie lügt!«, keift Birke.

»So, so«, sagt Zalda. »Gibt es Zeugen?« Die Head of Speisesaal ist sich ihrer Sache wie immer sehr sicher.

Sapho und Pregnanta schütteln den Kopf.

Es wird still.

Birke starrt auf ihre Hände.

»Ziehst du deine Anklage also zurück?«, fragt Matron Pernilla.

Wenn sie das tut, wird sie bestraft. Das wäre wie ein Geständnis, gelogen zu haben.

Es fällt mir schwer, ruhig zu sitzen. Schließlich sagt Birke die Wahrheit. Aber ich kann es mir nicht erlauben, mich gegen Zalda zu stellen.

Pernilla sieht mich an. »Anna scheint etwas sagen zu wollen.«

Ich könnte behaupten, dass ich es war, die Birke das Brot weggenommen hat. Aber dann wird sie trotzdem bestraft, weil sie Zalda beschuldigt hat und nicht mich.

»Das Brot war lecker«, sagt Santje.

Jetzt ist es raus.

»Birke hat Recht«, sage ich. »Sie hat Zalda ihr Brot gegeben.«

Birke sieht hoch. Zalda setzt sich in ihrem Sessel auf.

Alle Mädchen starren mich an. Ich sehe nur Pernillas kleine, wässrige Augen.

»Weil Zalda darum gebeten hat«, fahre ich fort. »Zalda hat das Brot an Santje weitergegeben. Sie ist die Dünnste in der Gruppe und braucht es mehr als alle anderen.«

Pernilla öffnet den Mund.

Schnell rede ich weiter: »Zalda hat *Wort gegen Wort* gesagt, um Santje zu schützen, die ja gar nichts dafür kann. Aber eigentlich ist alles meine Schuld. Ich habe Zalda darum gebeten, weil sie als Team-Leader für das Wohlergehen der Gruppe zuständig ist.«

Das klingt alles ganz schön wirr. Aber was Besseres fällt mir nicht ein. »Ich wollte unbedingt, dass es meiner Schwester gut geht. Ich bin es also, die bestraft werden muss. Zalda ist ein guter Team-Leader. Sie sorgt für alle.«

Matron Pernilla schweigt eine ganze Weile. Ein Mundwinkel zuckt.

Schließlich sagt sie: »Anna und Santje geben heute Abend ihr Essen an Birke ab. Zalda übernimmt Birkes Toiletten-Putzdienst.«

Es ist das erste Mal, dass Matron Pernilla selbst die Strafe festlegt. »Für Anna fällt der Hofgang aus. Steh auf, du kommst mit mir.«

Ich folge Pernilla die Betontreppe hinauf in den verbotenen zweiten Stock.

Wir treten in ein Büro. Sie schließt die Tür hinter mir. Ich bin unsicher und aufgeregt zugleich. Was passiert als Nächstes?

Hier oben ist es wie in einer anderen Welt. Durch die beiden Fenster sieht man bei gutem Wetter bestimmt weit übers Land. Aber heute ist alles in grauen Nebel getaucht. Pernilla zieht die schweren Vorhänge zu und sperrt den Tag aus. Sie schaltet das grelle Deckenlicht aus und dafür eine alte Stehlampe an.

Hinter dem Schreibtisch aus massivem dunkelbraunem Holz steht ein schwerer Ledersessel, in den sich die Matron fallen lässt. Ich muss mich auf einen Hocker mitten im Raum setzen. Unter meinen Füßen liegt ein orientalischer Teppich.

Pernilla legt ihren Schlagstock auf den Schreibtisch und umschließt ihn mit ihren kleinen Händen. Hinter ihr gibt es ein Regal mit Büchern. Dunkle Ledereinbände reihen sich aneinander.

Hier also bekommt Zalda ihren Spezialunterricht. Ob sie auch auf dem Hocker sitzen muss? Oder darf sie den Ohrensessel nehmen, der in der Ecke steht? Oder muss sie auf dem unheimlichen Stuhl am Fenster sitzen, mit den Lederriemen an Beinen und Armlehnen?

»Lass es uns kurz und möglichst ehrlich machen«, sagt Pernilla.

Ich nicke und schiebe noch ein »Ja, Matron Pernilla« hinterher.

»Du hältst dich für besonders schlau. Ich habe dir einiges durchgehen lassen. Aber nun reicht es. Du willst die Mädchen auf deine Seite ziehen und einen Aufstand organisieren. Jemand hat geplaudert.«

Ich schüttele den Kopf. »Nein, das ist vorbei.«

Es ist wirklich vorbei. Seitdem Santje da ist. Wir werden allein fliehen. Aber das werde ich Matron Pernilla natürlich nicht sagen.

Wer hat mich verraten?

Die Matron nickt. »Seltsamerweise glaube ich dir. Trotzdem bist du gefährlich.«

»Ich versuche, der Regierung zu dienen und alles so gut wie möglich zu machen.« Meine Worte klingen sogar in meinen eigenen Ohren wie sauer gewordene Reissuppe.

Matron Pernillas Mund ist eine gerade Linie. Sie glaubt mir kein Wort. »Ab jetzt vertrittst du unsere Sache überzeugend. Du wirst mich in jeder Hinsicht unterstützen. Wenn du nicht tust, was ich dir sage, wird zuerst deine Schwester abgeholt und dann deine kleine Freundin Fatma. Einmal in der Woche wirst du mir Bericht erstatten. Ich will, dass du mich über alles informierst, was unter euch Mädchen geredet wird. Und ich erwarte Fakten, keine Märchen.«

Sie steht auf. »Ich denke, wir sind uns einig?«

Ich balle meine Hände zu Fäusten. Meine Kehle ist wie zugeschnürt. Ich kann nur nicken.

»Du bist entlassen.«

Vor der Tür wartet Helper Amora auf mich. Sie bringt mich zum Putzdienst.

Wir müssen hier weg.

Bei den Gesprächen am Tisch höre ich nicht mehr zu. Ich will nichts mitbekommen, was ich berichten könnte.

Ich versuche, mich von Fatma fernzuhalten, und sammle noch mehr Essen als zuvor.

Die Hofgänge mache ich mit Santje.

»Biep, biep, biiiep, das Tor macht Musik.«

»Ja, Santje, ich weiß.«

Ein paar Tage nach meiner Begegnung mit Pernilla setzt sich Fatma morgens nach der Dusche auf mein Bett. »Ich hab die Bürste wieder.«

»Lass mal.« Ich rücke ein Stück von ihr weg. »Wir dürfen uns nicht erwischen lassen.«

»Aber es ist eine Belohnung von Matron Pernilla für dich. Sie hat es mir selbst gesagt.« Sie sieht mich neugierig an. »Was ist denn passiert, als du bei ihr warst?«

Ich kann es ihr nicht erzählen.

»Du musst es mir natürlich nicht sagen.«

»Es ist besser so. Glaub mir.«

Fatma lässt die Bürste sinken. »Möchtest du wissen, warum Zalda so gemein ist? Ich erzähl's dir beim Hofgang.«

Ich schüttele den Kopf.

»Doch, du willst es hören. Und du erzählst mir noch mal von den Tunneln. Ein letztes Mal. Ich weiß, dass du bald abhauen willst. Und ich wünsch dir, dass es klappt.« Sie legt ein Stück Dauerbrot auf die Bettdecke. Ich stecke es in meinen Kissenbezug.

Beim Mittagessen bitte ich Zalda, den Hofgang mit Santje zu machen. Sie übernimmt das gern für mich. Sie mag Santje wirklich.

Es ist fast warm draußen und es nieselt leicht. Vielleicht geht der Winter langsam vorbei. Das wäre gut für die Flucht.

Fatma und ich drehen unsere erste Runde.

»Warum willst du mir ausgerechnet jetzt was von Zalda erzählen?«

»Ich dachte, es würde dich interessieren. Ihr versteht euch doch so gut in letzter Zeit.«

Es klingt ein bisschen schnippisch. Ist sie etwa eifersüchtig?

»Wir haben Waffenstillstand, denke ich, mehr nicht.«

»Außerdem bist du vielleicht bald weg. Ist doch auch egal ... Vielleicht kannst du die Informationen ja irgendwann mal brauchen.«

Ja, um bei Pernilla zu petzen. Ahnt Fatma, was Pernilla von mir will? Hat sie ihr von meinen Plänen erzählt? Wenn Putzdienst ist, sehe ich Fatma nicht immer. Ist sie auch manchmal oben bei Pernilla? Ist das hier eine Falle?

Fatma vergräbt ihre Hände in den Manteltaschen. »Also, hör zu. Zalda war sogar schon vor mir da. Wir beide sind am längsten hier. Das weißt du ja schon. Am Anfang hat Zalda immer behauptet, ihre Mutter würde sie holen. Sie hat ständig von ihr geredet. Zaldas Mutter ist Soldatin.«

»Was? Und warum ist sie dann hier? Für Soldatenkinder gibt es doch bestimmt bessere Heime.«

Fatma zuckt mit den Schultern. »Keine Ahnung. Ich kann dir nur sagen, was sie mir erzählt hat.«

»Und warum ist sie dann nicht bei ihrer Mutter?« Was

eine blöde Frage ist. Wenn Zaldas Mutter Soldatin ist, ist sie bestimmt irgendwo im Einsatz und kann sich nicht um ihre Tochter kümmern.

»Ihre Mutter hat der Militärregierung gedient, hat Zalda gesagt. Sie hätte alles gemacht, damit bald Frieden ist, auch wenn sie dafür ihre Tochter alleinlassen musste, sagt Zalda.« Fatma spricht so leise, dass ich sie kaum noch verstehe. Sie schaut sich um. »Sie ist als Spionin in den Untergrund gegangen.«

»Was? Das denkst du dir doch gerade aus!«

Fatma wird ein bisschen rot. »Nein! Das stimmt wirklich, Zalda hat es mir am Anfang erzählt. Ihre Mutter hat sie bei ihrer Großmutter gelassen, aber die ist schon kurz darauf gestorben. Darum wurde Zalda hierhergebracht. Ihre Mutter hat das alles auf sich genommen, damit Zalda mal ein besseres Leben hat. Aber es gibt da draußen kein besseres Leben, das hab ich ihr gesagt. Und Zalda hat das dann auch verstanden und nie wieder über früher geredet. Jetzt will sie selbst mal Helper werden. Damit sie helfen kann, dass es den Mädchen hier wenigstens gut geht. Am liebsten will sie sogar Matron werden. Und das hat sie auch Pernilla erzählt, und darum wird sie von ihr und den Helpern bevorzugt.«

»Und deswegen bekommt sie immer diesen Spezialunterricht?«

»Genau.«

»Aber warum ist sie so fies zu allen, wenn sie uns angeblich helfen will?« Das ist doch eine total seltsame Geschichte.

Fatma zuckt wieder mit den Schultern.

»Ob Zaldas Mutter noch lebt?«

»Bestimmt. Wenn nicht, hätte Zalda das doch erfahren, und sie hätte es mir erzählt. Und sie wäre nicht mehr hier, oder?« Fatma bleibt einen Moment stehen und sieht mich an, als ob ich eine Antwort haben müsste. »Zaldas Mutter ist bestimmt noch im Untergrund. Deswegen darf das auch nie jemand erfahren. Das kann gefährlich für sie werden. Versprichst du, dass du mit niemandem darüber redest? Auch nicht, wenn du zurück im Untergrund bist?«

Ich denke eine Weile nach. Zaldas Mutter eine Spionin der Militärregierung im Untergrund. Es könnte schon stimmen, was Fatma da erzählt. Darum wird Zalda besser behandelt.

»Versprichst du's?«

Ich nicke. »Vielleicht hab ich sie ja sogar mal gesehen.«

»Zalda sagt, sie heißt Bircihan.«

Ich schüttele den Kopf. »Nie gehört.«

»Sie ist Türkin. Aber Zaldas Vater war Deutscher.« Fatma fängt meinen Blick auf. »Glaubst du mir etwa nicht?«

Fatma kann nicht lügen, das würde ich merken. Also nicke ich. »Natürlich glaube ich dir.«

Fatma zögert. »Zalda sagt, man erkennt sie sofort. Sie hat so ein lilafarbenes Mal am Ohr. Weißt du, wenn du sie siehst, sag ihr doch, dass es ihrer Tochter gut geht, das wird sie bestimmt freuen. Aber sonst redest du mit niemandem darüber.«

Fatma will einfach allen Gutes tun. Sogar Zalda.

»Ich kenne im Untergrund ja sowieso kaum jemanden. Ich war doch nur ganz kurz da. Und es gibt angeblich verschiedene Widerstandsgruppen. Es wäre totaler Zufall, wenn ich sie treffen würde. Außerdem kann sie ja auch schon gestorben sein.«

Ich sehe zu Zalda und Santje hinüber. Sie singen ganz leise, ich kann es an ihren Mündern ablesen.

Ob das mit Zaldas Mutter wirklich stimmt?

Am nächsten Tag putzt Zalda neben mir. Auf den Knien vorwärts rutschend, wienern wir die Linoleum-Fußböden im Korridor. Es kommt mir vor, als wäre der Gang ein Abwasserkanal. Irgendwann werden wir wieder ausgespuckt, wer weiß wo.

»Anna«, flüstert Zalda.

»Was?«, wispere ich.

»Warum kotzt du eigentlich so oft?«

Mist, sie hat das mitbekommen? Ich hatte gedacht, dass ich leise genug war.

Zuerst will ich fragen, was sie das angeht, aber ich darf mich auf keinen Fall mit ihr streiten. Ich kann jetzt keinen Ärger gebrauchen.

»Kommt von den Stromschlägen.«

»Aha«, sagt sie. »Du willst doch wissen, was mit den Jungs passiert, die gefangen werden?«

Ich nicke und schrubbe weiter.

Sie kichert. »Versteh ich nicht, dein Prinz reitet dich rein und du willst ihn retten?«

Ich beiße mir auf die Lippe. »Was willst du, Zalda?«

»Neben mir ist beim Essen noch ein Platz frei. Wenn du willst, kannst du ihn haben.«

Bloß nicht, denke ich und sage: »Da sitzen doch Sapho oder Pregnanta.«

»Nicht mehr lange, wenn ich das nicht will.«

»Okay«, sage ich. »Aber ich muss es mir trotzdem noch überlegen. Wegen Fatma und Santje, weißt du.«

Zalda nickt. »Santje kann weiter neben dir sitzen.« Sie wringt ihren Putzlappen aus und scheuert neben mir weiter. »Die Jungs ... Ich wollte es dir erst nicht sagen. Ist keine schöne Sache ...«

»Nun sag schon!«

»Du sitzt also neben mir, abgemacht?«

Ich nicke.

»Es gibt keine Heime für Jungs. Die kommen alle direkt in die Fabrik und nie wieder raus. Was meinst du, woher das ganze Essen kommt?«

Ich schrubbe und schrubbe, als ob ich mich durch den Boden bohren könnte. Ich muss hier raus – so schnell wie möglich. Mittlerweile ist mein Kopfkissenbezug ganz gut mit Dauerbrot gefüllt. Das muss reichen.

Zwei halbe Nächte sind wir Rad gefahren, nicht schnell und mit Pausen, und höchstens noch zwanzig Minuten mit dem Jeep, eher kürzer. Ich schätze, dass wir drei Tage brauchen werden, um nach Berlin zurückzukommen, wenn wir möglichst wenig Rast machen. Unsere Schuhe sind gut. Santje hat sogar wasserabweisende Wanderschuhe, die hat sie von Luki geerbt.

Wir schrubben weiter und reden nicht mehr.

Hofgang. Als wir am Tor vorbeikommen, sagt Santje wie immer: »Biep, biep, biiiep, das Tor macht Musik.«

Manchmal nervt sie wirklich. Es nieselt wieder leicht. Die Luft ist mild. Perfektes Wetter, um abzuhauen. Vor eiskalten Nächten habe ich Angst, vor Stürmen und Regen. Aber die Luft ist seit ein paar Tagen lauwarm.

»Ich möchte Flöte spielen«, sagt Santje

»Nein, du weißt doch, nur im Unterricht zum Schlusslied. Sonst gibt es eine Strafe.«

»Wann gehen wir zu den Musikmenschen?«

»Vielleicht schon ganz bald. Wenn ich nur den Code für das Tor wüsste, dann wäre alles einfacher.« Manchmal wünsche ich mir, dass ich mich ganz normal mit Santje unterhalten könnte, dass sie mich einfach verstehen würde.

»Es macht Musik.«

»Ich weiß, biep, biep.«

Santje singt: »Biep, biiiep, biiebiep, biepbiiiiep ...«

Mein Magen zieht sich vor Aufregung zusammen.

»Das Tor macht Musik, ja?«

»Jaaa ...«

»Wenn wir zum Tor gehen würden, könntest du dann den Code eingeben, biep, biep?«

Sie schweigt.

»Wenn wir zum Tor gehen«, versuche ich es noch mal, »kannst du dann genau die Musik machen, die Helper Ursel gemacht hat?«

»Ja«, sagt Santje.

Wenn das stimmt, dann kann sich Santje Töne merken,

die für mich alle gleich klingen, und sie hoffentlich den Zahlen zuordnen.

In der Nacht wälze ich mich herum, stelle mir vor, dass wir am Tor stehen und Santje den Code doch nicht kennt. Wie wir dann abgeführt werden und in Einzelhaft kommen und nie wieder rausgelassen werden.

Beim Frühstück bin ich so müde, dass ich die Augen kaum offen halten kann. Aber als Helper Gundas Telefon klingelt, bin ich hellwach. Seitdem es keinen Honig und keine Marmelade mehr gibt, wissen wir vorher nicht, wer geholt wird.

Und ausgerechnet heute ist Pernilla nicht da. Ich bin ihre neue Spionin, sie weiß, dass sie mir Santje nicht wegnehmen darf. Aber wissen das auch die Helper? Und was ist, wenn Petersen dabei ist?

Es summt am Tor und ein paar Minuten später stehen zwei Soldaten in der Tür. Ein älterer, kleiner Mann mit Hakennase, der andere sieht aus wie eine jüngere Ausgabe von ihm. Vielleicht sind sie verwandt.

Die beiden Soldaten schauen sich um, scannen uns mit ihren Blicken, als ob sie wählen würden. Ich verstehe die Regeln noch immer nicht. Vielleicht dürfen sie selbst wählen, weil sie Offiziere sind. Sie haben dicke Schulterklappen mit ein paar Sternen.

Zwei der Helper gehen die Tischreihen entlang. Tisch drei und vier übernimmt Helper Gunda. Sie pickt sich ein Mädchen heraus. Helper Amora schreitet Tisch zwei ab. Nichts. Sie kommt an unseren Tisch, bleibt einen Moment bei Santje stehen, macht einen Schritt und tippt mir auf den Kopf. »Du. Steh auf.«

Geschockt schiebe ich langsam meinen Stuhl zurück. Erst mal machen, was sie sagen, nachdenken, schnell. »Meine Schwester muss mit«, sage ich.

»Nichts da.« Amora bugsiert mich Richtung Tür. Ich spüre ihren Stock im Rücken.

»Pass auf Santje auf«, zische ich Zalda zu.

Sie nickt.

Das Mädchen von Tisch vier, das Gunda gewählt hat, geht neben dem älteren Soldaten. Ich laufe neben dem jüngeren her, hinter mir kommt Amora. Ich drehe mich halb zu ihr um und flüstere: »Matron Pernilla wird das nicht gefallen. Ich arbeite für sie. Sie müssen sie fragen, ob ich abgeholt werden darf.«

»Sei still«, sagt Amora.

Wir gehen weiter den Gang entlang. Da ist das Tor. Da der Aufgang zum zweiten Stock.

Es kann sein, dass die beiden mich im Auftrag von Petersen holen. Aber ich muss es probieren. So laut ich kann, ohne zu schreien, sage ich: »Ich bin Leutnant Petersen versprochen. Sie können mich nicht mitnehmen.« Und noch lauter: »Leutnant Petersen wird das nicht gefallen!« Matron Pernilla soll mich hören. Sie muss mich hören.

Die beiden Soldaten bleiben stehen, sehen sich an, sehen mich an, sehen Amora an.

Jetzt schreie ich fast. »Leutnant Petersen würde mich ganz sicher selbst holen. Er wartet schon die ganze Zeit auf mich!«

Der ältere Soldat wendet sich Amora zu. »Stimmt das? Wieso wissen Sie nicht Bescheid?«

Das andere Mädchen schaut mich flehentlich an. Ich kann ihr nicht helfen.

»Was soll der Lärm?« Pernilla kommt die Treppe runter. »Was macht Anna hier?«

Der jüngere Soldat spricht. »Das Mädchen sagt, es sei Leutnant Petersen versprochen.«

»Ist das so?«, antwortet Pernilla. »Sagen wir, es gibt Pläne für sie. Aber die Zeit ist noch nicht reif. Das ist doch wohl offensichtlich, Stabsunteroffizier Jürgens, so wie sie sich aufführt.«

Der ältere Soldat zieht kurz die Stirn in Falten. »Ich bin hier Befehlshaber. Und wir nehmen das Mädchen mit.«

»Und Leutnant Petersen?«, fragt der Jüngere.

Der Ältere überlegt einen Moment. Seine krumme Nase zuckt.

Ich bete, dass der Name Petersen ausreicht, um sie aufzuhalten.

Hakennase Jürgens holt sein i-Call heraus, entfernt sich ein Stück von uns. Ich höre ihn reden, verstehe aber kein Wort, sosehr ich auch die Ohren spitze.

Als er zurückkommt, wendet er sich an Pernilla. »Leutnant Petersen holt die Kleine übermorgen persönlich ab.«

Das Tor wird geöffnet. Die Soldaten verschwinden, das Mädchen zwischen sich.

Ich weiß noch nicht mal, wie sie heißt.

Heute Nacht ist es so weit.

Die Helper und die Matron wechseln sich ab mit ihren Nachtdiensten in den Schlafsälen, und das immer nach einem genauen Plan. Heute Nacht ist Ursel dran. Wenn sie eingeschlafen ist, und sie schläft immer ein, werden wir uns an ihr vorbeischleichen. Es ist ein total verrückter Plan. Eigentlich ist es nicht mal ein Plan, es ist einfach nur verrückt. Aber wenn Santje den Code wirklich eintippen kann, ist das unsere beste Chance. Dann muss ich Ursel nicht ihre Waffe stehlen, dann würde alles viel leichter gehen. Vorausgesetzt, es klappt ...

Pernilla ist für den Rest des Tages verschwunden.

Keins von den Mädchen traut sich, mich zu fragen, was passiert ist, auch Fatma nicht. Den ganzen Tag rasen die Gedanken durch meinen Kopf. Immer wieder gehe ich jeden Schritt durch bis zur Flucht. Die Zeit zieht sich erst ewig hin und dann ist es plötzlich dunkel.

Als wir nach dem Abendessen in den Schlafsaal gehen, erkläre ich Santje, was ich vorhabe. Dass wir leise aufstehen werden, die Schuhe und unsere Decken schnappen und auf Zehenspitzen hinausschleichen wie die Mäuse. Unsere Sachen behalten wir ja sowieso an, es ist ohne viel zu kalt in den Schlafsälen und unter den Wolldecken. Wir schlafen oft in unseren Mänteln, das fällt nicht auf. Genauso machen wir es heute Nacht auch.

An der Tür zum Schlafsaal erwartet uns dann aber nicht Ursel, sondern Matron Pernilla.

Mir wird augenblicklich schlecht. Damit ist die Sache gelaufen. An der werden wir nie vorbeikommen.

Pernilla fasst mich kurz an der Schulter. »Wir sehen uns morgen Abend. Allein.«

Ich nicke und schlüpfe an ihr vorbei. Wir ziehen unsere Badeschuhe an und machen uns auf den Weg zu den Waschräumen zum Zähneputzen. Es muss was passieren, jetzt sofort.

Panisch sehe ich mich nach Zalda um. Wenn Matron Pernilla Aufsicht hat, hat sie keinen Spezialunterricht. Ich lasse mich unauffällig zurückfallen und laufe neben ihr.

»Hey«, sage ich, »ich muss mit dir reden.«

Zalda sieht mich an. »Schieß los.«

Ich weiß noch nicht mal, ob es stimmt, was Fatma erzählt hat, aber Zalda ist jetzt meine einzige Hoffnung. »Jemand hat mir gesagt, dass du mal Matron werden willst und dass du dann den Mädchen helfen willst, damit es ihnen besser geht als uns.«

»Das hat also *jemand* erzählt?«

Ich nicke. Es geht um alles. »Und ich denke, du kannst schon jetzt helfen. Wir müssen hier raus, Santje und ich. Ich muss Ben befreien, und ich will nicht, dass sie Santje abholen. Das willst du doch auch nicht. Das weiß ich. Es geht nicht nur um mich.«

Zaldas rundes Gesicht verzieht sich zu einem Grinsen. Bevor sie etwas sagen kann, rede ich weiter. »Du sagst einfach, dir ist schlecht. Pernilla wird dich bestimmt zum Klo bringen. Du bist doch ihr Liebling.«

»Nehmen wir mal an, ich würde dir helfen, wie wollt ihr denn durch das Tor kommen?«

»Santje kennt den Code.«

»Ja, sicher! Deine Schwester kann sich zwar gerade nur so ihren Namen merken, aber den Code kennt sie natürlich.« Sie kichert leise. »Das wird ein Riesenspaß. Ich bin dabei.«

»Ist das dein Ernst? Ich hab aber nichts, was ich dir dafür geben kann.« Ich überlege. »Das heißt, vielleicht doch. Ich kann versuchen, im Untergrund deine Mutter zu finden. Ich sage ihr, wo du bist, und ich werde auch nach Azura suchen.«

»Meine Mutter im Untergrund?«

Ich nicke. Ich weiß, dass ich gerade das Versprechen breche, das ich Fatma gegeben habe. Aber ich kann nicht anders.

»Lass mal. Ich brauch nichts«, sagt Zalda. »Ich mach mit. Den Spaß lass ich mir nicht entgehen.«

»Danke!«, sage ich. Das hätte total schiefgehen können. Es kann immer noch schiefgehen. Ich habe keine Ahnung, was in Zaldas Kopf vorgeht. Es ist nicht so, dass ich sie mag – immer noch nicht. Aber irgendwie hat sie es geschafft, sich hier drin nicht unterkriegen zu lassen. Und sie hat sogar noch Pläne für die Zukunft, und wenn es nur das Matron-Werden ist.

Wir gehen zum Schlafsaal zurück. Zalda und ich sind die Letzten. Matron Pernilla unterhält sich vor der Tür mit Helper Heidrun.

Zalda zischt mir zu: »Bleib stehen.«

Was hat sie vor?

Zalda hastet zum Schreibtisch der Helper. Sie holt eine Schere aus der Schublade. Im Saal wird es mucksmäuschenstill. Ich stehe im Mittelgang. Pernilla kann jede Sekunde reinkommen.

Zalda geht direkt auf mich zu. »Keinen Ton jetzt!«, flüstert sie. »Sonst war's das.«

Sie packt meine Haare, schlingt sie sich ums Handgelenk und zieht meinen Kopf zurück. Ich beiße die Zähne zusammen und starre zur Decke, aber ich weiß, dass uns alle Mädchen im Saal beobachten.

»Egal was heute Nacht passiert«, sagt Zalda leise, aber so deutlich, dass alle es hören können, »keine von euch wird auch nur einen Mucks machen, verstanden? Sonst blüht euch dasselbe wie Anna.«

Ich spüre das Ziehen an meinen Haaren, höre das Knirschen der Schere.

»Und damit eins klar ist«, flüstert Zalda mir ins Ohr. »Ich tu's für Santje. Und für Azura. Nicht für dich.«

Mein Zopf baumelt in Zaldas Hand. Sie hält ihn einen Moment wie eine Siegestrophäe nach oben, dann steckt sie ihn in ihre Manteltasche. Tränen brennen in meinen Augen. Ich stakse zu meinem Bett und widerstehe dem Drang, in meinen Nacken zu fassen.

Zalda rennt zum Schreibtisch, verstaut die Schere und kommt wieder zu mir.

In dieser Sekunde tritt Matron Pernilla in den Schlafsaal und klatscht in die Hände. »Noch eine Minute, dann wird das Licht gelöscht. Ab ins Bett!«

»Übrigens«, sagt Zalda leise, »Matron Pernilla ist meine Mutter.«

Ich zittere, als ich mich in meine Decke wickle.

Das Deckenlicht wird ausgeschaltet, die Musik geht an. Nur noch die Stehlampe brennt neben Pernillas Sessel. Sie schlägt ein Buch auf und beginnt zu lesen. Für einen Moment stelle ich mir das Bücherregal in ihrem Büro vor. Wie sie dasteht und nach einem Buch sucht, das sie lesen möchte. Sie fährt mit den Fingern über die Buchrücken und zieht eines heraus.

Wenn es stimmt und Pernilla wirklich Zaldas Mutter ist, warum hat sie mich nicht sofort verraten?

Wenn es stimmt, dann ergibt auf einmal alles Sinn. Darum hat Zalda Pläne, darum ist sie immer noch hier, darum will sie Matron werden, darum bekommt sie Spezialunterricht. In Wahrheit verbringt sie bestimmt nur Zeit mit ihrer Mutter. Aber warum hat sie dann manchmal verweinte Augen, wenn sie wieder zu uns runter kommt? Und Azura, ihre beste Freundin, hat sie trotzdem nicht schützen können.

Oder wollte Zalda mich nur erschrecken und die Matron ist gar nicht ihre Mutter? Spielt sie mit mir? Was will sie wirklich? Was soll ich nur tun? Warum hat Fatma sich diese irre Spionage-Geschichte ausgedacht? Weil ich auch immer so wilde Geschichten erzähle? Oder stimmt sie doch? Ich weiß nicht mehr, was ich glauben soll.

Wenn wir heute Nacht erwischt werden, ist es aus und vorbei. Dann werde ich von Petersen abgeholt oder für immer in die Einzelzelle gesperrt.

Wird Zalda erst mitmachen, nur um mich dann zu verraten, wenn wir am Tor stehen?

Ich habe keine Wahl. Übermorgen soll ich abgeholt werden. Im Grunde weiß Zalda schon lange von meinen Plänen. Sie hat mich Fragen stellen hören. Sie hat mitbekommen, dass ich Essen horte. Will sie mich in die Falle laufen lassen, um sich einen Spaß daraus zu machen? Aber andererseits hat sie gesagt, dass sie es für Santje und für Azura tut. Vielleicht hilft sie uns wirklich.

Ich liege da, hellwach, denke nach, höre den ruhigen Atemzügen der anderen zu. Auch Santje ist schon lange eingeschlafen. Ich setze mich kurz auf, um einen Blick auf Zalda zu erhaschen. In ihrem Bett ist keine Bewegung zu sehen.

Pernilla richtet sich im Sessel auf, vertieft sich aber gleich wieder in ihr Buch, als ich mich hinlege.

Wir müssen heute Nacht fliehen.

Entweder jetzt oder nie.

Ich habe kein Gefühl mehr für die Zeit, wie lange ich schon hier ausharre und mich nicht mehr zu regen wage. Die Grenze zwischen Wachen und Schlafen verschwimmt.

Als ich das leise Wimmern höre, bin ich einen Moment nicht sicher, ob es echt ist oder ein Traum. Aber es kommt aus Zaldas Richtung. Es dauert einen Moment, bis Pernilla aufmerksam wird und aufsteht.

Die Matron läuft langsam durch den Mittelgang, horcht nach rechts, schaut nach links.

Ich versuche, gleichmäßig zu atmen.

Sie geht an meinem Bett vorbei.

Leise Stimmen.

Sie kommt zurück, neben ihr schlurft Zalda, leicht gebeugt. Eine Hand auf den Bauch gedrückt.

»Es geht schon«, höre ich sie sagen. Gequälte Stimme, leises Husten.

Ich spanne meinen Körper an. Ab jetzt zählt jede Sekunde.

Sie sind gerade aus dem Raum, da stehe ich schon neben meinem Bett.

Decke zusammenrollen.

Schuhe und den Kissenbezug mit dem Proviant greifen.

Santje wecken.

»Wir müssen los. Steh auf.« Ich ziehe sie hoch. »Jetzt sofort!«

In den anderen Betten regen sich die Mädchen.

»Gehen wir jetzt nach Hause ...«

»Ja. Sei leise.«

»Mäuschenleise bin ich.«

»Psst ...« Muss sie ausgerechnet jetzt plaudern? »Nimm deine Schuhe.«

Ich schnappe mir auch ihre Decke und scheuche Santje vor mir her. Immer mehr Mädchen werden wach und richten sich auf.

»Liegen bleiben«, zische ich in den Raum. »Ihr habt gehört, was Zalda gesagt hat.«

Fatma sitzt auf dem Bettrand. »Viel Glück!«

Ich nehme sie ganz schnell in den Arm und drücke sie, so fest ich kann.

Pernilla und Zalda sind nicht mehr auf dem Gang zu sehen. Vielleicht sind sie ins Behandlungszimmer, vielleicht hat die Matron Zalda auch zu sich nach oben gebracht. Hauptsache, sie schickt keine andere Aufsicht zu uns runter.

»Schneller«, treibe ich Santje an.

Wie lange kann Zalda Pernilla aufhalten? Will sie das überhaupt?

Wir huschen den dunklen Korridor entlang, nur die Notbeleuchtung spendet ein bisschen Licht. In meinen Ohren ein dumpfes Pochen. Schuhe anziehen. Mit fahrigen Fingern helfe ich Santje beim Schnüren.

»Jetzt darfst du Musik machen«, sage ich am Tor.

Santje hält ihre Flöte hoch.

»Nein, nein, auf den Tasten wie Helper Ursel. Biep, biep, biep.«

Sie sieht mich an. »Biep, biep, biiiep ...«

»Bitte, Santje ...«, flehe ich und zeige auf das silberne Zahlenfeld.

Santje tippt vorsichtig darauf herum, als würde sie ein neues Instrument lernen. Sie lauscht dem Klang jeder Taste.

Ich höre leise Stimmen. Sie kommen näher. Meine Muskeln spannen sich an. Ich bin bereit zum Angriff.

»Santje, spiel die Melodie, die Ursel gespielt hat! Bitte!«

»Soll ich?«

»Ja, verdammt!«

Sie tippt.

Das Tor schwingt auf.

Es schwingt auf!

»Und jetzt lauf! Lauf!«

Wir rennen die Straße entlang. Der Himmel ist klar, ein halber Mond scheint. Wir können gut sehen. Wir rennen und rennen.

Hinter uns geht der Alarm los. Sirenen heulen, als wäre eine ganze Armee auf der Flucht. Dabei sind es nur wir zwei Mädchen.

»Lauf, Santje, lauf nach Hause!«, keuche ich, als sie langsamer wird. »Zu den Musikmenschen.«

Und sie rennt.

Schüsse. Und Schreie. Und noch mehr Schüsse.

Wir bleiben erst stehen, als wir nichts mehr hören. Keine Sirenen, keine Schüsse, keine Schreie. Und keine Motorengeräusche, wenn es überhaupt welche gegeben hat. Meine Lunge protestiert. Santje keucht und hustet.

Ich halte mir die Seiten und sehe mich um. Da ist nichts, nur die Dunkelheit. Die Straße ist ein graues Band.

Ich hoffe, dass die Helper keine eigenen Jeeps haben. Jeden Moment können Scheinwerfer aus der Nacht auftauchen. Und wenn nicht, wird es nicht lange dauern, bis die Soldaten auf dem Weg sind. Einfach werden sie es uns nicht machen. Nicht, solange Matron Pernilla das Sagen hat.

Wir müssen schnell weiter, verlassen die Straße und laufen ein ganzes Stück aufs Feld hinaus und dann parallel zur Straße weiter. Auf dem weichen Untergrund ist das Vorankommen mühsamer, aber wenn sie kommen, können wir uns einfach auf den Boden werfen. Vielleicht übersehen sie uns dann. Der Brotsack ist sperrig und schlackert schwer gegen meine Beine. Aber das ist alles egal, wenn bloß die Richtung stimmt, wenn sie uns bloß nicht einholen.

DAS HAUS

Wir laufen, bis der Morgen dämmert. Als ich endlich genug sehen kann, versuche ich, einen geschützten Platz zu finden, wo wir kurz ausruhen können. Aber da ist weit und breit nichts. Nur leere Felder und graue Wiesen. Die Erde ist feucht. Wir gehen weiter, bis ich einen Stein finde, auf dem wir sitzen können. Ich will endlich wissen, warum der Sack so sperrig ist. Santje hält ihn auf. Statt Dauerbrot bekomme ich eine von den geblümten Wachsdecken zu fassen, die auf den Esstischen gelegen haben. Das ist eine perfekte Unterlage gegen die Nässe vom Boden! Aber das ist noch nicht alles.

»Santje, ein Messer! Und zwei Äpfel!«

Sie lächelt und nickt. Einen teilen wir uns sofort. Drei Schokoriegel sind auch noch im Sack und eine Flasche Wasser. Das kann nur Zalda gewesen sein. Niemand sonst kommt an so gute Sachen ran. Und sie hat sie uns gegeben.

Zalda hat es für Santje getan, und für mich, damit ich Santje in Sicherheit bringe. Und das werde ich tun. Ob sie Ärger bekommen wird? Ob Pernilla ihr glaubt, dass ihr wirklich schlecht war? Oder errät sie, dass Zalda uns bei der Flucht geholfen hat? Wie kann Pernilla ihre Tochter nur in dem schrecklichen Heim leben lassen? Wenn Zalda überhaupt ihre Tochter ist ...

Ich fasse in meinen Nacken und mir steigen wieder Tränen in die Augen. Dabei gibt es jetzt wirklich Wichtigeres als Haare. Aber auch wenn ich sie oft unter Tüchern und Mützen versteckt habe, weil sie so auffällig sind, gehören sie zu mir. Ben hat sie geliebt. Er hat seine Nase darin vergraben, hat Strähnen um seine Finger gewickelt.

Ich fühle mich ohne meine Haare nicht mehr wie ich selbst. Zalda hat das gewusst. Sie hat mir geholfen, doch dafür musste ich zahlen. So wie sie jetzt bestimmt dafür zahlen wird, dass sie uns geholfen hat. Aber vielleicht hat sie sich damit auch an Pernilla gerächt, für die Sache mit Azura. Vielleicht hat sie nur auf eine Gelegenheit wie diese gewartet.

Was ist mit Fatmas Geschichte?

Santje ist mittlerweile an meinen Arm gelehnt eingeschlafen. Ich schaue nach oben. Als wären der ganze Proviant und das Tischtuch noch nicht genug Wunder, wird es auch noch ein schöner Tag. Der Himmel ist bis auf ein paar Wolken blau. Es ist kalt, aber nicht zu kalt, und es riecht nicht nach Schnee. Eher würzig und nach Erde. Ob wirklich bald der Sommer kommt? Nach meiner Rechnung muss es Anfang Februar sein, da ist es schon möglich, dass es bald warm wird.

Das Wichtigste ist, dass wir uns nicht verlaufen. Ben und ich sind nach Norden gefahren. Rechts von uns ist die Sonne aufgegangen, links ging sie unter. Jetzt ist es umgekehrt. Das stimmt also immerhin.

Ich könnte im Sitzen einschlafen, aber gleichzeitig bin ich total aufgedreht. Es fühlt sich so gut an, frei zu sein. Nicht mehr gehorchen, keine Kontrolle mehr. Ich kann selbst entscheiden, was ich tue.

Wir müssen weiter. Ich werde auf dem Weg noch genug nachdenken können.

Santje ist kaum wach zu bekommen. Sie jammert und will schlafen, aber das geht nicht. Wir müssen los.

Wir ziehen unsere Mützen und Handschuhe aus, so warm ist es, und laufen weiter, bis ich das Gefühl habe, wirklich keinen einzigen Schritt mehr gehen zu können. Mein Magen hat sich an regelmäßige Mahlzeiten gewöhnt. Ich habe Hunger. Santje sicher auch. Doch sie sagt wieder mal nichts, sondern spielt beim Gehen leise auf ihrer Flöte vor sich hin. Wahrscheinlich könnte sie ewig so weiterlaufen. Aber ich brauche eine Pause.

Mitten auf einem Feld liegt ein großer, flacher grauer Stein. Wir setzen uns, essen ein Stück Dauerbrot und trinken etwas. Ich schicke mindestens tausend Dankeschöns zu Zalda.

Ich habe gedacht, auf dem Land würde es überall genug zu trinken geben. Stimmt aber nicht. Überhaupt nichts stimmt mit diesem Land. Es gibt nichts als matschige graue Felder, dazwischen Büsche und ein paar kahle Bäume, und hier und da ein vertrocknetes Grasbüschel. Die Äcker sehen aus wie von Motten zerfressene graue Teppiche. Ein paar Tannen stehen in der Gegend rum und sind immerhin grün. Aber auch die lassen irgendwie ihre Zweige hängen. Als ob es sich nicht lohnt, aufrecht zu stehen.

Das Land ist genauso trostlos wie die Stadt, nur eben auf eine andere Weise. Ich habe im Netz Bilder vom Land gesehen und Filme von früher geschaut, als es noch keinen Krieg gab und nicht alles zerstört oder vergiftet war. Und ich hab die ganzen Bücher von den Naturverstehern gelesen. Aber hier wird niemals eine blaue Blume wachsen. Alles sieht verlassen und tot aus. Die Erde ist grau und ausgedörrt, wie ein alter Mensch, der schon lange nichts Gutes mehr zu essen bekommen hat. Irgendwann hat es ein Chemie-Unglück gegeben, nicht weit weg von Berlin. Und ein Atomkraftwerk hat nicht ganz dicht gehalten. Darum hab ich meinen Vater auch nicht verstanden, als er die vergiftete Erde zu uns nach Hause geholt hat. Vielleicht ist es auf dem Land ja auch nie anders gewesen als jetzt, aber ich habe es mir eben besser vorgestellt. Vielleicht wird es schöner, wenn der Sommer kommt?

Santje rollt sich auf dem Stein zusammen und schläft ein. Ich rolle mich um sie herum, lege die Decke über uns und schlafe auch sofort ein.

Als ich aufwache, ist es immer noch hell. Es fühlt sich hier nicht sicher an. Wir liegen da wie zwei Hühner, die man nur an den dünnen Beinchen hochheben muss, um sie zu schlachten. Besser wir suchen einen geschützten Platz für die Nacht. Ich küsse Santje auf die Wange, um sie zu wecken. Ihre Haut ist ganz weich und duftet.

Wir gehen weiter. Mein Ziel ist ein großer dunkler Fleck in der Ferne. Ich kann noch nicht erkennen, ob es ein Wald ist oder nur eine Reihe von Bäumen. Oder etwas ganz anderes.

Warum kommen die Soldaten nicht? Petersen gibt sicher nicht so einfach auf, er ist bestimmt wütend. Ich hoffe, dass Pernilla seinen Zorn abbekommt und er uns in Ruhe lässt. Aber es ist trotzdem unheimlich. Kein Jeep auf der Straße. Kein Hubschrauber in der Luft.

Der dunkle Fleck zieht sich auseinander, ich kann Bäume erkennen.

Wir kreuzen einen Weg, da liegt ein Straßenschild in den Boden gedrückt, verwittert und mit braunem Moos überzogen. Lesen kann ich noch *Einhöfen.* Keine Ahnung, in welche Richtung es eigentlich mal gezeigt hat. Trotzdem entschließe ich mich, dem Pfeil zu folgen, weiter Richtung Bäume, die jetzt schon wie ein richtiger Wald aussehen.

Wir kommen an, als es dämmert. Weißbraune Stämme und unter den Füßen weiche, nasse Blätter. Sogar Santje macht große Augen und befühlt die Rinde. Staunend laufen wir weiter. Nach kurzer Zeit sehe ich etwas zwischen den Bäumen. Ein Haus.

Wir nähern uns langsam im Schutz der Bäume. Wir brauchen Hilfe, jemanden, der uns den Weg zeigt. Ich bin mir nicht mehr sicher, ob wir richtig gelaufen sind. Und wir brauchen einen guten Platz für die Nacht.

Die Bäume und Büsche sind ganz nah an die roten Ziegelmauern herangerückt. Vor den Fenstern hängen zerschlissene Gardinen. Eine grüne Tonne voll Wasser steht unter der Regenrinne.

Wir schleichen nach vorn zur Haustür. Das Fenster links davon ist mit Brettern vernagelt, das rechts davon eingeschlagen.

Santje nimmt meine Hand. Alles ist ruhig. Es wirkt nicht so, als ob hier noch jemand lebt. Ein Weg führt vorn am Haus vorbei und verliert sich zwischen den Bäumen. Unter einem Unterstand parkt ein Auto. Das Dach ist eingedrückt, als hätte sich ein Riese draufgesetzt.

Ich hole das Messer aus dem Brotsack.

»Warte hier«, flüstere ich Santje zu und drücke die Klinke. Die Haustür schwingt auf. Es ist düster und kalt. Am Tisch sitzt jemand. Ich stoße einen kurzen Schrei aus, meine Hand mit dem Messer schnellt vor.

Keine Bewegung.

Mein Herz pocht und ich atme aus. Ich weiß nicht, ob ich erleichtert oder enttäuscht bin.

Santje ist hinter mir. Ich lege einen Arm um sie.

»Tot.« Sie zeigt auf den Mann.

Wer auch immer das mal war, er ist bestimmt schon sehr lange tot. Er sieht ganz anders aus als alle Leichen, die ich bisher gesehen habe. Wie zusammengeschrumpeltes Fleisch mit Kleidungsfetzen. Und er riecht auch gar nicht so eklig wie Tote normalerweise riechen. Keine Fliegen, keine Würmer. Der Mann sitzt auf einem Stuhl, sein Kopf liegt auf dem Tisch. Im Mund steckt eine Pistole, die seine Hand immer noch umschließt.

Ich reiße mich von dem Anblick los und packe das

Messer fester. Ich lasse Santje zurück und durchsuche die anderen Räume. Aber da ist niemand. Weder tot noch lebendig.

Wohnzimmer, Schlafzimmer, Badezimmer. Eine steile Treppe führt nach oben. Links und rechts, unterm schrägen Dach, sind noch zwei Zimmer. Im einen stehen zwei schmale Betten, auf denen sogar noch Federdecken liegen. Da werden wir schlafen.

In einem Schrank im Flur finde ich einen Haufen Wolldecken, von Motten zerfressen. Aber für meinen Zweck reichen sie. Ich nehme eine mit und steige die Treppe hinunter. Santje steht neben dem Leichnam und spielt eine traurige kleine Melodie. Wie damals, als wir sie gefunden haben. Als würde sie dem Toten noch ein kleines Geschenk mitgeben. Als sie fertig ist, versuche ich vorsichtig, dem Mann die Pistole aus der Hand zu drehen. Es knackt, seine Finger brechen wie trockene Zweige.

»Es tut mir leid«, sage ich.

Ich werfe die Mottendecke über ihn. Schon besser.

In der Küche liegt alles durcheinander. Zerschlagenes Geschirr, Töpfe. In den Schränken gibt es nicht viel Nützliches für uns. Nur eine Wasserflasche aus Blech. Sie riecht ein bisschen muffig, aber es wird gehen.

Wir trinken die Plastikflasche leer, die Zalda uns mitgegeben hat, und ich schicke Santje damit und mit der Blechflasche zur Regentonne. Sie soll beides auffüllen. Doch kaum hat sie das Haus verlassen, gehe ich ihr hinterher. Nicht dass draußen jemand lauert, oder dass sie vielleicht einfach wegläuft, zu den Leuten, die Musik machen.

Aber alles ist in Ordnung. Sie steht an der Tonne und füllt ganz ruhig die Flaschen. Wir trinken sie gleich wieder leer und füllen sie ein zweites Mal. Das Wasser schmeckt ein bisschen faulig.

Als Santje so ruhig dasteht und die Flaschen füllt, frage ich mich, was sie fühlt, wenn sie Tote sieht. Ich finde Leichen schaurig und habe immer ein mulmiges Gefühl in ihrer Nähe. Aber bei Santje ist es so, als würde sie durch sie hindurchschauen. Vielleicht sieht sie den Ort, an den die Seelen gehen, wenn ihre Hüllen sterben. Sie hat zwar *tot* gesagt, aber das Wort scheint keine Bedeutung für sie zu haben. Selbst als Luki gestorben ist, hat sie nicht geweint. Es war nur so, als wäre sie danach noch ein Stück weiter weggegangen, in ein Reich, in das ihr niemand folgen kann. Es ist noch viel weiter entfernt von der Wirklichkeit als der Grund meines Meeres. Manchmal glaube ich, dass sie nie mehr ganz von dort zurückkommen wird.

Im Haus ist es nun schon so dunkel, dass wir nur noch Schatten erkennen können. Ich werde morgen schauen, ob hier sonst noch was Nützliches herumliegt.

Ich schiebe einen Stuhl unter die Türklinke unseres Zimmers. Die Haustür habe ich auch verriegelt. Als ob das was nützt.

Es ist kalt hier oben, und es riecht modrig, wie überall im Haus, aber die Betten sind einigermaßen trocken. Ich lege noch die restlichen Mottendecken aus dem Schrank auf die Matratzen. Wir haben es eigentlich ganz gemütlich. Über meinem Bett ist ein Dachfenster, das noch nicht ganz von Moos überwuchert ist, und ich kann den Nachthimmel und die Sterne sehen. Ob Ben vielleicht auch gerade in den Himmel schaut? Ich vermisse ihn mit jeder Faser meines Herzens, und gleichzeitig bin ich wütend auf ihn, weil er nicht da ist.

Es raschelt im Bett nebenan. Eine Sekunde später kriecht Santje mit unter meine dicke Decke und kuschelt sich eng an mich.

»Warum hat Daisy das gemacht?«, fragt sie.

Es dauert einen Moment, bis ich begreife, was sie meint. Und auch dann habe ich nur ein ziemlich klägliches »Ich weiß es nicht« für sie als Antwort.

Weil sie böse ist? Ich bin mir nicht mehr sicher. Von Zalda habe ich das auch gedacht, und dann ...

Ich nehme Santje in den Arm und halte sie ganz fest.

WELCHE RICHTUNG?

Das Dachfenster über uns ist voller Eisblumen. In der Nacht hat es doch wieder gefroren. Ich hätte ewig weiterschlafen können, wäre nicht die Kälte gekommen.

Es ist noch nicht sehr hell, wahrscheinlich ist es früh am Morgen. Wir stehen auf, trinken Wasser und waschen unsere Gesichter.

Wir durchsuchen ein letztes Mal das Haus und finden noch ein paar gute Sachen. Santje einen grünen Stoffrucksack, der meinem Urururgroßvater hätte gehören können, und ich eine große Umhängetasche aus grobem Stoff. Vielleicht hat früher jemand darin Obst gesammelt oder Kräuter oder Zweige.

Ich suche vergeblich nach einer Nagelschere oder Feile. Es macht mich ganz kribbelig, keine zu haben. Im Heim haben uns die Helper die Nägel geschnitten.

In den Regalen in der Vorratskammer steht nur noch eine einzige Dose ohne Etikett. Ich mache sie gleich auf – warum sollten wir etwas mit uns rumschleppen, was dann vielleicht schlecht ist? Aber dann die Überraschung, es riecht sogar richtig gut. Es ist eine Tomatensuppe oder so was Ähnliches, jedenfalls ist es etwas Rotes mit weichen weißen Teilen, die aussehen wie kleine Spiralen. Und weil es anscheinend in letzter Zeit nur so vor Wundern in meinem Leben wimmelt, gibt es auch noch Gas in einem kleinen Kocher.

Ich mache die Suppe heiß und fülle sie dampfend in zwei tiefe Teller. Wir rühren, bis sie wieder ein bisschen abgekühlt ist, pusten, und dann explodiert der Geschmack in meinem Mund. Wir essen langsam. Mir wird ganz warm von innen. Zum Schluss lecken wir noch die Teller aus. Sogar Santje sagt, das sei das Beste, was sie je gegessen hat. Na ja, eigentlich sagt sie: »Das ist lecker.«

Wir suchen nach warmen Sachen zum Anziehen, doch das meiste ist von Motten zerfressen. Wir haben zwar Handschuhe, Mützen und unsere Mäntel, aber Schals wären auch noch gut. Es gibt einen Wollpullover, der zumindest dafür taugt. Ich trenne die Ärmel ab, das sind gute Halswärmer.

Wir finden Frauenkleider und Sachen für Kinder. Der Mann hat hier nicht allein gelebt. Was ist passiert, wo ist seine Familie?

Eine Federbettdecke rolle ich eng zusammen und stopfe sie in Santjes Stoffrucksack. Mit dem Wachstuch und den zwei Wolldecken aus dem Heim sind wir jetzt ganz gut ausgestattet. In der Pistole des Mannes ist noch Munition. Und wir haben das Messer. Draußen im Unterstand finde ich sogar noch eine große grüne Plane. Wir können vielleicht eine Art Zelt daraus machen.

Als wir aus dem Haus treten, riecht es nach Schnee. Die Kälte beißt uns in die Wangen. Wenn wir ausatmen, bilden sich weiße Wölkchen. Ich denke an die Kleiderkammer im Heim. Wie gerne hätte ich noch ein paar Sachen daraus mitgenommen. Aber ich hätte ja schlecht zu Pernilla sagen können: »Übrigens, wir fliehen heute Nacht, würden Sie uns noch rasch den Schrank mit den warmen Socken aufschließen?«

Auf der Regentonne hat sich eine dünne Eisschicht gebildet.

Wir füllen die Flaschen auf. Außerdem einen Teekessel, der auf dem Herd in der Küche stand.

Wir folgen dem Weg vor dem Haus tiefer in den Wald hinein. Ich schaue, wo die Sonne steht, und entscheide, dass das unsere Richtung sein muss.

Wir gehen zwischen Tannen und kahlen Bäumen über den harten, frostigen Boden.

Nach einer Weile kommen wir auf eine kleine Lichtung. Drei schiefe Holzkreuze stecken in länglichen Erdhaufen. Schwarze Erde mit weißem Raureif.

Wir bleiben einen Moment stehen. Santje spielt ihre kleine, traurige Melodie. Eigentlich dürfte sie nie wieder aufhören, so viele Tote hat es im Krieg schon gegeben.

Als wir weitergehen, ist die Stille noch tiefer als sonst. Ich bin froh um unsere Halswärmer und ziehe Santje noch den Rest des Pullovers über den Kopf. Wir atmen die eisige Luft durch die Wolle, damit unsere Lungen nicht so brennen. Wir stülpen die Kapuzen über die Mützen. Ich trage den Teekessel mal in der linken und mal in der rechten Hand. Die jeweils andere balle ich im Handschuh zur Faust und stecke sie in die Manteltasche.

Als wir nach einer ganzen Weile aus dem Wald kommen, biegt der Weg nach rechts ab. Vor uns breiten sich dunkle Felder aus, die aufgeworfene Erde trägt Raureif wie die Gräber.

Wir gehen geradeaus weiter, folgen einem schmalen Pfad zwischen den Feldern. Der Himmel ist steingrau. Ich ahne nur noch, wo die Sonne steht. Wie sollen wir jemals nach Hause finden?

»Erzähl mir ... die Geschichte«, sagt Santje.

Ich weiß sofort, welche sie meint. Der Soldatenfänger von Berlin.

»Es war einmal ein seltsamer Mann, der kam nach Berlin. Er hatte bunte Sachen an und sagte: *Ich bin ein Soldatenfänger* ...«

»Nein«, sagt Santje. »Er hatte einen bunten Rock an und eine klimpernde Kappe auf dem Kopf ...«

»Genau, du hast Recht ... und er sagte: *Ich bin ein Soldatenfänger. Gegen etwas zu essen befreie ich die Stadt vom Militär.*«

Santje unterbricht mich, wenn ich etwas auslasse oder falsch erzähle. Am besten gefällt ihr natürlich der Teil, als der Soldatenfänger seine schönen Melodien spielt. Dann lächelt sie.

Der Soldatenfänger lockt alle Soldaten aus der Stadt, doch als er tatsächlich allein zurückkommt, halten die Berliner ihr Versprechen nicht. Was die Soldaten zurückgelassen haben, essen sie lieber selbst. Und bald sind wieder alle Vorräte aufgebraucht und die Menschen hungern und bekämpfen sich gegenseitig. Sie haben nichts gelernt. Mir gefällt der Teil, der dann kommt. Ein paar von den Tunnelmenschen lösen nämlich doch noch das Versprechen ein, und zum Dank führt der Soldatenfänger sie in den Norden von Berlin. An einen geheimen Ort. Dort gibt es Seen mit frischem Wasser und das Land ist fruchtbar. Es ist das Paradies.

»Und dort werden wir leben«, sagt Santje.

Das hatte Ben zum Schluss der Geschichte gesagt. Damals habe ich nicht weiter darüber nachgedacht, es war doch nur eins von seinen Märchen.

»Wir ... und die Musikmenschen«, sagt Santje. Und nach einer Weile: »Aber nicht Daisy.«

»Nein, Daisy nicht.«

Nach Norden hatte Ben mit mir gewollt. Ob es diesen Norden überhaupt gibt? Ich wünsche es mir so. Aber bei Ben weiß man nie.

Gegen Mittag kommt im grauen Dunst ein Dorf in Sicht. Es ist nur ein Gefühl, aber ich weiche nach links auf eine Straße aus, die uns hoffentlich ums Dorf herum führt. Ich will bei Tageslicht nicht zwischen Häusern spazieren, das ist zu gefährlich.

Alles muss ich allein entscheiden. Santje ist überhaupt keine Hilfe. Verzweiflung kriecht in meine Knochen. Und wenn wir doch in die absolut falsche Richtung gehen? Wenn es so kalt bleibt, werden wir nachts irgendwann einfach erfrieren. Unser Proviant wird nicht ewig reichen.

Es ist bitterkalt, und obwohl ich den Teekessel mal in der einen, mal in der anderen Hand halte, sind mittlerweile beide Hände steif gefroren. Wir trinken von dem kalten Wasser, essen zwei Stücke vom Schokoriegel (er ist schon weiß angelaufen, aber er schmeckt immer noch unglaublich gut) und teilen uns dann auch noch den zweiten Apfel.

Als es dämmert, kommen wir wieder an einen Wald. Das Dorf haben wir längst hinter uns gelassen. Am besten, wir übernachten hier.

Santje bleibt stehen und zeigt nach unten. Eisenbahnschienen. Halb eingesackt und eingewachsen laufen sie quer durch den Wald. Wir folgen ihnen.

Wenn es nur nicht so kalt wäre.

Santje bleibt wieder stehen, sie schnuppert.

Es riecht nach Feuer!

Ganz langsam gehen wir weiter, nun ein wenig abseits der Schienen, zwischen den Tannen.

Da ist jemand. Ich packe Santjes Arm und ziehe sie mit mir auf den Boden. Nicht weit von uns steht mitten auf den Schienen ein Soldat. Ganz still und gebeugt. Wie ein alter Mann. Obwohl es fast dunkel ist, erkenne ich die Uniform und die typische Mütze. Ich finde, sie sieht albern aus, wie ein Topf mit Schirm. Ein Gewehr hängt über seiner Schulter und in einer Hand hält er eine Krücke. Die Spitze seiner Zigarette leuchtet in der Dämmerung auf.

Sieht er in unsere Richtung? Er klemmt sich die Krücke unter den Arm, wirft den Stummel weg, pinkelt auf die

Glut und zieht mühsam den Reißverschluss seiner Hose wieder zu.

Wir bleiben regungslos hocken. Langsam humpelt er auf den Schienen davon.

Ich helfe Santje hoch.

Es ist leicht, ihm im Schutz der Bäume zu folgen. Als ich einen Moment stehen bleibe, um die Pistole aus dem Hosenbund zu holen, spüre ich, wie heftig mein Herz pocht.

Santje nimmt meine Hand. »Psst«, macht sie.

»Ja, genau, psst«, flüstere ich.

Vielleicht gibt es dort, wo der Mann hingeht, etwas zu essen und einen warmen Unterschlupf. Er ist alt, und er humpelt, und ich habe eine Waffe. Aber was, wenn er nicht allein ist?

Nicht lange und wir erreichen einen alten Eisenbahnwagen.

Ich drücke Santje wieder in die Hocke. Der Soldat öffnet die Tür und warmes Licht fällt nach draußen. Er schiebt seine Krücke hinein und zieht sich die zwei Stufen hoch. Die Tür schließt sich und wir sitzen allein zwischen den dunklen Bäumen. Weißer Rauch steigt aus einem Ofenrohr auf. Der Waggon ist dunkelgrün oder blau. Vielleicht ist es ein alter Viehwagen. Es gibt Gitterstäbe an den zwei schmalen Fenstern. Von innen müssen sie verrammelt sein, denn kein Licht dringt nach außen.

Ich bin mir ziemlich sicher, dass der Soldat nicht allein ist, auch wenn er offensichtlich kein normaler Soldat ist. Soldaten leben nicht in Eisenbahnwaggons.

Was sollen wir tun? Einfach weitergehen, irgendwo im eisigen Wald schlafen und morgen wieder nicht wissen, ob wir auf dem richtigen Weg sind?

Im Wagen ist es bestimmt warm. Und ich stelle mir vor, dass die Leute da drin etwas zu essen haben. Mit zitternden Fingern entsichere ich die Waffe und versuche, ruhig zu atmen. Ich muss schnell sein.

»Du bleibst hier sitzen«, flüstere ich Santje zu. »Verstehst du?«

Sie nickt.

»Ich geh da jetzt rein, und wenn alles in Ordnung ist, hole ich dich. Vorher rührst du dich nicht vom Fleck.«

Ich nehme meine Tasche ab und lege sie neben Santje.

»Verstanden?«

Sie nickt wieder.

»Gut.«

Noch einen tiefen Atemzug und los. Schnell und präzise steuere ich auf den Waggon zu, und schnell und präzise stolpere ich über einen Ast und lande hart auf dem Boden. Leise fluchend rapple ich mich hoch.

Ich will die Klinke greifen, doch da kommt mir die Tür schon entgegen, eine Hand fasst mich am Arm und ich werde in den Wagen gezogen. Die Tür kracht hinter mir zu.

Ich schlage um mich, stoße dem Soldaten eine Faust in den Bauch, und er lässt keuchend los. Ich krieche rückwärts an eine Wand, die Arme ausgestreckt, die Pistole mit beiden Händen gepackt. »Keine Bewegung!«

Der alte Soldat liegt vor mir. Er dreht sich auf die Seite

und versucht aufzustehen. »Keine Bewegung!«, schreie ich. »Sonst schieße ich!«

Ein Ofen glüht in einer Ecke und auf dem Boden stehen ein paar Kerzen. An den Wänden liegen Matratzen. Darauf Menschen. Eine Frau, zwei Männer. Einer der Männer stöhnt furchtbar. Er schaut nicht hoch. Vielleicht ist er auch gar nicht bei Bewusstsein. Die anderen starren mich an. Soweit ich es erkennen kann, tragen alle Uniformen. Und alle sehen schlimm aus. Der Arm der Frau ist verbunden. Die Bandage ist blutig und dreckig. Es riecht nach entzündetem Fleisch und Angst. Säuerlich und süßlich zugleich.

Ich lasse die Waffe sinken.

Der alte Soldat sieht mich an. »Gut so, Mädchen. Hier tut dir keiner was.« Er lacht rau. »Können wir ja gar nich.«

Es ist warm im Wagen. Neben dem Ofen sind Äste aufgeschichtet.

»Willst du nicht deine Freundin holen? Die friert doch da draußen.«

»Sie wussten, dass wir da sind?«

Er nickt. »Hast Glück, dass wir zu den Guten gehören.«

»Wer seid ihr?«

Der Alte lacht schon wieder. Er robbt zurück auf sein Lager. »Erzähl du's ihr, Hugo.«

Der schwer verwundete Mann stöhnt wieder. Es klingt entsetzlich. Am liebsten würde ich mir beide Ohren zuhalten.

»Spinnst du, Alter?«, sagt der, der wohl Hugo heißt. »Is hier Plauderstunde? Schmeiß die Kleine raus.«

»Ich heiße Kendra«, sagt die Frau mit dem verletzten Arm. »Und das ist Hugo. Und der arme Teufel dahinten ist Louis. Und der Alte heißt *der Alte.«*

»Aber ihr seid keine Soldaten, oder?«, frage ich.

Kendra lacht bitter. »Wir waren Soldaten.«

»Hör auf zu plappern«, sagt Hugo.

»Hör nicht auf ihn.« Der Alte sieht mich an.

»Gutes Versteck«, sage ich, um Zeit zu schinden. Ich weiß nicht, was ich tun soll. Vielleicht fragen, ob Santje und ich die Nacht bleiben dürfen? Aber dieser Hugo ist mir nicht geheuer.

»Hab's auf einer Patrouillenfahrt entdeckt. Der Ofen war sogar schon da.«

»Alter, bist du immer noch stolz darauf, dass du unser Grab gefunden hast?«, fragt Hugo. »Verschwinde, Mädchen. Wir brauchen nicht noch mehr Esser.«

»Lass doch«, sagt Kendra. »Die Kleine ist in Ordnung.«

»Wir brauchen euer Essen nicht«, sage ich. »Aber können wir vielleicht hierbleiben? Nur für eine Nacht.«

»Kein Platz«, schnauzt Hugo.

»Wir können euch auch helfen.«

»Mit was denn?«, will Hugo wissen.

Ich sehe mich um. »Holz sammeln?«

»Halt die Klappe, Hugo. Siehst doch, dass das Mädchen friert«, sagt der Alte. Und zu mir gewandt: »Hol ruhig deine Freundin.«

»Und dann wärmt ihr euch erst mal auf«, sagt Kendra.

Ist es eine gute Idee hierzubleiben? Hugo ist ein Problem. Aber wir brauchen Schlaf. Eine Nacht im Warmen.

Ich stehe auf und stecke die Waffe weg. »Wie weit ist es bis Berlin?«

Der Alte wiegt den Kopf hin und her. »Vier Tagesmärsche, wenn alles gut läuft.«

Vier Tage!

Jetzt ist es entschieden. »Wir bleiben. Nur für eine Nacht. Ich heiße Anna.«

Ich will Santje holen, doch sie sitzt nicht mehr an ihrem Platz. Nur meine Tasche liegt noch da.

»Santje!«, rufe ich und laufe los. »Santje!«

Ich schreie. Ich stolpere durch den Wald, laufe panisch in alle Richtungen. Aber nichts. Der Alte muss mir helfen.

Als ich zum Waggon zurückrenne, falle ich über sie. Sie liegt auf dem Boden, gar nicht weit von der Stelle, wo ich sie zurückgelassen habe. Im Dunkeln habe ich sie einfach nicht gesehen. Sie ist eiskalt. Ich beuge mich über ihren kleinen Körper. »Santje, Santje, was machst du denn?« Vor Erleichterung fange ich an zu weinen. Ich wiege sie in meinen Armen, hieve sie hoch, schleppe sie die paar Schritte zum Waggon und die zwei Stufen nach oben.

Der Alte hilft mir, sie auf unsere Wolldecken und vor den Ofen zu legen. Das Federbett breiten wir über sie. Ich ziehe ihr die Schuhe aus, rubbele ihr die Füße warm, dann die Hände. Ich hab solche Angst um sie.

»Mach dir keine Sorgen«, sagt der Alte. »Sie ist jung und stark.«

Er macht wohl Witze.

Es dauert lange, bis ihr Körper nicht mehr eiskalt ist.

»So schön warm«, murmelt sie.

Die Soldaten geben uns aus Blechflaschen zu trinken. Das Wasser schmeckt nach Metall.

Ich nehme meine Mütze vom Kopf, ziehe sogar den Mantel aus und krieche zu Santje unter die Decke. Die Pistole habe ich fest an mich gedrückt. Ich bin so müde.

Louis stöhnt schrecklich.

»Halt die Klappe«, sagt Hugo.

Der Alte pustet die Kerzen aus.

Es fühlt sich immer noch schlimm an ohne meine Haare. Ich muss wieder an Zalda denken und an Fatma. Und wie's ihnen wohl geht. Aber am liebsten möchte ich das Heim vergessen. Besser in Freiheit sterben als noch einen einzigen Tag dort leben.

Früher war es einfach. Es gab nur zwei Seiten. Wir waren die Guten und die Soldaten waren die Bösen. Nun gibt es auch noch Ben und den Widerstand, das Heim und Soldaten, die keine mehr sind. Wer gut ist und wer böse, kann ich nicht mehr sagen.

Ich tauche ins tiefe schwarze Meer und dort ist Stille.

Als wir aufwachen, ist es schon hell. Die Waggontür steht offen und fahles Licht fällt herein.

Louis sieht mich an, seine Augen sind blutunterlaufen, er stöhnt: »Erschießt mich, erschießt mich doch endlich.«

»Schnauze, Krüppel!«, tönt Hugo. »Hast mir wieder die ganze Nacht versaut. Ich hab kein Auge zugetan.«

»Hört nicht auf die beiden«, sagt Kendra. »Helft lieber

dem Alten beim Holzsammeln. Macht euch nützlich.« Sie zeigt in eine Ecke. »Da sind Wasserflaschen. Es gibt einen Bach gleich hinter dem Wagen.«

Versteckt zwischen Büschen, direkt am Bach, steht ein Jeep. Er sieht ziemlich ramponiert aus, hat keine Fenster mehr und eine Menge Einschusslöcher. Wenn wir nur einsteigen und einfach nach Berlin fahren könnten. Wir wären bestimmt in einer Stunde da.

Wir hauen das Eis am Ufer weg, füllen die Flaschen auf, auch unsere eigenen. Wir trinken, lassen auch die drei im Waggon trinken und füllen noch mal nach. Es ist mir egal, ob das Wasser verseucht ist oder nicht. Ich würde alles trinken.

Der Alte kommt uns entgegen, die Arme voller Holz. Er lädt ab und wir folgen ihm in den Wald. Während wir Äste und Reisig sammeln, erzählt er uns, was ihnen passiert ist. Die vier haben in ihrer Basis in Berlin einen Jeep gestohlen und es kam zu einer Schießerei.

Louis hat einen Bauchschuss. Kendra hat es am Arm erwischt. Durch die Entzündung ist sie so schwach, dass sie kaum aufstehen kann.

»Wir haben es trotzdem geschafft. Ich weiß nicht wie. Gerade als wir beschossen wurden, gab es einen Großalarm, und alles ging durcheinander. Das war unser Glück.«

»Und was ist mit Hugo?«, frage ich.

»Seine Beine wurden immer steifer. Er weiß nicht warum, eine Krankheit wahrscheinlich. Als es anfing, hat er mit Kendra beschlossen auszusteigen. Sie ist seine Frau.«

»Warum seid ihr nicht im Widerstand?«

»Was weißt du denn davon?«, murrt er.

Ich zucke mit den Schultern.

Die Arme voller Holz stapfen wir zum Waggon.

Der Alte seufzt. »Auf uns haben die gerade noch gewartet. Wir sind keine Rebellen, wir sind Deserteure.«

Wir lassen das Holz neben der Tür fallen.

»Der Widerstand ist nichts für jeden«, sagt er dann noch. »Ich bin zu müde. Ich will nicht mehr kämpfen.«

Santje und ich suchen so viel Reisig und Holz und Äste zusammen, wie wir können. Der Alte muss sonst alles allein machen. Erst als es dunkel wird, hören wir auf.

Der Alte kocht aus Kräutern einen Sud für die Wunden. Louis zittert und ist die meiste Zeit nicht bei Bewusstsein.

»Wird er überleben?«

Kendra und der Alte sehen sich an und schweigen.

Hugo lacht leise. »Machst du Witze, Mädchen? Wenn wir noch Munition hätten, hätte ich ihn schon längst ...«

Das Gewehr, das der Alte bei sich trägt, ist also nur noch eine Attrappe. Und auch die beiden Revolver, die sie haben, sind leer. Einer sieht genau aus wie der, den ich dem Toten im Haus abgenommen habe.

Ihre ganze Munition haben sie auf der Flucht verschossen, erzählt Kendra.

»Sind in deiner HK noch Patronen?«, will Hugo von mir wissen. »Oder hast du nur geblufft?«

Automatisch fasse ich an meine Manteltasche.

Ich nicke. »Da sind genug drin.«

Der soll nicht auf dumme Ideen kommen.

Es ist zu spät, um loszuziehen. Eine Nacht werden wir also noch bleiben. Es fällt mir nicht schwer, das Angebot von Kendra und dem Alten anzunehmen. Es tut so gut, es warm zu haben, auch wenn Louis' Wimmern schrecklich ist.

Zu essen haben die Waggonmenschen ein großes Fass voll Sauerkraut, sonst nichts. Pro Tag verteilt der Alte an jeden nur eine Kelle voll. Trotzdem wird es nicht ewig reichen.

»Im Sommer wird es besser«, sagt Kendra, als hätte sie meine Gedanken gelesen. »Da gibt es Kräuter und Pilze und endlich wieder Insekten.«

An diesem Abend bekommen Santje und ich ein bisschen Sauerkraut und die anderen von unserem Brot. Wir haben nicht mehr genug für die Strecke nach Berlin.

Vier Tage. Wenn alles gut geht.

Santje spielt Flöte. Es wird so hell im Waggon, als würde die Sonne hereinscheinen.

JODOK

Ganz früh am Morgen brechen wir auf. Es ist gerade erst hell geworden und bitterkalt. Kendra malt mir auf einem Stück Papier den Weg auf. Ich stecke den Zettel ein. Mein Blick bleibt an Louis' dicker Jacke hängen, die an einem Nagel über seinem Bett baumelt. Ich beiße mir auf die Unterlippe.

Hugo sieht mich an. »Du kannst sie haben. Gegen deine Munition.«

Ich schüttele den Kopf. So billig gebe ich sie nicht her.

»Ich leg noch ein paar Handschuhe drauf und Louis' Schal.«

»Hm«, sage ich.

»Na schön, ich geb dir auch noch meinen Schal. Aber das ist mein letztes Wort.«

»Dicke Socken«, sage ich.

Hugo schaut Kendra an. Sie nickt.

Das ist der Deal. Warme Kleidung gegen Munition. Dann haben wir auch nur noch eine Attrappe. Aber gegen die Kälte würden uns die Patronen auch nicht helfen. Santje könnte Louis' Jacke noch über ihre ziehen. Wenn es so kalt bleibt, brauchen wir die Sachen dringend. Ich weiß, was es bedeutet, die Kugeln herzugeben. Aber ich denke nicht lange darüber nach. Ich will, dass Santje und ich überleben.

Den Teekessel schenke ich dem Alten. Er hat nur einen kleinen Topf, um Wasser heiß zu machen und den Kräutersud zu kochen. Ich lasse Santje die Socken und ihre Schuhe anziehen. Ich helfe ihr mit der dicken Jacke und binde ihr Louis' Schal um. Sie kann sich kaum noch bewegen. Aber so hat sie es wenigstens warm. Hugos Fausthandschuhe ziehe ich noch über meine.

Louis stöhnt und schreit. Der Alte versucht, ihn zu beruhigen. Ich bin froh, dass wir hier wegkommen.

Wir füllen unsere Wasserflaschen und laufen los.

Nach ein paar hundert Metern verlassen wir den Wald und treffen auf die Straße, die Kendra mir beschrieben hat.

Ein Schuss hallt zu uns herüber.

Ich zucke zusammen und drehe mich um. Aber der Waggon ist zwischen den Büschen und Bäumen nicht mehr zu erkennen.

»Komm, Santje.« Ich nehme sie an die Hand und gehe weiter. Nicht nachdenken. Bloß nicht nachdenken.

Düstere Wolken fressen das restliche bisschen Himmelblau. Ich bete, dass es keinen Schnee gibt.

Zuerst spielen wir *Ein Hut, ein Stock, ein Regenschirm,* um warm zu bleiben. Aber wir haben keine Kraft übrig, um *vorwärts, rückwärts, seitwärts, ran* zu springen, und hören gleich wieder auf. Ich versuche es mit *Ich packe meinen Koffer,* doch Santje will immer nur ihre Flöte einpacken und die Musikmenschen und Ben.

Der Himmel ist grau, die Felder sind grau und beides ist endlos. Ich muss mich zusammenreißen, damit wir nicht langsamer werden und ich einfach anfange zu weinen und vielleicht nie wieder aufhöre. Aber für Ben will ich stark sein. Und für Santje.

Gegen Abend sollen wir einen Wald erreichen, den wir Richtung Südwest durchqueren müssen und wo wir am besten auch schlafen sollen. Aber dafür, hatte Kendra gesagt, müssen wir Tempo machen.

Santje spielt Flöte. Wie schafft sie das? Es ist schon ein Wunder, dass sie überhaupt noch einen Schritt vorwärts kommt. Sie ist so dünn wie ein Zweig. Ein bisschen Wind und sie würde geradewegs nach Berlin geweht.

Sie hebt ihre Hände hoch. »Kalt!«

Sie hat sich ihre Handschuhe ausgezogen, um spielen zu können. Ich knöpfe meinen Mantel auf, schiebe ihre Hände unter meinen Pullover und warte, bis sie auf meinem Bauch warm werden, dann stecke ich sie wieder in ihre Fäustlinge.

»Komm weiter. Ich erzähl dir eine Geschichte.«

»Es war einmal ein wunderlicher Mann ...«, fängt sie an.

»Genau«, fahre ich fort »... der zog in eine Stadt namens Berlin ein.«

Mittlerweile ist bestimmt jedes Wort genau so, wie Ben es gesagt hat. Immer wieder hat Santje mich berichtigt.

Und jedes Mal am Ende sagt sie: »Und dort werden wir leben. Aber nicht Daisy.«

Und ich muss sagen: »Nein, Daisy nicht.«

Doch diesmal fragt sie außerdem noch: »Warum ist Daisy gekommen?«

»Wie meinst du das? Wohin ist Daisy gekommen?«

Sie zuckt mit den Schultern. »Daisy ist böse.«

»Ja, vielleicht. Wir müssen was essen. Komm.«

Wir haben nicht mehr viel Brot. Ich habe ausgerechnet, dass wir nur noch einmal am Tag etwas essen dürfen, um vier Tage durchzuhalten. Jede anderthalb Kekse. *Kekse* klingt besser als Dauerbrot. Und größer sind die Stücke auch nicht.

Aber als ich in meine Stofftasche greife, ist da nichts mehr.

Panisch wühle ich darin herum. Ich ertaste die beiden Wolldecken, aber der Kissenbezug mit dem Brot ist weg. Mir wird ganz schlecht. »Hugo.«

»Hugo ist nicht lieb«, sagt Santje. »Warum hat er das Brot genommen?«

»Du hast es gesehen?«

»Er hat gesagt, er bringt mich um.«

Ich stöhne.

»Ich habe Hunger«, sagt Santje.

Ich schaue mich um, als ob plötzlich eine Versorgungsstation aus dem Boden wachsen oder ein Laser die Sektion in den Himmel schreiben würde. Aber da ist nichts. Gar nichts.

Warum hat mich mein Vater Schlegel und Eichendorff

lesen lassen und nicht einen Überleben-in-der-Wildnis-Führer?

Die Soldaten müssen uns nicht mit Jeeps jagen oder mit Hubschraubern. Sie müssen keinen Wasserstoff verschwenden, wir sterben von ganz allein. In meinem Bauch ballt sich ein Schrei zusammen, drückt sich hoch durch meinen brennenden Hals, aber ich bleibe stumm, wie gelähmt von meiner Verzweiflung und der Angst. Ich werde es nicht schaffen, Santje in Sicherheit zu bringen. Und Ben retten? Wie denn? Es wird immer kälter und wir haben nichts mehr zu essen.

Ich sehe mich erneut um. Es wird schon dunkel. Der Nebel hüllt alles ein, verwischt den Horizont mit dem Himmel. Wir stehen allein in einer unheimlichen Märchenwelt. Ein paar Schneeflocken fallen. Nur wenige Meter weiter am Wegrand steht ein großer Busch. Warum habe ich den eben nicht bemerkt? Es hängen kleine schwarze Früchte dran. Ich glaube, so einen habe ich im Gartenbuch gesehen. Das könnte Holunder sein. Und Holunder kann man essen. Entweder die Blüten oder die Früchte. Die Blätter können doch auch nicht schlecht sein. Wir pflücken, bis wir die Taschen voll haben.

Beim Laufen kauen wir die Blätter, essen die sauren Beeren. Es fühlt sich zumindest so an, als bekämen wir etwas in den Magen.

Kendra sagte, bis zum Wald könnten wir den Weg nicht verfehlen, wir müssten nur der Straße folgen, bis zum Abend sollten wir da sein. Aber wir schaffen es nicht. Es wird immer kälter. Die Straße führt an einem Graben entlang. Da drin wären wir zumindest ein bisschen geschützt. Ich bin so müde, dass der Gedanke verlockend ist. Aber mir ist auch klar, dass wir vielleicht nie wieder aufstehen, wenn wir uns jetzt hinlegen. Auch wenn der Weg nicht mehr besonders gut zu erkennen ist, wir dürfen nicht stehen bleiben. Auf keinen Fall dürfen wir aufhören, uns zu bewegen. Ich erkläre Santje, dass wir laufen müssen, bis wir zum Wald kommen. Vielleicht gibt es da irgendeinen Unterstand oder eine geschützte Stelle, wo wir uns verkriechen können. Ich weiß nicht, ob sie es versteht. Sie sagt nur, dass sie müde ist. Aber sie läuft weiter.

Himmel und Erde verschwimmen zu grauem Matsch. In meinem Kopf ist auch grauer Matsch. Ich weiß nicht, wie lange wir gelaufen sind, wie nah der Wald vielleicht schon ist. Wir machen einen Schritt und noch einen Schritt und noch einen Schritt.

Motorengeräusche nähern sich. Es dauert eine Weile, bis ich verstehe, was das heißt. Meine Beine begreifen schneller, setzen sich in Bewegung. Ich nehme Santje an die Hand und wir stolpern hinaus aufs Feld.

»Hinlegen.« Ich ziehe sie mit mir runter. Mein Herz schlägt dumpf gegen die harte Erde. Ich bin sicher, dass das Petersen ist. Er ist doch noch gekommen, um mich zu holen.

»Ich will nicht zu der bösen Frau«, sagt Santje.

»Wenn du jetzt ganz leise bist, musst du nicht wieder zurück.«

Zwei Jeeps rollen langsam vorbei. Der Nebel schützt uns. Sie sehen uns nicht. Die Jeeps fahren weiter.

Wir bleiben noch eine Weile liegen, aber nichts rührt sich mehr. Sie kommen nicht zurück. Die Kälte kriecht durch meinen Mantel. Mir fallen die Augen zu. Ich muss mich zusammenreißen.

»Kalt«, sagt Santje.

»Ja.«

Wir stolpern zurück auf die Straße und laufen weiter, weiter, weiter.

Allmählich wird es Tag. Ein unendlicher blassgrauer Himmel mit ein paar blauen Löchern spannt sich über uns. Die Luft kommt mir ein bisschen wärmer vor, ich friere nicht mehr so. Aber dafür wird der Hunger langsam unerträglich. Mein Magen krampft sich zusammen.

Wir reden schon lange nicht mehr, laufen still einen Schritt voneinander entfernt. Aber Santje ist noch weiter weg als sonst. Sie spielt auch keine Flöte mehr, verlangt keine Geschichte. Ab und zu stolpert sie, und als sie anfängt zu taumeln, greife ich um ihre Hüfte. Sie legt einen Arm um mich und wir schleppen uns weiter.

Der Wald ist nicht mehr weit weg. Ich halte mich mit den Augen daran fest. Wir müssen es nur noch bis dahin schaffen, nur noch ein bisschen länger durchhalten, dann werden wir schlafen. Einen Schritt und noch einen Schritt.

Mir ist speiübel. Zuerst denke ich, mir wäre wieder schlecht, wie im Heim. Oder wie am ersten Morgen bei den Waggonmenschen. Aber diesmal ist es anders.

»Mein Bauch tut weh«, sagt Santje leise.

Vielleicht kann man Holunder doch nicht essen. Oder es war gar keiner.

Nur noch ein paar Meter bis zum Waldrand. Ich weiß nicht, was ich erwartet habe. Dass ein Prinz auftaucht und uns rettet? Ein kuschliges Haus mit Feuer und Frühstück? Aber da ist nichts, nur Bäume. Ich muss uns ein Lager bauen. Ich lasse Santje los. Mein Magen krampft immer mehr. Ich schaffe es noch ein paar Schritte weiter zwischen die ersten Stämme.

Wir müssen hierbleiben, bis es uns wieder besser geht. Da steht ein hoher Baum zwischen ein paar Büschen. An seinem Stamm breite ich das Wachstuch aus, lege die Plane darüber, dann die Wolldecken aus dem Heim. Gleich werden wir schlafen.

Jetzt nur noch die Federdecke aus Santjes Rucksack. Ich sehe mich um. Santje schwankt auf mich zu und sinkt zu Boden.

Ich bin sofort bei ihr, hocke mich hin, nehme sie in den Arm, rüttle sie vorsichtig, flüstere: »Santje, Santje«, streichle ihr über die Wangen. Ihr Atem ist flach und schnell. Ich fasse sie unter den Armen. Keuchend ziehe ich sie zu unserem Lager, nehme ihr den Rucksack ab, breite die Decke über sie und flüstere die ganze Zeit: »Bitte nicht sterben, bitte nicht, du darfst nicht sterben. Ich schaff das nicht allein.«

Ich setze mich mit dem Rücken an den Baum, halte sie in meinem Arm, wiege sie hin und her, die Decke fest um sie gewickelt. Ich halte eine Hand vor ihre Nase. Ganz schwach spüre ich ihren warmen Atem. Ihr Kopf glüht.

Auf einmal weiß ich, dass ich nur wegen Santje bis jetzt durchgehalten habe. Weil ich mich um sie kümmern muss, weil ich für sie verantwortlich bin. Manchmal habe ich gedacht, allein würde ich besser vorankommen, allein wäre ich schneller bei Ben. Aber in diesem Moment weiß ich, dass das nicht stimmt.

Mein Magen krampft und krampft.

Nach der Geschichte vom Soldatenfänger sagen wir immer: »Und dort werden wir leben.« Mittlerweile glaube ich selbst an diesen Ort, wo Frieden herrscht und es genug zu essen gibt. So wie Ben und Santje daran glauben. Wir werden dort leben. Es dauert vielleicht noch ein bisschen, aber es wird wahr werden.

Ich träufle Santje unseren letzten Rest Wasser in den Mund. Sie schluckt nicht. Immer wieder halte ich meine Hand vor ihre Nase. Ein paarmal sackt mir der Kopf nach vorn. Mein Magen zieht sich zusammen, ich drehe mich zur Seite und spucke. Ich höre mein eigenes Stöhnen, als käme es von weit her, lehne mich wieder an den Baum, bewege Füße und Hände, damit ich nicht einschlafe. Und dann passiert es doch. Ich spüre noch, wie meine Arme schlaff werden, und im Moment vor dem Wegkippen ins Nichts denke ich plötzlich: Wir sind in Sicherheit, wir sind zu Hause.

Aber das ergibt keinen Sinn.

»Steh auf«, sagt eine tiefe Stimme.

Ich hebe langsam den Kopf.

Da steht ein Mann vor mir. Da ist Santje in meinem Arm. Sie ist ganz heiß.

Es müssen Stunden vergangen sein. Wir sind gegen Mittag im Wald angekommen und jetzt dämmert es schon wieder. Meine Glieder sind steif.

»Steh auf!«, sagt der Mann wieder. Es klingt grob. »Deine Sachen hol ich später.«

Vielleicht ist es auch kein Mann, sondern ein seltsames Waldwesen. Er ist nicht allzu groß, eher gedrungen und kräftig. Gekleidet in bräunlich graue Lumpen, sieht er aus wie der Wald selbst. Seine Haare sind grau und verfilzt, der dunkle Bart lässt kaum etwas vom Gesicht erkennen. Seine große Nase ist ziemlich rot. Aber er hat strahlend blaue Augen. Wie ein wolkenloser Sommerhimmel. Und er ist barfuß.

Er beugt sich zu uns und hebt Santje hoch, als wöge sie nichts. Und eigentlich wiegt sie ja auch nichts.

»Steh auf!«, sagt er zum dritten Mal.

Würde ich ja gerne machen, wenn ich nicht gerade mit Sterben beschäftigt wäre.

Er geht einfach los.

Ich drehe mich auf die Seite und kann mich immerhin auf Hände und Knie stützen. Mein Magen rebelliert, ich würge schleimige Spucke hervor.

Endlich stehe ich auf den Füßen, halte mich noch einen Moment am Baumstamm fest und folge dann dem Mann. Er geht langsam tiefer in den Wald hinein. Es ist ein richtiger, echter Wald, wie aus dem Film. Mit Bäumen, Büschen und Tannen. Es raschelt sogar, als ob es hier Tiere gäbe. Mäuse und dergleichen. Keine Ahnung, was im Wald so lebt. Aber er ist lebendig.

Wir laufen weiter, und immer, wenn ich denke, da kommen wir nicht durch, die Büsche stehen zu dicht, öffnen sich neue Schneisen. Der Waldmensch teilt den Wald wie Moses das Meer. Und ich laufe hinterher, so schnell es eben geht. Zwischendurch muss ich immer wieder kurz anhalten. Würgend stütze ich mich an Baumstämmen ab, um nicht das Gleichgewicht zu verlieren. Aber es kommt jedes Mal nur bitteres, schleimiges Zeug aus mir raus.

Wir gehen an einem riesigen Stein vorbei und treten auf eine finstere Lichtung. Es ist ein kleiner Platz inmitten von hohen Tannen, kahlen Bäumen und Büschen. An seinem Rand steht eine niedrige Hütte aus Baumstämmen. Das Dach ist mit Gras gedeckt.

»Los, mach die Tür auf«, raunzt mich der Mann an.

Es gibt keinen Türgriff, nur ein Seil, an dem man sie aufziehen kann.

In der Hütte ist es schummrig. Ich stehe und warte.

Ein Streichholz flammt auf und das Licht einer Laterne erhellt den Raum.

»Mach die Tür zu«, sagt der Mann. »Wird kalt.«

Dicke Büschel getrockneter Kräuter hängen von der Decke. In der Mitte des Raums steht ein Tisch mit einem Baumstumpf als Hocker und in der Ecke ein ururalter Herd mit einer Eisenplatte und einem Ofenrohr. Daneben ein Regal und eine große Truhe mit ein paar Kleidern. Auf dem Tisch steht Geschirr. Der Mann trägt Santje zu einer Pritsche an der Wand.

»Leg Holz nach«, sagt er zu mir.

Ich überlege, was er meint. Mein Kopf arbeitet nicht richtig und mir ist schwindlig.

»Hörst du schlecht?«

Ich schüttele den Kopf.

»Deck wenigstens das Mädchen zu.«

Zudecken. Da liegt eine grobe Wolldecke am Fußende der Pritsche.

Ich setze mich zu Santje, wickele sie gut ein und halte ihre kalte Hand.

Der Mann öffnet die Ofentür und schiebt zwei große Holzstücke hinein.

»Wer seid ihr?«

Die Worte kommen langsam, jede Silbe liegt bleischwer in meinem Mund. »Ich bin Anna, und das da ist Santje, meine kleine Schwester. Wir müssen nach Berlin.«

»Was habt ihr gegessen?«

In meiner Manteltasche habe ich noch einen Rest vom Holunder oder was auch immer es ist. Mein Magen dreht sich schon beim Gedanken daran um.

Ich gebe dem Mann die Blätter. Er sieht sie an, schnauft und wirft sie ins Feuer.

Er setzt Wasser auf, zupft Blätter aus verschiedenen Kräuterbüscheln an der Decke und wirft sie hinein.

»Wird sie sterben?«

»Kannst mich Jodok nennen.«

Wir schweigen, bis Jodok zwei große Tassen mit dem Kräutertee füllt. Eine drückt er mir in die Hand.

»Trink das so heiß wie möglich. Und geh zur Seite.«

Ich setze mich an den Tisch und beobachte, wie er

Santjes Kopf hebt und ihr langsam den dampfenden Tee einflößt. Immer wieder zieht sie ihren Kopf zurück. Aber Jodok hält ihn fest. Es dauert, aber sie trinkt.

Ich nippe auch. Der Sud schmeckt scheußlich. Kein Wunder, dass Santje nicht trinken will.

Es ist so warm hier drin, dass ich anfange zu schwitzen. Mir ist noch schwindlig, aber die Übelkeit lässt langsam nach. Ich ziehe meinen Mantel und meinen Pullover aus, und auf einmal merke ich, wie sehr ich stinke.

Als Jodok mit Santje fertig ist, holt er aus der Truhe eine silberne Folie und eine Wolldecke. Er breitet beides in einer Ecke aus und nimmt mir die Tasse aus der Hand.

»Leg dich hin. Schlaf.«

Ich zögere nicht eine Sekunde, steige aus meiner Hose und lege mich nur mit Hemd und Leggins hin. So habe ich noch nie geschwitzt. Ich ziehe die Decke um mich und falle in tiefste Dunkelheit.

Hungrige Geister

Als ich aufwache, steht Jodok am Herd und rührt in einer Pfanne. Santje liegt immer noch auf der Pritsche und bewegt sich nicht.

»Wird's überleben«, sagt Jodok, und dass ich eine Nacht und einen Tag durchgeschlafen habe.

Quer durch die Hütte ist eine Leine gespannt. Meine und Santjes Sachen sind gewaschen und zum Trocknen aufgehängt. Ich trage nur meine Unterwäsche und ein langes Männerhemd. Jodok hat uns ausgezogen und unsere stinkenden Sachen gewaschen. Plötzlich ist mir das alles schrecklich peinlich.

Neben der Truhe liegen unser Rucksack und die Tasche. Und da ist noch ein Lager wie meins, auf dem Jodok wohl geschlafen hat.

Er lässt etwas in eine Blechschüssel gleiten und hält sie mir hin. »Iss langsam.«

Es sind Würmer. Ein bisschen zäh, aber gut. Ich esse einen nach dem anderen. Danach sacke ich zurück auf den Boden und schlafe wieder ein.

Als ich das nächste Mal aufwache, sitzt Santje auf der Pritsche und sieht mich an. »Bin gesund«, sagt sie. »Wegen Jodok. Er hat mich heil gemacht.«

Ich schlucke und nicke.

»Jodok ist lieb.«

»Und wo ist er?« Ich setze mich auf.

Sie zuckt mit den Schultern. »Rausgegangen.«

Ich stehe auf und stakse auf wackligen Beinen zu ihr.

»Du hast aber lange geschlafen.«

»Ja.«

Ich streiche ihr über die Haare. »Ich geh kurz raus und schaue, ob ich Jodok finde.«

Ich ziehe meine frisch gewaschenen Sachen an, schlüpfe in den Mantel.

Über den Spitzen der Nadelbäume funkelt die Sonne. Es ist klar und kalt. Aber das erste Mal seit unserer Flucht macht mir die Kälte keine Angst. Über einen Busch sind unsere Decken zum Lüften gehängt.

Ich suche mir einen Strauch. Während ich so dahocke, betrachte ich die kleine weiße Rauchsäule, die aus dem Dach aufsteigt. Hinter mir knackt es leise. Erschrocken drehe ich mich um und ziehe schnell meine Hose hoch.

Nur ein paar Schritte entfernt sehe ich Jodoks graues Haar zwischen den Büschen hervorblitzen.

Ich gehe zu ihm.

Er hat eine grüne Folie in der Hand, und neben ihm, an einen Baumstamm gelehnt, steht ein Fahrrad. Es ist unser Fahrrad! Das Rad, das Ben und ich in der Nacht, als sie uns geschnappt haben, zurücklassen mussten.

»Das ist meins!«, stoße ich hervor.

»Dafür, dass es deins ist, hast du aber nich besonders gut drauf aufgepasst. Würd sagen, es lag auf einem Feld, ich hab's gefunden, es gehört mir.«

»Nein!«, rufe ich, und die ganze Geschichte platzt aus mir heraus. Wie die Soldaten uns gefangen haben, das Heim, die Flucht und warum ich nach Berlin muss. Dann zeige ich auf das Fahrrad. »Außerdem war noch mein Rucksack dabei. Mit Essen und meinem Tagebuch.«

»So, so ...« Jodok schlägt die Folie über das Rad und schiebt es zwischen zwei Büsche. Hätte ich ihn nicht damit erwischt, ich hätte es nie entdeckt. Warum hat er es gerade jetzt rausgeholt? Wusste er, dass es mir gehört? Aber wie kann das sein?

Schweigend gehen wir zurück zur Hütte. Ich habe keine Angst vor Jodok, aber ich traue mich auch nicht, ihn etwas zu fragen. Wer er ist, und wie er hier leben kann, ohne dass ihn jemand entdeckt. Warum der Wald hier gesund ist. Sein Schweigen hat keine Tür.

Hinter der Hütte beim Feuerholz stehen zwei dicke Holzklötze. Auch den kleineren kann ich nicht hochheben, also schleppt Jodok sie nacheinander hinein und stellt sie an den Tisch.

Er öffnet die Truhe und holt meinen Rucksack heraus und auch Bens. Ich drücke sie an mich vor Glück. Mein Tagebuch, die Eichendorff-Gedichte, meine Bürste, die beiden Schlafsäcke – alles ist da, nur die Waffe nicht. Jodok hat sie bestimmt genommen. Aber wieder traue ich mich nicht, ihn zu fragen, obwohl ich sie gerne hätte. Schließlich hatte sie noch Munition, und ich würde mich mit ihr sicherer fühlen als mit der ungeladenen. Andererseits ist es schon okay. Ohne ihn hätte ich gar nichts von unseren Sachen zurückbekommen. Bens und meinen Sachen. Das kleine Glück fällt in mir zusammen wie ein Feuerchen aus trockenem, morschem Holz, das nur ganz kurz brennt. Die Stelle, an der die Soldaten uns erwischt haben, kann nicht weit entfernt sein. Ich bin zurück an dem Ort, wo alles angefangen hat. Es fühlt sich an, als wäre ich einmal im Kreis gelaufen und keinen Schritt vorangekommen. Als wäre alles sinnlos, was passiert ist. Hätten Ben und ich damals Jodok entdeckt, wären wir in Sicherheit gewesen.

Warum haben die Soldaten die Sachen nicht gefunden? Aber dann erinnere ich mich. Zwei Jeeps sind sofort in Richtung Berlin abgefahren, einer mit mir zum Heim. Niemand hat sich die Mühe gemacht zu schauen, ob wir vielleicht irgendwas dabei hatten.

Jodok setzt Tee auf und stellt die Pfanne auf den Herd. Aus einem der Tongefäße, die auf dem Boden stehen, schüttet er etwas hinein.

»Heuschrecken«, sagt er, als er nach einer Weile die Pfanne auf den Tisch stellt.

Wir setzen uns um den Tisch und essen schweigend die knusprigen Insekten. Die Hütte hat nur ein Fenster. Es ist immer ziemlich finster hier drin, aber mit den Kerzen auf dem Tisch ist es gemütlich.

Ich traue mich zu fragen: »Was machen Sie, wenn Sie keine Kerzen mehr haben oder Öl für die Lampe?«

»Das ist Petroleum«, sagt er. »Hab genug.«

»Leben Sie schon lange hier?«

»Schon ... dreißig Jahre«, sagt Santje.

Ich sehe sie erstaunt an.

Eine Heuschrecke knackt zwischen Jodoks Zähnen. »Haben uns ein bisschen unterhalten, als du geschlafen hast.«

»Aha ...«, sage ich und sehe bestimmt nicht besonders schlau aus. Eine normale Unterhaltung zwischen Santje und dem grummeligen Jodok kann ich mir irgendwie nicht vorstellen.

»Wenn Sie schon dreißig Jahre hier leben, dann haben Sie ja gar nichts vom Krieg und alldem mitgekriegt.«

»Hab auch die Flieger nich gehört und nich die Hubschrauber und nich die Menschen gesehen, die geflohen sind und umkamen hier draußen. Gibt ein Dorf in der Nähe. *Gab* ein Dorf, is niemand mehr da ...«

Ich sehe betreten auf meinen Teller. Ein paar Heuschrecken später versuche ich es noch mal: »Warum sind Sie in den Wald gezogen?«

Jodok schweigt. Dem muss man die Mehlwürmer wirklich einzeln aus der Nase ziehen.

Er redet wohl nicht gern. Das höre ich sogar seiner Stimme an. Sie klingt rau, als hätte er sie seit Ewigkeiten nicht benutzt.

»Als Jodok ein ganz junger Mann war, ist er hergezogen«, sagt Santje.

»Wirklich?«, frage ich.

»Hab alles hergeschafft, was ich brauch«, sagt er.

»Hab die Hütte gebaut, hab Vorräte angelegt. Bin froh, wenn ich meine Ruhe hab. Und jetzt iss deine Heuschrecken, Mädchen.«

Santje lächelt. »Die schmecken lecker.«

Jodok steht auf und macht neuen Tee. Als er Kräuter ins Wasser wirft, wirbeln bunte Funken auf.

Der Tee kocht lange. Er gießt ihn durch ein Sieb in einen Becher. »Trink.«

»Santje nicht?«

»Hat genug.«

Ich schlürfe meinen Tee. Die Wärme macht mich müde und entspannt, und ich habe große Lust, mich ins Bett zu legen. Aber Jodok sagt: »Komm mit.«

Er muss es noch zweimal sagen, bis ich denke *was soll's* und mir meinen Mantel überziehe. Ich sehe Santje fragend an.

»Sie nich.« Jodoks Stimme ist auf einmal nicht mehr rostig, sondern ganz sanft, als er sagt: »Du bleibst hier, nich wahr?«

Santje nickt. »Hier ist es schön.«

Sie hat Recht. Selbst mit dem griesgrämigen Jodok. Was seltsam ist. Aber eigentlich fühlt es sich schon die ganze Zeit so an, als wäre in mir alles in Honig getaucht und so richtig satt.

Wir laufen langsam durch den Wald. Unter unseren Füßen raschelt das Laub. Jeder Baumstamm, jeder Ast und Busch tritt überdeutlich hervor. Der Mond scheint und Sterne glitzern zwischen den schwarzen Ästen.

Am Waldrand bleiben wir stehen. Die dunklen Felder vor uns schwimmen im Mondlicht, aber direkt am Boden wabern graue Nebelschwaden. Mein Blick schweift über das verdorrte Land. Es sieht einsam und trostlos aus.

Und dann entdecke ich noch etwas anderes. Ich zwinkere ein paarmal, aber es ist immer noch da. Aus dem Nebel steigen dunkle Säulen auf. Oder vielleicht steigen sie auch nicht auf. Sie sind einfach da. Wie spindeldürre schwarze Gespenster mit spindeldürren Gliedmaßen, die sich immer wieder verzerren, verschieben und näher und näher kommen, als würden sie von uns angezogen werden. Dünne Arme strecken sich nach uns aus. Ein Windhauch streift mich und macht mir Gänsehaut. Mir ist plötzlich eisig kalt. Panik steigt in mir auf. Gleich sind sie da. Ich drehe mich um, doch Jodok packt mein Handgelenk, bevor ich losrennen kann, und führt mich ruhig wieder in den Wald.

»Was war das?«, höre ich mich wispern.

»Hungrige Geister von Lebenden und Toten. Davon gibt's jetzt viele. Pass auf, dass sie dich nich erwischen. Die fressen dir die Seele aus dem Leib.«

Hungrige Geister? »Aber hier sieht alles noch so schön aus. Hier im Wald, meine ich. Viel schöner als sonst auf dem Land. Hier könnten doch noch mehr Menschen leben, nicht nur Sie allein.«

»Menschen zerstören alles. Wenn ich nich will, findet niemand hierher.«

Ich versuche, mein Handgelenk zu befreien. Ich will schneller laufen, nur weg von den unheimlichen Gestalten, aber Jodok hält mich eisern fest. »Ruhig bleiben. Was immer du tust, tu's nich unüberlegt.«

Erst als wir vor der Hütte stehen, lässt Jodok mich los.

Wir legen uns schlafen, doch das Grauen drückt mir immer noch den Brustkorb zusammen und hält mich wach. Nie wieder will ich den hungrigen Geistern begegnen.

Aber die Gestalten haben mich an das Leben außerhalb des Waldes erinnert, daran, dass wir nach Berlin müssen, dass ich Ben helfen will. Vorher war ich so zufrieden, dass ich am liebsten hiergeblieben wäre. Zumindest ein paar Tage oder Wochen, bis es Sommer ist.

Am nächsten Morgen sage ich Jodok, dass wir weiterziehen müssen. Er meint, dass es besser ist, wenn wir noch ein, zwei Tage bleiben.

»Das Wetter wird umschlagen und es wird einen Sturm geben. Danach wird's wärmer. Und ihr müsst euch noch erholen.«

Wir stapfen durch den Wald, und Jodok zeigt uns, was man im Winter alles Essbares finden kann. Vogelmiere, Venusnabel und wilden Schnittlauch, mit dem er die Mehlwürmer gewürzt hat. Es ist schön, mit ihm draußen zu sein. Jedenfalls wenn es hell ist und keine Geister zu sehen sind. Er ist richtig redselig. Für seine Verhältnisse.

Ich denke an meinen Vater. Als ich klein war, hat er versucht, mir beizubringen, wie man sich im Krieg verhält, wo man sich versteckt und wo man Sachen findet.

Daran habe ich ewig nicht mehr gedacht. Und ich kann

mich auch nicht mehr genau daran erinnern, aber ich fühle immer noch den warmen Druck seiner Hand. So wie gestern die Hand von Jodok.

Warum kann es nicht überall so sein wie hier?

Wir wandern zurück zur Hütte. Auf der Lichtung gibt es eine kleine Feuerstelle. Ein schwarzer Aschefleck im grünen Moos. Jodok hockt sich hin und Santje macht es ihm nach. Also hocke ich mich auch hin. Das kalte, nasse Moos durchfeuchtet meine Hose an den Knien.

Santje und ich sehen Jodok mit großen Augen zu, als ob er gleich einen Zaubertrick vorführen wird. Aus dem Leinensack, den er immer dabei hat, holt er einen kleineren Beutel und legt ihn zur Seite. Aus dem großen schüttet er Rinde und Späne in die Mitte der Feuerstelle und zündet sie an. Er ist sehr geschickt, es brennt sofort. Zum Aufwärmen kann das Feuer aber nicht gedacht sein, dafür ist es viel zu klein.

Jodok zieht sein Messer aus der Lederhülle an seinem Gürtel, und bevor ich auch nur einen Mucks machen kann, packt er mich am Nacken. »Halt still.«

Er säbelt eine Strähne von meinen kurzen Haaren ab und wirft sie ins Feuer. Dann kommt Santje dran. Bei ihr ist er ganz vorsichtig. Santje summt leise vor sich hin, sie vertraut ihm ganz und gar. Aus dem kleineren Beutel holt Jodok Kräuter und verbrennt auch die.

Es riecht würzig. Eine schmale Rauchsäule steigt erst in die Höhe und windet sich dann in Schlangenlinien um Bäume und Büsche, um Äste und Blätter, als wäre der

Rauch lebendig, als würde er mit dem Wald sprechen. Dann kommt er zurück und windet sich um Santje und mich, als wolle er uns für immer zusammenbinden.

Es dauert lange, bis das Feuer ausgeht.

Wind kommt auf. Er zupft an den Wipfeln, saust durch die Äste, huscht durchs Unterholz. Wir laufen zurück zur Hütte. Der Wind wird zum Sturm, er jault im Ofenrohr. Dann kommt der Regen. Er rauscht herunter, als wolle er die Hütte wie die Arche Noah davonspülen.

Wir sitzen um den Tisch, trinken Tee und hören dem plätschernden Regen zu. Als es langsam ruhiger wird, erzähle ich die Geschichte vom Soldatenfänger, und später spielt Santje Flöte.

Am nächsten Morgen ist das Unwetter vorbei. Es wird ein warmer Tag werden. Jodok sagt, wir sollen erst am Abend aufbrechen. »Ist sicherer.«

Noch länger warten. Auch wenn es hier so friedlich und schön ist, ich will weiter. Ich fühle mich erholt, und auch Santje sieht viel besser aus. Wir müssen zu Ben.

Als es endlich dämmert, packe ich unsere Sachen. Jodok ist mit Santje draußen, um das Fahrrad zu holen und die Reifen aufzupumpen.

Ich öffne die Truhe. Es geht mich nichts an, aber ich bin neugierig. Da ist nicht viel, nur Kleidung und zwei weitere Wolldecken. Jodok muss noch ein anderes Versteck für seine Vorräte haben. Meine Waffe ist auch nicht da. Aber am Boden der Truhe ertaste ich etwas Flaches. Ich ziehe es heraus. Es ist eine Mappe mit Zeitungsartikeln. Ich blättere ein bisschen, so etwas hab ich ewig nicht gesehen. Und wieder muss ich an meinen Vater denken. Er hat Zeitungen geliebt. Das raschelnde Papier. Auch als es fast nur noch digitale Ausgaben gab.

Auf einem Bild ist Jodok. Er ist viel jünger, mit schwarzen Haaren. Aber ich erkenne ihn an den blauen Augen. Nur der Name unter dem Bild ist ein anderer.

Scharlatan oder Zauberer?

Ich finde einen Smart-Eye-Print von 2032: *Europa ist tot. Es herrscht Krieg. Das System ist endgültig zusammengebrochen.*

So ein Quatsch. Ich blättere schnell weiter. Da ist eine vergilbte Seite von 2001. Es geht um einen bewaffneten Raubüberfall auf eine Bank in Dresden. *Dreister Dieb erbeutet 100 000 Mark. Täter nicht gefasst.*

Es gibt einen ganzen Haufen Artikel darüber.

Aber mich interessiert besonders der Artikel über die Zauberei: *Wer ist dieser Mann, der es schafft ...*

»Du bist zu neugierig.«

Ich wirbele herum. Ich habe die Tür nicht gehört.

»Ihr verschwindet jetzt. Los, sofort.«

Ich nehme all meinen Mut zusammen. »Es tut mir leid. Ich hab bloß meine Waffe gesucht. Die, die im Rucksack war. Ich hab doch nur die ohne Munition.« Ich hebe sie hoch.

Er schüttelt den Kopf.

Jodok begleitet uns zum Waldrand. Wir haben zu essen, zu trinken, zwei Rucksäcke mit unseren Sachen, eine Tasche und das Fahrrad.

Der Himmel ist bewölkt, doch der Mond kommt ab und zu hinter den Wolken hervor. Und sofort habe ich wieder die hungrigen Geister vor Augen. Aber auch das Feuer von gestern. Die Rauchsäule, die sich um uns windet, als ob sie uns beschützt.

Ich lasse meinen Blick über die Felder schweifen. Nicht weit entfernt liegt das Dorf.

»Lebt niemand mehr dort«, sagt Jodok. Er ist kalt und abweisend.

Wir sollen das Fahrrad einfach geradeaus über das Feld zu den Häusern schieben. Wir werden gleich am Dorfrand ein gelbes Haus sehen und sollen der schmalen Straße folgen, die davor entlang führt, und dann nach links auf die Hauptstraße abbiegen. »Ist nich zu übersehen.« Kurz nach dem Dorf wird es eine Gabelung geben, da wieder rechts auf eine breitere Straße, die wird uns direkt nach Berlin führen.

Jodok dreht sich um und verschwindet im Wald.

Wer ist Ben?

Das Rad über das Feld zu den Häusern zu schieben, ist ganz schön mühsam, aber wir laufen, so schnell wir können. Der Rucksack schlenkert auf meinem Rücken.

Als ich mich ein letztes Mal umdrehe, ist der Wald verschwunden. Aber das liegt sicher an der Dunkelheit. Wälder verschwinden nicht einfach.

Santje fällt zurück. Ich treibe sie an. So schnell wie möglich will ich das Dorf hinter mir lassen und es danach mit dem Fahren probieren.

Ich kann kein gelbes Haus entdecken. Wir müssen falsch gelaufen sein, nicht ganz geradeaus. Also nehmen wir einfach die erste Straße ins Dorf, die wir finden. Es ist ganz still. Es ist natürlich überall ganz still, aber diese toten Dörfer sind mir einfach unheimlich. Man merkt dort noch viel mehr, wie leer und kalt die Welt ist. Und diesmal ist es besonders gespenstisch, weil ich mich bei Jodok so sicher, so beschützt gefühlt habe.

Wir folgen einer schmalen, gebogenen Straße zwischen zweistöckigen Wohnblocks. Sie haben löchrige Schindeldächer und zerbrochene Scheiben. Die Schornsteine ragen wie von Ratten angenagt in den Nachthimmel. Aus der Asphaltstraße wächst Gras.

Der Himmel ist schiefergrau, kein einziger Stern ist zu sehen. Aber es ist längst nicht so kalt wie die letzten Nächte. Jodok hatte also Recht. Er ist ein seltsamer Mann. Er hat uns das Leben gerettet und wollte nichts dafür haben. Nur meine Waffe mit der Munition hat er behalten.

Ich bin mir überhaupt nicht sicher, ob wir richtig sind.

An einer Stelle zögere ich länger. An der Ecke hängt ein Straßenschild abgeknickt nach unten.

NATURGUT steht über einem Laden mit verrammelten Scheiben. Die Buchstaben fehlen zwar, aber die dreckigen Schatten sind noch zu erkennen.

Ich entscheide mich, der Straße nach rechts zu folgen.

Hinter mir höre ich Flötentöne.

»Nicht!«, zische ich Santje an.

Erschrocken lässt sie die Flöte sinken.

Es ist albern, aber ich habe Angst, sie könnte hier mit der Musik irgendwelche Geister wecken.

»Später kannst du spielen«, schicke ich ein bisschen freundlicher hinterher. Doch es fällt mir schwer. Die Anspannung ist zu groß. Wir sind wieder unterwegs.

Seit wir aus Jodoks Wald raus sind, ist das schöne, honigsüße Gefühl weg, dafür ist die Sehnsucht nach Ben wieder groß und die Angst, dass alles schiefgehen wird.

Endlich lassen wir die letzten Häuser hinter uns.

Zuerst versuche ich, allein Fahrrad zu fahren, die Straße rauf und runter.

Nach einer Weile geht es ganz gut. Wobei die *Weile* bestimmt eine Stunde dauert und ich Santje schon mal loslaufen lasse.

Wie der Soldatenfänger spielt sie leise vor sich hin. Und ich folge ihr, fahre voraus und zurück.

Als wir an die nächste Abzweigung kommen und die Straße wie ein gerades Band vor uns liegt, fahre ich ganz langsam an, und Santje versucht aufzusteigen. Was gar nicht so einfach ist. Es dauert, bis sie versteht, was ich von ihr will. Als sie endlich sitzt, fahre ich Schlangenlinien. Ich fluche leise, weil es so anstrengend ist, aber Santje freut sich jedes Mal, wenn sie wieder abspringen muss und aufsteigen darf.

Es ist schön, sie lachen zu hören. Es ist ein kleines Lachen. Von ganz weit her. Als würde ein winziger Planet durchs Universum hopsen.

Und sie lacht weiter, als wir endlich im Gleichgewicht sind und ziemlich schnell vorankommen.

Santje hat ihren Rucksack auf dem Rücken, meinen habe ich mit den beiden Schlafsäcken vorne in den Korb gestopft.

Mir wird warm. Und ich habe nicht viel Kraft. Deswegen machen wir oft Pause, um zu verschnaufen und etwas zu essen. Jodok hat uns sogar eine Tüte Heuschrecken mitgegeben. Das war, bevor er mich erwischt hat. Wir haben Dauerbrot und die Militärriegel, die Ben eingepackt hatte. Die machen so richtig satt.

Als es langsam hell wird, suche ich uns einen Schlafplatz. Ich schiebe das Fahrrad von der Straße weg auf ein

Feld. Am liebsten würde ich durchfahren bis Berlin, aber ich kann nicht mehr weiter. Zwischen ein paar Büschen bauen wir uns ein Lager. Ich liege auf dem Rücken, den Kopf auf dem Rucksack, und schaue in den weiten grauen Himmel. Santje halte ich im Arm und höre ihren ruhigen Atemzügen zu. Wir haben es warm in unseren Schlafsäcken. Irgendwann fallen mir die Augen zu. Als ich sie wieder öffne, ist es schon stockdunkel. Ich wecke Santje, wir essen etwas und fahren weiter.

Morgen Früh werden wir hoffentlich da sein.

Als wir Berlin erreichen, wird es gerade hell. In einem Vorort halten wir noch einmal an, teilen uns einen Riegel, trinken etwas Wasser und radeln weiter.

Die Häuser werden größer und höher. In einigen Fenstern sehe ich Licht. Berlin hat Strom. Die Sonne geht auf über der Stadt und färbt den Himmel rot.

Es fühlt sich so vertraut an. Wir sind wieder zu Hause.

Santje und ich haben keine Pässe mehr, wir dürfen auf keinen Fall in eine Kontrolle kommen. Es ist besser, das Fahrrad abzustellen und zu Fuß weiterzulaufen, dann können wir uns schneller verstecken. Außerdem liegt hier überall Schutt auf den Straßen und ich kann nicht mehr gut fahren. Ich verstecke das Rad in einem Haus. Vielleicht können wir es später holen. Über die Richtung bin ich mir wieder mal nicht ganz sicher, also laufen wir einfach los.

Langsam steigt die Sonne höher, es wird ein schöner Tag werden. Nur wenige Menschen sind unterwegs. Sie beachten uns nicht.

Endlich kommen mir die Straßen bekannt vor. Wir müssen in der Nähe der Schönhauser sein. Von hier aus ist es nicht mehr weit zum Potsdamer Platz.

Ein Jeep biegt um die Ecke. Ich reiße Santje in den nächsten Hauseingang, bis die Patrouille vorbeigefahren ist. Mein Herz wummert. Wir gehen weiter, aber als wir noch einer Patrouille ausweichen müssen, gebe ich auf. Es ist zu gefährlich, tagsüber unterwegs zu sein. Wir finden ein Haus, das unbewohnt aussieht. Wir streifen durch alle Wohnungen, es ist niemand da. In einem Zimmer steht ein Doppelbett mit dicken Decken. Unsere Schlafsäcke legen wir noch obendrauf und mummeln uns ein. Die Waffe schiebe ich unters Kopfkissen.

Ein Geräusch weckt mich. Ich mache die Augen auf. Ein Mann in einem zerfetzten Mantel beugt sich über Santje und leckt ihr mit der Zunge durchs Gesicht.

Sie wacht auf und stößt einen spitzen Schrei aus.

»Aufhören!« Ich greife unter mein Kissen. Aber zu spät, der Mann reißt mich grob hoch und windet mir die Pistole aus der Hand.

»Du bist tot!« Er dreht mir die Arme auf den Rücken. Ich spüre die kalte Mündung an meiner Schläfe. Der Mann drückt ab. Das trockene Klicken hallt in meinen Ohren.

Er hätte mich wirklich erschossen.

Ich winde mich mit aller Kraft aus seinem Griff und ramme ihm mein Knie zwischen die Beine. Er brüllt vor Schmerz und krümmt sich.

Ich mache nicht mal den Versuch, unsere Sachen zu

schnappen. Ich packe Santje an der Hand, ziehe sie mit mir. Wir rasen die Treppe runter.

Draußen umfängt uns schützende Dunkelheit. Bloß weg hier. Wir laufen weiter, hetzen durch die Straßen, bis wir nicht mehr können. Vor meinen Augen tanzen rote Sterne.

Ich lehne mich an eine Hauswand. Meine Beine machen schlapp. Nicht umfallen jetzt. Ich ziehe Santje zu mir, wiege sie in meinen Armen. Sie klammert sich an mich und weint leise. Ich streiche über ihre Haare und versuche, mich selbst zu beruhigen. Ich zittere am ganzen Körper. »Alles ist gut. Ist ja noch mal gut gegangen.«

Wir hatten Glück. Wenn Jodok nicht meine geladene Waffe behalten hätte, wäre ich jetzt tot. Und was dann mit Santje passiert wäre, daran denke ich lieber nicht.

Ich fasse in meine Manteltasche. Da ist das Letzte drin, was ich noch habe. Mein Heft mit den Eichendorff-Gedichten. Und Santje hat ihre Flöte.

Das muss reichen, es ist nicht mehr weit.

Wir huschen, so schnell es geht, zum Potsdamer Platz.

Ich erkenne die Stelle sofort wieder, wo wir mit Ben eingestiegen sind.

Da drin sind die Tunnelmenschen. Da drin ist Smirge.

Genau wie beim letzten Mal steigen wir auf den Müllcontainer, klettern über den Zaun, rutschen über die Mauer und lassen uns auf die Gleise fallen.

Aber dann fällt mir das Codewort nicht mehr ein. Hilflos stehe ich vor dem Eingang.

Wir machen ein paar Schritte in den Tunnel hinein. Als sich die Dunkelheit um uns schließt, bleiben wir stehen.

Ich ziehe meinen Schal vor die Nase. Der Gestank aus dem Tunnel bringt mich zum Würgen wie beim ersten Mal.

Ich muss mich konzentrieren. Es war etwas mit Gefahr oder gefährlich. Ich versuche es mit: »Gefahr macht uns nichts aus …«

Keine Antwort. Klar, das klingt auch einfach nur dämlich. Ich probiere: »Ist es hier gefährlich?«

Keine Antwort.

Und dann: »Gefährlich ist es hier …«

Nichts.

Und wenn wir einfach reingehen? Würden sie uns dann erschießen? Aber es nützt nichts. Wir müssen es probieren und hoffen, dass Smirge uns wiedererkennt. In völliger Finsternis.

»Gefährlich ist es hier für Feinde …« Santjes helle Stimme tanzt durch die Dunkelheit.

»… aber als Freund bist du in Sicherheit.«

Wieder erschrecke ich. Diese unheimliche Stimme. Doch das ist egal, ich will jetzt bloß noch da rein.

Wir tasten uns an der Wand entlang. So wie vor hundert Jahren, nur ist Ben da vorangegangen. Ich bin maulwurfblind und wir kommen nur langsam weiter. Schritt für Schritt wage ich mich vorwärts.

Ratten trappeln. Sie kommen näher. Ich höre sie schnüffeln. Mir wird schwindelig und ich muss mich an der Wand abstützen.

Plötzlich blitzt ein Licht auf. Ich zucke zusammen. Einen Moment sehe ich die rostige Leiter und geflügelte Insekten, die aufflattern, dann erlischt das Licht wieder.

»Danke sehr, lieber Smirge«, sagt Santje.

Meine Hand umklammert die rostige Leiter. Ich schicke Santje vor und klettere schnell hinter ihr her. Jemand ist ganz nah, das spüre ich.

Ich ziehe mich über den Rand. Wieder ein Lichtkegel. Er huscht über Schlafsäcke, verharrt einen Moment auf der Eisentür und erlischt. Jemand stupst mich von hinten an. Mein Schrei hallt durch den Raum. Santje greift meine Hand.

»Klappe, Mädchen«, grunzt es aus einer Ecke.

Diesmal zucke ich nur zusammen und halte den Mund.

Smirge ist nicht lieb. Wie lange muss man wohl hier unten leben, um Rattenaugen zu bekommen und sich im Stockfinsteren so lautlos zu bewegen?

Ich lasse Santje anklopfen, sie kennt sich hier unten viel besser aus als ich.

Diesmal öffnet uns ein anderer Mann als beim ersten Mal und lässt uns ohne ein Wort durch.

Ich mache die nächste Tür auf. Ich weiß, dass es nicht sein kann, dass Ben da ist. Trotzdem habe ich einen Moment die verrückte Idee, dass er einfach auf einem der Sofas sitzt und mich ansieht.

Ich halte Santje an der Hand und blinzle ins Licht. Gesichter und leise Stimmen. Wir sind in Sicherheit. Tränen schießen mir in die Augen.

Zahur kommt auf uns zu. Mir werden die Beine weich.

Aza ist plötzlich auch da. Ich sehe an ihr vorbei und weiß, dass das hier ein Traum sein muss. Ein Albtraum. Auf einem Sofa sitzt Daisy. Sie hat ein Glas in der Hand, ihr fehlen zwei Fingerkuppen. Das ist mein Werk. Ihre Krücke hat sie neben sich. Sie starrt mich an. Ihre blonden Haare sind kurz geschnitten. Wie meine, nur dass ich aussehe wie ein Wischmopp und sie noch hübscher ist als sonst. Aber es ist eindeutig Daisy mit den Eisaugen. Sie steht auf, durchquert den Raum und verschwindet durch eine Tür.

»Wo kommt ihr her?«, fragt Zahur. »Geht's euch gut?«

Ich schüttele den Kopf. Da ist nichts, woran ich mich festhalten kann.

Als ich zu mir komme, liege ich auf einer Matratze. Santje ist neben mir und schläft ganz ruhig. Eine Petroleumlampe brennt. Ich setze mich hin, und als mein Kopf endlich aufhört zu taumeln, greife ich nach der Lampe. Wir sind allein in einer kleinen Betonkammer. Ich schiebe den schweren Vorhang zur Seite, halte die Lampe raus und sehe in einen Tunnel, erkenne Schienen einen halben Meter unter mir und höre das Huschen von Ratten, rieche den fast schon vertrauten Gestank.

Ich hocke mich wieder auf die Matratze, mit dem Rücken an die kühle Wand gelehnt, und lausche Santjes Atem. Ich habe keine Lust, allein durch die ekligen Tunnel zu stolpern und den Weg zum Aufenthaltsraum zu suchen. Wer weiß schon, wie viele Smirges da draußen sind. Bestimmt wird irgendwann jemand nach uns sehen.

Ich muss nicht lange warten. Der Vorhang wird zurückgeschlagen. Erst blendet mich ein Licht, dann erkenne ich Aza. Sie hockt sich zu mir und stellt einen dampfenden Blechtopf neben mich. »Ihr seid also wach.«

»Santje schläft noch.«

Eigentlich müsste ich Hunger haben, aber der Geruch aus dem Topf löst bei mir nur Übelkeit aus.

»Gut, dann können wir uns in Ruhe unterhalten. Ich hab euch Suppe mitgebracht.«

Aza hält mir einen Löffel hin. »Mach langsam. Dein Magen ist bestimmt nichts mehr gewöhnt. Ihr seht mitgenommen aus.«

Ich sage ihr nicht, dass ich keinen Appetit habe. »Wie lange habe ich geschlafen?«

»Den Rest der gestrigen Nacht, einen Tag, und nun ist es schon wieder Abend. Was ist dir passiert?«

Aza hat noch dunklere Augenringe als beim letzten Mal, sie sind fast schwarz, als hätte sie kaum noch geschlafen. Ihr Kopftuch ist verrutscht. Sie nimmt es ab, bindet ihre schwarzen Haare zu einem Knoten im Nacken und schlingt das Tuch wieder herum. Nicht mal ihr Haaransatz ist noch zu sehen. Plötzlich fällt mir der Hofgang mit Fatma wieder ein. Ausgerechnet jetzt. Dass ich Zaldas Mutter sagen soll, dass es ihr gut geht. Wobei, das stimmt nicht. Sie hat gesagt, ich soll Bircihan sagen, dass es *ihrer Tochter* gut geht. Und auf einmal wird mir alles klar. Ich hätte gleich drauf kommen müssen. Zalda ist wirklich Matron Pernillas Tochter. Fatma hat sich keine Geschichte ausgedacht, sie hat ihre eigene Geschichte erzählt. Fatmas Mutter ist in den Widerstand gegangen, als Spionin.

Darum ist Fatma schon so lange im Heim und wird nicht abgeholt. Weil sie unter dem Schutz des Militärs steht. Fatmas Mutter hat ihre Tochter zurückgelassen. Nicht Zalda will Matron werden, um anderen zu helfen, sondern Fatma. So ist sie einfach.

Ob Aza Bircihan kennt? Aza ist auch Türkin. Das hat mir Ben erzählt – und dann gleich noch eine Geschichte über einen Derwisch, der auf einem Teppich durch die Gegend flog, Wasserpfeife rauchte und Datteln aß. Er stahl den Reichen das Geld und gab es den Armen.

»Stimmt was nicht?«, fragt Aza.

Muss ich Aza und Zahur vor Bircihan warnen?

»Anna?«

Lebt sie überhaupt noch? Wenn sie hier ist und wirklich eine Spionin, müssen die anderen das wissen. Andererseits weiß ich es ja nicht sicher. Auch nicht, ob sie überhaupt was mit *diesen* Rebellen zu tun hat.

»Anna?«

Es gibt viele Gruppen, hat Ben gesagt.

»Alles okay. Ben ist nicht hier, oder?« Ich weiß nicht, warum ich das frage. Es ist doch offensichtlich.

»Nein. Aber er hat sich gemeldet. Es ist nur ein Zettel, den jemand rausgeschmuggelt hat. Wir wissen, wo er ist.«

Ben lebt! Ich habe es die ganze Zeit gewusst. »Er ist in der Fabrik, oder?«

Azas Augen fragen, woher ich das weiß, aber sie sagt: »Mehr hat er nicht geschrieben, nur dass er dort ist und Hilfe braucht.«

»Und was habt ihr gemacht? Wie kann er da Zettel rausschleusen? Habt ihr ihm geantwortet?«

Sie schüttelt den Kopf. »Offensichtlich gelten für den Fabrikantensohn doch andere Regeln.«

Es dauert, bis die volle Bedeutung des Wortes meinen Verstand erreicht. FABRIKANTENSOHN. Sohn des Fabrikanten. Die Fabrik gehört einem einzelnen Mann?

»Ben hat nichts mit dem Fabrikbesitzer zu tun.«

»Natürlich hat er das. Er ist sein Sohn. Das weißt du nicht?«

Mir ist plötzlich so schlecht, als hätte ich wieder Holunderblätter gegessen. Der Name auf dem Ausweis in Bens Manteltasche. Es fällt mir wie Schuppen von den Augen. Mein Vater hatte von einem Mann gesprochen. Einem Mann, der Geschäfte mit den Befehlshabern des Militärs macht. Der selbst Macht hat. Der Teil des Übels ist.

Der denselben Nachnamen trägt wie Ben.

»Und was macht Ben dann im Widerstand?«, stoße ich hervor.

Aza seufzt. »Ich denke, du bist seine Freundin. Weißt du denn gar nichts?«

»Nein.« Es ist mir so peinlich.

»Na gut«, sagt Aza. »Um es kurz zu machen: Ben hat keinen Kontakt zu seinem Vater. Als seine Mutter gestorben ist, ist er abgehauen. Dabei hätte er es als Fabrikantensohn richtig gut haben können. Er hat eine ganze Zeit allein auf der Straße überlebt. Der kleine Elija hat ihn entdeckt, in einer leeren Wohnung, und hat ihn hergebracht. Ben hat uns alles erzählt, was er über die Fabrik wusste, hat Lagepläne gezeichnet. Er ist sogar noch mal zurück dorthin und hat mehr Informationen gesammelt. Hat Computer gehackt, zusammen mit Elija. Und nun haben wir auch noch eine Spionin direkt in der Fabrik. Wir sind nun bald bereit.«

»Ist Elija auch in der Fabrik?«

»Die WePo hat ihn geschnappt und seine Leiche an der Fabrikmauer aufgehängt.« Aza hält meinen Blick. »Was geschehen ist, ist geschehen. Es bringt nichts, darüber nachzudenken. Man muss die Vergangenheit ruhen lassen, Anna.«

Aber ich kann nicht ruhen lassen, dass Ben mich wieder belogen hat. »War Ben nie in Hamburg?«

»Nicht dass ich wüsste. Was sollte er da?«

Ein bitterer Geschmack kriecht meine Kehle hoch. Natürlich, was sollte er da. »Und er hat auch gar keine Brüder? Einer von der WePo abgeholt, der andere gestorben?«

Aza sieht mich erstaunt an. »Was hat er dir bloß erzählt? Er hat einen Bruder, der beim Vater geblieben ist. Ben nennt ihn einen Verräter. Und er lebt noch, soviel wir wissen.«

Ben hat die ganze Zeit geredet. Aber er hat nie die Wahrheit gesagt.

Die Lüge mit dem toten Bruder finde ich am schlimmsten. Damit hat er mich gelockt.

Mein Bruder ist tot. Willst du mich noch treffen?

Aber sein Bruder lebt. In meinem Hirn klicken Bilder und Gedanken ineinander. Brüder.

Aza redet weiter. »Ich würde nicht Verräter sagen. Er arbeitet einfach für seinen Vater. Sie stehen auf verschiedenen Seiten.«

Klick, klick, klick.

Der Abend im Versteck.

»Ist Bens Bruder etwa Soldat?«, frage ich.

»Natürlich.«

Als ich Santje holen wollte und Daisy den Soldaten gefesselt hatte ... Es kann nur so sein. Jetzt ergibt es Sinn. Der Soldat war Bens Bruder. Die beiden kannten sich, sie sahen sich ähnlich. Wir haben Bens Bruder befreit, aber auch danach hat er nichts gesagt. Nicht ein Wort.

Ben, der von den Soldaten freigelassen wurde. Ben, der angeblich nicht wusste, wo sein Vater ist. Ben, der sich so gut in Berlin auskennt. Ben, der nicht verraten hat, dass er zum Untergrund gehört, bis er nicht mehr weiterwusste und wir hierher geflohen sind. Ben, der Lügner.

»Seit wann ist Ben bei euch?«

»Die Zeit hier unten ...« Aza überlegt. »Ich weiß es nicht genau. Aber mittlerweile müssten es wohl zwei Jahre sein. Wahrscheinlich länger.«

Dann ist Ben wirklich nie in Hamburg gewesen. Nicht mal zwischendurch. Er ist nicht für mich von Hamburg nach Berlin gelaufen, er war die ganze Zeit hier. Er hat nicht ein einziges wahres Wort gesagt.

»Warum?« Ich stelle die Frage laut. Aber ich will gar keine Antwort.

Aza sagt nichts. Nur irgendwann, wie um mich zu

trösten: »Ben ist ein guter Junge. Aber nun erzähl, was euch passiert ist.«

»Sag mir zuerst, was mit Daisy ist.« Hoffentlich ist zumindest das ein schlechter Traum. Aza wird sagen: Welche Daisy? Es gibt hier keine Daisy.

Aber stattdessen sagt sie: »Du kennst Daisy?«

Ich nicke. »Sie und Santje waren dabei, als meine beste Freundin erschossen wurde.«

Aza zögert, als ob sie unsicher ist, ob sie mir mehr erzählen soll.

Es platzt einfach aus mir heraus: »Ich hab genug von dieser Heimlichtuerei. Von all den Lügen. Ich bin keine Verräterin. Du kannst mir vertrauen.«

Aza nickt. »Daisy arbeitet in der Fabrik – als Näherin. Ben hat uns Karten gezeichnet, und Daisy bekommt die aktuellen Abläufe mit, jedenfalls zum Teil. Sie gibt uns alle Informationen, die uns noch fehlen.« Aza schweigt einen Moment. »Das meiste bekommt sie über ihren Freund mit. Es gibt auch solche Soldaten. Sie sind auf unserer Seite und können jederzeit entdeckt werden.«

Daisy hat einen Soldatenfreund, der den Widerstand unterstützt? Sie hilft unserer Gruppe? Da stimmt was nicht. Sie hat noch nie etwas Nettes gemacht oder gesagt oder irgendetwas für andere getan. Jedenfalls nicht, solange ich sie kenne. Ich denke an die Nacht, als Ben und ich sie mit dem Soldaten erwischt haben, Bens Bruder. Ihr wutverzerrtes Gesicht. Wie sie Santjes Flöte auf dem Boden zerschmettert hat. Sie denkt nur an sich. Ich traue ihr alles zu.

Aza schiebt mir die Suppe hin. Mir ist immer noch schlecht, aber ich esse trotzdem ein paar Löffel. Sie ist ein bisschen schleimig und sehr salzig. Ich stelle den Topf wieder auf den Boden. Mehr bekomme ich nicht runter.

Santje stöhnt leise und dreht sich auf die andere Seite.

»Warum habt ihr nicht auf sie aufgepasst?«

»Sie war plötzlich weg«, sagt Aza. »Selbst Smirge hat nicht gemerkt, dass sie an ihm vorbei ist.«

Das wage ich zu bezweifeln. Santje sagt nicht umsonst, dass Smirge lieb ist.

»Sie ist weggelaufen, nachdem Daisy hier aufgekreuzt ist, oder?«

Aza zögert einen Augenblick. »Stimmt, jetzt wo du's sagst ...«

Ich streiche Santje eine Haarsträhne aus dem Gesicht.

»Ich dachte, sie ist weg, um dich zu suchen.« Aza lächelt. »Und sie hat dich sogar gefunden.«

»Zufall«, sage ich. »Sie hat mich nicht gesucht. Santje ist nur wegen Daisy abgehauen. Daisy wird euch reinlegen, glaub mir.«

»Vorsichtig mit solchen Beschuldigungen!« Zahur schlägt den Vorhang zurück. Er sieht Aza an. »Du hast Anna von Daisy erzählt?«

»Die beiden kennen sich.«

»Das ist kein Grund, oder?«

Santje stöhnt wieder und macht die Augen auf. Aza und Zahur reden leise miteinander und ich füttere Santje wie ein kleines Kind. Dann legt sie sich wieder hin und schläft weiter. Sie hält meine Hand ganz fest, als ob sie versucht, mich in ihre Träume mitzunehmen.

»Dann lass mal hören«, sagt Zahur.

Ich erzähle von Daisy und der Sache mit dem Soldaten. Dass er Bens Bruder ist, lasse ich allerdings aus. Ich sage nur, dass Daisy sich immer damit gebrüstet hat, dass sie Soldaten verführt und bekommt, was sie will.

»Ich sehe das Problem nicht. Wir kämpfen alle gegen die Soldaten«, sagt Zahur. Er schüttelt den Kopf, schaut mich an und zeigt auf Santje. »Hierherzukommen war nicht die beste Idee. Wir haben gerade wirklich andere Probleme. Weil ihr Bens Freunde seid, nehmen wir euch auf und helfen euch. Aber ihr verhaltet euch ruhig und zettelt hier keine Streitereien an, verstanden? Wenn du mich zwingst, mich zwischen Daisy und dir zu entscheiden, werde ich Daisy wählen.«

Ich spüre, dass ich rot werde. Meine Wangen glühen.

»Sonst noch was?«

Ich überlege kurz, ob ich die Bircihan-Geschichte erzählen soll. Aber ob er mir jetzt noch glaubt?

Ich schüttele den Kopf.

»Die anderen warten«, sagt Zahur. »Ich muss los.«

»Ich komme gleich nach.« Aza sieht mich an. »Du hast gehört, was er gesagt hat.«

Als Zahur weg ist, fasse ich neuen Mut. Ich erwidere Azas Blick. »Wir müssen uns beeilen. Ben ist schon ewig da drin. Wir haben Glück, dass er überhaupt noch lebt. In der Fabrik werden Menschen zu Essen verarbeitet. Er kann dort jederzeit umgebracht werden.«

Ich wollte eine Verräterin überführen, die wahrscheinlich gar keine ist, dabei liebe ich einen Verräter. Einen, der die Wahrheit verrät. Aber geschlachtet zu werden, hat er trotzdem nicht verdient. Und das Dumme ist, trotz allem, was ich heute erfahren habe, liebe ich ihn noch immer. Als ob mein Herz nicht versteht, was passiert ist, und es auch nicht verstehen will.

Weiß Bens Vater, dass sein Sohn in der Fabrik ist? Wird er besser behandelt als die anderen oder schlechter? Wird er nicht getötet, weil er der Sohn des Fabrikanten ist? Oder wartet sein Vater nur auf den richtigen Moment?

»Wann wollt ihr ihn befreien?«

»So einfach ist das nicht«, sagt Aza.

»Dann erklär's mir!«

»Es ist besser, wenn du möglichst wenig weißt. Damit sind wir hier immer gut gefahren. Für den Fall ...« Aza macht Anstalten aufzustehen. »Und merk dir, was Zahur gesagt hat, mach keinen Ärger.«

Sie darf jetzt nicht gehen! »Mag sein, dass Daisy keine Spionin ist, aber Bircihan ist ganz sicher eine«, sage ich hastig.

Aza erstarrt. Ihr weicht alle Farbe aus dem Gesicht. Dann wird sie rot. Das sehe ich sogar bei der schummrigen Beleuchtung. Und ich denke an Fatma, an mein Versprechen, nichts zu erzählen. Ich habe ein schrecklich schlechtes Gewissen. Aber jetzt habe ich mit der Geschichte angefangen und es gibt kein Zurück mehr.

»Was weißt du über Bircihan?«, zischt Aza.

»Nein, so läuft das nicht.« Ich schüttele den Kopf. »Erst erzählst du mir von euren Plänen. Dann erzähle ich, was ich weiß!«

»Du machst nur Ärger.« Sie setzt sich wieder hin und schweigt noch eine ganze Weile, als würde sie überlegen, ob meine Informationen den Tausch wert sind. Sie blickt sich um, als ob sie nach Zahur sucht. Aber der ist lange verschwunden. Die Minuten tröpfeln vor sich hin.

»Ich will nicht, dass du Zahur damit belästigst, er hat Wichtigeres im Kopf. Ich regle die Angelegenheit.«

Ich nicke.

»Wir haben schon lange Pläne, in die Fabrik einzudringen und sie im besten Fall zu übernehmen. Seit Jahren arbeiten wir daran. Es werden dort nicht nur Lebensmittel hergestellt, es gibt mittlerweile auch Gärten. Das Gelände ist eine kleine funktionierende Stadt in der Stadt geworden. Dort werden auch Soldaten ausgebildet. Die Fabrik ist also verdammt gut bewacht und abgeriegelt. Wir können sie nicht einfach stürmen. Es gibt Abwasserkanäle, die direkt hineinführen, aber wir wissen erst dank Daisy, welche wir am besten benutzen können und wo genau wir in der Fabrik rauskommen. Sie ist für uns ein richtiger Glücksfall. Wir schätzen sie als vertrauenswürdig ein – sie wurde geprüft, so gut es eben geht.«

»Daisy hält sich in Militärstationen auf. Was macht sie da? Sie wusste, dass Ben gesucht wird.«

»Sie weiß eben, wie sie überleben kann. Wie, glaubst du, hat sie Arbeit in der Fabrik bekommen? Die Taktik ist doch klar, Anna. Sie macht sich Freunde bei den Soldaten und spielt uns die Informationen zu. Sie ist auf unserer Seite. Aber Bens Festnahme kam total ungelegen. Wir sind noch nicht so weit.«

»Erklär das mal Ben. *Es kommt uns gerade total ungelegen, dass du bald ermordet wirst, sieh zu, wie du klarkommst. Vielen Dank aber noch für die Informationen.«* Ich sehe Aza scharf an. »Oder im Fall von Bircihan, da kam es wohl total ungelegen, dass sie eine Tochter hatte. Es ist schon Wochen her, dass Ben gefangen wurde. Wie viel Zeit braucht ihr denn noch?«

»Es reicht jetzt.« Aza bleibt ganz ruhig. »Du bist dran. Was weißt du über Bircihan?«

Ihre schwarzen Augen blitzen. Sie kann mich nicht mehr ausstehen. Aber das ist mir egal. Aza ist meine Eintrittskarte. Sie würden mich sonst nie freiwillig mitnehmen.

»Ich will mit in die Fabrik.«

»Vergiss es. Also, was weißt du über Bircihan?«

»Versprich mir erst, dass ihr mich mitnehmt. Dann erzähle ich dir alles. Wenn nicht, rede ich mit Zahur über Bircihan. Und dass du mit mir über eure Pläne gesprochen hast.«

»Du bist widerlich.«

Aza legt ihre Hände in den Schoß und schaut nach unten. Es dauert ewig. Mein Herz klopft so laut, dass ich Angst habe, sie könnte es hören.

Mit einem Ruck hebt sie den Kopf und sieht mich wütend an: »Na gut, wenn du sterben willst, bitte. Ich versuche, bei Zahur ein Wort für dich einzulegen. Das ist alles, was ich tun kann. Wir kennen dich nicht. Es gibt keinen Grund, dir zu trauen. Aber wer weiß, vielleicht gibt es doch Verwendung für dich. Ich hab da schon eine Idee.« Sie lächelt herablassend. »Und jetzt sagst du mir, was du weißt!«

Ich berichte Aza vom Mädchenheim und wie es dort zugeht. Ich erzähle alles, was ich von Fatma weiß. Auch über ihre Vermutung, dass ihre Mutter eine Spionin ist.

Als ich fertig bin, sitzen wir da und schweigen.

»Aber Fatma geht es einigermaßen gut?«, fragt Aza.

»Den Umständen entsprechend schon, denke ich.«

Schade ich Fatma damit, wenn ich ihre Mutter verrate? Ich tue es für den Widerstand. Hätte ich es nicht Aza erzählt, wäre ich damit später zu Zahur gegangen. Aber so habe ich auch noch was davon.

Nein, ich tue es nicht wirklich für den Widerstand, sondern für Ben und mich. Vielleicht bin ich ein schlechter Mensch. Aber es ist mir egal.

Santje wacht wieder auf. Sie legt ihren Kopf in meinen Schoß. Ich halte sie fest. Als sie nach ihrer Flöte greift, mache ich leise »psst«, und sie gehorcht. Sie liegt ganz still da.

»Bircihan ist tot«, sagt Aza. »Fatmas Mutter war meine einzige, meine beste Freundin. Wir waren schon in der Schule unzertrennlich.« Sie lacht bitter. »Dass es mal Schulen gab ... Es war ein anderes Leben in einer anderen Welt. Dann sind wir eine Zeit lang getrennte Wege gegangen. Ich bin vor ihr zum Widerstand gekommen. Ich habe versucht, sie zu überreden, mir zu folgen, obwohl sie Soldatin war. Sie wollte es, aber bevor es dazu kam, wurde sie erschossen. Vor sechs Jahren, bei einem Straßenkampf.« Aza reibt sich die Augen und steht auf. »Ich habe immer gehofft, dass ihre Tochter in eins der Kinderheime gebracht wurde, dass sie dort in Sicherheit ist. Die Militärregierung sorgt für die Kinder der gefallenen Soldaten. Schließlich wusste niemand von den Plänen ihrer Mutter.«

Ich nicke und nach einem Moment fährt Aza fort: »Bircihan war keine Spionin. Ist sie nie gewesen. Sie wollte zu uns überlaufen, aber der Krieg hat es verhindert.«

Sie sieht mich an, als ob ich ein kleines Kind bin, das nichts versteht. Als ich gerade den Mund aufmache, um zu protestieren, packt Aza meine Schulter. »Kein Wort darüber zu Zahur, haben wir uns verstanden? Sonst nehme ich dich nicht mit.«

Ich nicke wieder. Das Ganze hier war vielleicht nicht gerade nett von mir, aber ich bekomme so hoffentlich, was ich will. Sie lassen mir doch gar keine andere Wahl.

Bevor Aza geht, will ich noch eins wissen: »Warum habt ihr nicht schon früher etwas unternommen?«

»Die Militärregierung ...« Aza bricht ab und fängt wieder an: »Der Widerstand ist nicht einheitlich organisiert. Es gibt viele unterschiedliche Interessen ... Ach, was rede ich überhaupt noch mit dir. Jemand holt dich morgen Früh ab. Seh zu, dass du ausgeschlafen bist.«

VERRAT

Es ist Aza selbst, die mich abholt. »Bald ist es so weit. In zwei Tagen steigen wir in die Fabrik ein. Komm.«

Das klingt so leicht. *Wir steigen in die Fabrik ein.* Als ob ich meinen Eltern zurufe, dass ich mal eben zu Luki rüber laufe.

»Wieso geht's jetzt auf einmal so schnell?«

»Das braucht dich nicht zu interessieren.«

Vor der Tür zum Aufenthaltsraum sagt Aza: »Ich hab Zahur überredet. Du bist nachher bei der Versammlung dabei. Weil du die Freundin von Ben bist und er viel für uns getan hat. Außerdem imponiert es Zahur, dass du es geschafft hast, aus dem Mädchenheim zu fliehen und dich zu uns durchzuschlagen. Du bist zäh und mutig, das können wir brauchen. Ich hab ihm eine ganz besondere Rolle bei dem Ganzen für dich vorgeschlagen. Er hat erst gezögert. Aber wenn du's unbedingt willst, ist er einverstanden.«

Ich sehe sie skeptisch an. In ihrem Ton schwingt etwas mit, was mir nicht gefällt. Was soll diese besondere Rolle sein, die ich beim Einstieg in die Fabrik spielen soll? Aber eher würde ich mir die Zunge abbeißen, als sie zu fragen.

»Denk an unseren Deal: kein Wort zu Zahur. Sonst bist du raus. Klar?«

»Klar.«

Santje und ich dürfen duschen. Das Wasser ist heiß und es gibt sogar Seife. Wir bekommen auch neue Kleidung. Von der Unterwäsche bis zu den Schuhen. Eine Frau bringt mir Nagelschere und Feile, und als ich um eine Bürste bitte, bekomme ich sogar die. Ich fühle mich wirklich wie neu, als wäre ich gerade frisch erfunden worden.

Danach sitzen wir im Aufenthaltsraum, essen Suppe und beobachten die Leute. Es herrscht ein ständiges Kommen und Gehen. Niemand beachtet uns. Die Stimmung ist ganz verändert. Es fühlt sich an, als hätte jemand in einen Insektenbau gestochen, und nun ist alles in sirrender Aufregung. Auch ich bin nervös.

Ein Mann holt mich ab. Er hat ein Mädchen namens Yala dabei, das sich um Santje kümmern wird. Sie sieht sehr nett aus und strahlt Santje an. »Komm, wir malen was.«

Santje hat mich sofort vergessen und wendet sich dem Block und den Stiften zu, die Yala dabei hat.

Der Mann führt mich einen langen verwinkelten Gang entlang, von dem Türen abgehen. Er erinnert mich an das Mädchenheim, nur dass die Decken hier niedrig und die Wände feucht sind. Der Putz bröckelt, die Neonröhren flackern. Nachdem wir eine Weile gelaufen sind, öffnet der Mann eine Stahltür und entlässt mich in einen

Versammlungsraum mit vielen Stühlen und einem Tisch in der Mitte. Fünf Männer und Frauen sitzen zusammen, darunter Aza und Zahur - und Daisy. Sie und ich begnügen uns damit, uns mit Blicken zu ermorden, das muss fürs Erste reichen. Ein Nicolai wird mir vorgestellt und eine Tabea, die ich vom Sehen kenne. Beide tragen dunkle Tarnanzüge und machen den Eindruck, als würden sie am liebsten sofort losziehen.

Ich setze mich in die Runde. Zahur sorgt für Ruhe und erklärt dann, wie ein kleiner Trupp über einen bestimmten Abwasserkanal in die Fabrik eindringen wird. Höchstens zwei, drei Leute. Der Kanal endet mitten im Obstgarten der Anlage und ist, laut Daisy, umgeben von einigen Büschen und Bäumen.

»Es gibt Wachgänge jede Viertelstunde«, sagt Zahur. »Ihr habt also fünfzehn Minuten Zeit, zu den Baracken zu laufen und die Wache am kleinen Tor auszuschalten. Da kommt ihr am besten mit den Befreiten raus - wie besprochen.«

Nicolai und Tabea nicken. Sie wirken wie Zwillinge, die alles nur gemeinsam machen.

Die Karte, die Ben gezeichnet hat, liegt auf dem Tisch. Es ist seltsam, etwas zu sehen, das Ben gemacht hat. Skizzierte Wege, Gebäude, seine Handschrift. Ich stelle mir vor, wie er die Augen zusammenkneift, sich zu erinnern versucht, wie es in der Fabrik aussieht, und anfängt zu zeichnen. Auf einmal ist er so nah. Er existiert nicht nur in meinen Träumen. Ich streiche ein paarmal über das Papier, als würde er dann vielleicht daraus aufsteigen, wie ein Geist aus einer Wunderlampe. Aber natürlich passiert nichts.

Ich versuche, mich zu konzentrieren. Das Fabrikgelände ist sehr groß. Aber uns interessiert erst mal nur ein bestimmter Teil.

Daisy steht auf. »Ich muss jetzt los. Ich hab die Schicht bis morgen Früh. Übermorgen, wenn ihr kommt, hab ich wieder die Nachtschicht. Ich werde also auf jeden Fall da sein.«

Zahur bringt Daisy zur Tür. »Bis dann also. Du hilfst uns wirklich sehr.«

Daisy wird von dem Mann, der mich hergeführt hat, begleitet.

»Nun zum anderen Teil des Plans ...«, sagt Zahur.

Ich höre gebannt zu. Es geht nicht nur darum, die Zwangsarbeiter rauszuholen, wie vor Daisy behauptet wurde. Die Fabrik soll eingenommen werden. Aza hatte es mir ja auch schon gesagt. Vertrauen sie Daisy also doch nicht ganz? Warum dann mir? Warum darf ich das alles hören? Aza muss ein paar mehr Worte bei Zahur für mich eingelegt haben.

Eigentlich ist mir egal, was genau sie vorhaben. Hauptsache, Ben kommt frei. Wenn ich an ihn denke, ist da immer beides gleichzeitig, das Stechen in meinem Herzen und die Schmetterlinge in meinem Bauch. Trotz allem, was ich über ihn erfahren habe, ich vermisse seine Haut, seinen Geruch und sein Lachen. Ich glaube, das wiegt immer noch stärker als all die Lügen, als alles, was er mir nicht gesagt hat. Und obwohl ich lange geschlafen und gerade wieder Suppe gegessen habe und es mir gut gehen müsste, ist mir schwindelig und heiß, als hätte ich hohes Fieber.

Die Leute, die durch den Abwasserkanal eindringen, sollen das kleine Tor öffnen, von dem Daisy gesprochen hat. Nur sollen nicht die Zwangsarbeiter dadurch fliehen, sondern erste Rebellen sollen durch dieses Tor hineinkommen, um dann die Wachen am großen Tor zu erledigen. Danach ist der Weg frei für Nicolais Trupp, der sich bis dahin in Stellung gebracht hat. Das alles muss schnell und leise vor sich gehen. Das Überraschungsmoment liegt auf unserer Seite.

»Und nun zu dir, Anna.« Aza fixiert mich mit ihrem Blick. »Zahur und ich haben beschlossen, dass du mit durch den Tunnel gehst. Du kletterst als Erste raus und versuchst, das Tor zu öffnen. Wir zeigen dir noch die genaue Lage auf dem Plan.«

»Wir sind stolz auf dich, dass du bereit bist, dich zu opfern«, sagt Zahur. »Wir wollen es nicht hoffen, aber wenn du erschossen werden solltest, haben Tabea und ich noch eine gute Chance zu reagieren.«

Tabea nickt und Nicolai gähnt, als sei das die langweiligste Sache der Welt.

Aza lächelt mich an. Sie hat mich reingelegt! Darum darf ich also alles wissen, weil ich wahrscheinlich sowieso bald tot sein werde.

Ich bin aufgeregt und plötzlich übernervös, mein Herz schlägt schneller. Die Wut auf Aza brodelt gegen die Angst an, die durch meinen Körper kriecht. Das hat Aza wirklich geschickt eingefädelt. Was wäre, wenn ich Nein sage, wenn ich mich nicht opfern will? Was würden sie dann mit mir machen?

Aber in mir strafft sich etwas. Ich setze mich sehr gerade hin. Ich denke an Ben. Das Gefühl, ihn zu küssen und von ihm festgehalten zu werden, ist das Schönste, was ich jemals hatte. Wenn wir uns wiedersehen, werden wir uns nie mehr loslassen. Dann wird in unserer Umarmung die Welt verschwinden und die Angst und der Krieg. Deswegen habe ich bis hierher durchgehalten. Sonst habe ich nichts. Also werde ich es zu Ende bringen, und zwar lebend.

»Es gibt noch eine Änderung des Plans«, sagt Zahur.

Aza richtet sich auf. »Was meinst du?«

»Nicolai, dein Trupp ist in Stellung?«, fragt Zahur.

Nicolai richtet sich in seinem Stuhl auf. Bisher hat er nur mit halb geschlossenen Lidern dagesessen und zugehört. »Alle sind bereit.«

Auch Tabeas Augen blitzen, sie ist jetzt hellwach, aber sie sagt nichts.

»Gut.« Zahur nickt.

»Was soll das heißen?«, fragt Aza.

»Wir gehen schon heute Abend rein.«

»Was? Das ist nicht mit mir abgesprochen!« Aza stützt sich mit den Händen auf dem Tisch ab und funkelt Zahur an. »Wie kannst du es wagen? Misstraust du mir etwa?« Sie sieht aus, als würde sie Zahur am liebsten an die Kehle gehen.

»Wir sind bereit, um zuzuschlagen. Hast du etwas dagegen?«, fragt Zahur ruhig.

Nicolai und Tabea werfen sich verstohlene Blicke zu. Etwas geht hier vor, das ich überhaupt nicht verstehe.

»Natürlich nicht«, presst Aza heraus. »Aber du hättest mit mir sprechen müssen.«

Nicolai steht auf. »Mein Trupp wartet auf mich.«

Zahur nickt.

Aza erhebt sich ebenfalls. »Ich komme mit, Nicolai.«

»Nein«, widerspricht Zahur. »Du kommst mit uns durch den Tunnel.«

Die Tür fällt hinter Nicolai zu.

Aza baut sich vor Zahur auf. »Ich bin in Nicolais Trupp. So hatten wir's besprochen. Falls einer von uns stirbt, wird der andere den Widerstand anführen.«

Zahur nimmt ihre Hände in seine. »Ich brauche dich an meiner Seite. Wir sind ein Team.«

Tabea sieht mich an. »Und wir sind auch ein Team.«

Aza setzt sich wieder hin. »Ich verstehe dich nicht mehr, Zahur.«

Ich kann nicht erkennen, ob sie sich beruhigt hat. Sie schüttelt nur schweigend den Kopf.

Zahur erklärt unser Vorgehen. Wir haben noch ein bisschen Zeit, uns auszuruhen und vorzubereiten. Sobald es dunkel wird, gehen wir los. Mit Nicolai ist abgesprochen, wann wir da sein werden. Sein Trupp hält sich bis dahin in Deckung.

Wenn wir erst mal drin sind, habe ich die Aufgabe, zum kleinen Tor zu laufen. Sofern mich niemand vorher erschießt. Ich schaue auf den Plan, präge mir die Lage des Tors genau ein. Tabea wird mir Rückendeckung geben und die Wache erledigen, die, laut Daisy, sehr wahrscheinlich am Tor steht. Ich muss nur einen Bolzen zurückschieben und die ersten Rebellen einlassen. Die öffnen dann das große Tor und es geht los.

Zahur und Aza werden sich ein Stück hinter mir und Tabea halten. Wenn uns etwas passiert, übernehmen sie.

Sobald das große Tor offen ist, werden die Tunnelmenschen die Fabrik stürmen. Der ganze Trupp besteht aus über dreihundert Leuten. Am schwierigsten wird es für sie, sich verdeckt der Fabrik zu nähern, bis der Zeitpunkt zum Angriff gekommen ist.

Bis zum Aufbruch soll ich mit Santje in dem Raum warten, in dem wir geschlafen haben. Aza und Zahur bleiben zurück.

Im Aufenthaltsraum hole ich Santje ab. Tabea führt uns über die Gleise. Als wir vor unserem Betonzimmer stehen und Tabea sich umdreht, um zurückzugehen, sage ich: »Es ging überhaupt nie darum, Ben zu befreien.«

Sie sieht mich erstaunt an. »Nein, natürlich nicht. Es geht nicht um einen einzelnen Menschen. In dieser Stadt brauchen Tausende Menschen Hilfe. Es fehlt an allem. Die Leute haben kein Wasser, nichts zu essen. Ganz zu schweigen von medizinischer Versorgung. Und denk erst an das ganze Land! Die Fabrik zu besetzen, ist nur der Anfang.« Sie zögert einen Moment und schaut mir fest in die Augen. »Es ist heldenhaft, dass du dich für unsere Sache opferst.«

Ich nicke, was soll ich sonst machen.

»Eine Wache ist zu deiner Sicherheit abgestellt. Wir passen ab jetzt gut auf dich auf.«

Natürlich wollen sie nur verhindern, dass ich abhaue. Es ist egal. Ich habe mich entschieden.

Santje zeigt mir die Bilder, die sie mit Yala gemalt hat. Viele Strichmännchen liegen zwischen Häusern herum. Sie erklärt mir, wer das alles ist, zählt die Namen der Toten auf. Ein anderes Bild zeigt eine Wiese mit Blumen. »Dort werden wir leben.«

Ich liege auf meiner Matratze und versuche, noch ein bisschen zu schlafen, aber es geht nicht. Ich lausche, doch es ist nicht viel zu hören. Mal tropft es von der Decke, mal höre ich ein Scharren oder Rascheln. Ich spähe nach draußen. Ein bewaffneter Mann nickt mir zu. Ich ziehe den Vorhang ganz dicht zu. Die Petroleumlampe brennt. Wir haben es warm, wir sind satt. Aber ich kann es nicht genießen. Es ist nur eine Galgenfrist.

Es ist unheimlich hier. Ich mag die Tunnel einfach nicht. Jodoks Hütte ist auch dunkel gewesen, aber es war eine leuchtende Dunkelheit. Diese hier ist stumpf. Ich friere, meine Zähne klappern aufeinander. Ich kann gar nicht aufhören damit. Ob das die Angst ist?

Santje erkläre ich, dass ich heute Abend Ben holen werde und dass sie hier warten muss. Sie setzt ihre Flöte an und spielt meine Lieblingsmelodie. Sie klingt irgendwie alt und gelassen. Wie ein Bach, der ganz ruhig durch Wälder und Felder plätschert. Die Sache ist nur, dass ich nun weiß, dass es keine fröhlich plätschernden Flüsse gibt. Und kein schönes Land. Überall herrscht Trauer und Schrecken.

»Ja«, sage ich zu mir selbst. »Ich hole Ben.«

Aber dass wir alle irgendwann in einem gelobten Land leben werden, daran glaube ich nicht mehr.

Über die Musik muss ich doch eingeschlafen sein. Ich schrecke hoch, als mich jemand am Arm packt. Tabea.

Sie sieht mich an. »Geht's dir gut? Du bist ganz blass.« Ich spüre ihre kühle Hand auf meiner Stirn. »Du glühst ja!«

»Alles in Ordnung.«

»Okay. Es geht los.« Sie nimmt unsere Lampe und führt uns wieder über die Gleise, die Leiter hoch. Im Vorraum bleibt meine Wache zurück. Und im Versammlungsraum wartet Yala schon auf Santje. Diesmal hat sie eine Mundharmonika dabei. Santje wird es gut haben. Das erste Mal denke ich daran, dass ich vielleicht wirklich nicht zurückkommen werde.

Ich nehme Santje in den Arm.

Sie windet sich. »Zu fest.«

»Pass gut auf sie auf, Yala.«

Das Mädchen nickt.

Mit Tabea gehe ich wieder den langen Gang mit den flackernden Neonröhren entlang. Wir bleiben vor einer Tür mit vielen Schlössern stehen. Es dauert eine Weile, bis Tabea alle aufgeschlossen hat.

In dem kleinen Raum stattet sie mich aus. Ich bekomme Tarnkleidung und eine leichte, aber warme Jacke.

Die Regale waren sicher einmal voller Waffen. Jetzt liegen nur noch zwei Maschinengewehre darin, eine Pistole und ein Schalldämpfer, die Tabea auf den Tisch legt. Sie packt Munition dazu. »Du kannst damit umgehen?«

Ich nicke zögerlich und lasse mir vorsichtshalber den Mechanismus zeigen. Ich schraube probeweise den Schalldämpfer auf. Tabea selbst trägt zwei Maschinenpistolen und am Gürtel Rauchbomben und eine Gasmaske. Ich frage besser nicht, warum ich keine bekomme.

Ich schlottere immer noch.

Graue Nacht umfängt uns, als wir aus den Tunneln kommen. Es ist wieder ein anderer Ausgang und wir müssen über eine wacklige Holzleiter noch ein Stück nach oben klettern. Die Wolken hängen tief, der Mond ist nicht zu sehen.

»Gut für uns«, flüstert Tabea. »Und warm ist es auch.« Sie reicht mir eine graue Mütze. Meine Hände zittern, als ich sie aufsetze und meine Haare darunter verstecke.

Ich fühle mich unendlich schwach. So kurz vor dem Ziel. Es ist mir egal, was danach geschehen wird. Ich hab doch sowieso nie wirklich weiter gedacht als bis zu diesem Tag. Bis zum Wiedersehen mit Ben.

»Wo sind Zahur und Aza?«

»Sind eine halbe Stunde vor uns los«, sagt Tabea. »Wenn uns was passiert, ziehen sie's allein durch. Und umgekehrt. Komm jetzt. Wir müssen in einer Stunde da sein.«

Sie geht voraus. Ihre schmale Gestalt in der dunkelgrauen Kleidung verschmilzt mit der Umgebung. Wenn ich zu weit zurückfalle, verliere ich sie aus den Augen. Es kostet mich alle Kraft hinterherzukommen.

Graue Straßen gehen in graue Straßen über. Wir umrunden Schuttberge, halten uns möglichst im Schutz der Häuser. Ich verlasse mich ganz darauf, dass Tabea immer Nischen im Auge hat, in denen wir Schutz finden können. Ich habe nicht genug Energie, um auf alles zu achten. Ich sehe in den Himmel. Da ist nur die Nacht, keine Hubschrauber, keine Drohnen.

Es fällt mir immer schwerer, Schritt zu halten. Wie soll das bloß erst im Kanal werden?

Ein paarmal huscht Tabea in Hauseingänge und zieht mich mit sich. Aber nur einmal rollt ein Patrouillenjeep an uns vorbei. Ich lehne mich an die Wand und schließe einen Moment die Augen.

Tabea legt eine Hand auf meine Stirn. »Du hast hohes Fieber. Du bist total krank. Was sollen wir jetzt mit dir anfangen?«

Ich kann doch nichts dafür. Was soll ich denn machen? Also sage ich nichts.

Zahur und Aza kommen aus ihrem Versteck, als wir an der verabredeten Stelle sind. Sie haben schon die Versiegelung des Gullys gelöst. Zwei Handgriffe und der Deckel liegt neben der Öffnung.

Aza sieht wütend aus. Ihre Augen sind zu Schlitzen verengt. Sie kann nicht verbergen, dass sie innerlich kocht.

»Los geht's«, sagt Zahur.

Wir steigen eine Eisenleiter hinab. Erst Tabea, eine Taschenlampe zwischen den Zähnen, dann ich, dann Aza, dann Zahur, auch mit Taschenlampe. Ich höre, wie er über uns den Deckel zuzieht. Das Ratschen auf dem Asphalt.

Ich schicke ein Stoßgebet los, dass keine Patrouille vorbeikommt und merkt, dass der Gully keine Versiegelung mehr hat.

Meine Beine sind wie Pudding. Ich halte mich krampfhaft an den rostigen Sprossen fest.

Unten angekommen, bittet Zahur uns zuzuhören. »Aza und ich haben den Plan noch mal geändert.«

Azas Blick nach zu urteilen, hat Zahur den Plan allein geändert. Sind das alles nur Sicherheitsvorkehrungen oder misstraut er Aza so sehr? Wem kann er überhaupt vertrauen?

»Wir tauschen die Teams. Ich führe euch durch den Kanal an. Aber dann sind Anna und Aza dran. Anna öffnet den Deckel, steigt aus, Aza hinterher. Dann kommt Tabea, wenn die Luft rein ist. Ich bin der Letzte. Wir geben euch Feuerschutz, bleiben aber in Deckung. Aza erledigt die Wache. Anna öffnet das Tor. Wenn etwas schiefgeht, übernehmen Tabea und ich. Egal wie, das Tor muss geöffnet werden.«

Der Kanal ist halbrund gemauert und ich kann gerade so darin stehen. Zahur muss gebückt gehen. Seine Taschenlampe beleuchtet grünliches Wasser. Vorsichtig setzt er einen Fuß hinein, leuchtet nach vorn. Links gibt es einen

Absatz, aber der ist zu schmal, um darauf zu laufen. Das Wasser steht knöcheltief und meine Füße sind sofort pitschnass. Wir machen die ersten Schritte, ertasten mit jedem Schritt den Boden, um nicht über irgendetwas zu stolpern und in die stinkende Brühe zu fallen.

Es sind nicht nur unsere Schritte, die das Wasser aufwühlen. Vor und hinter uns höre ich es plätschern. Auf dem Absatz neben mir trappelt und scharrt es. Ratten, überall. Mechanisch laufe ich weiter und pralle plötzlich gegen Tabea.

»Hey!«, flüstert sie. »Pass gefälligst auf.«

Der Abwasserkanal teilt sich. Zahur zieht einen Kompass aus der Tasche und entscheidet sich für die Abzweigung nach rechts. Dieser Gang ist noch viel schmaler. Die Lichtkegel der Taschenlampen huschen auf beiden Seiten über die Wände.

Nach einer Weile liegt der Tunnel trocken, aber die Luft wird schlechter. Es gibt nicht viel Sauerstoff hier drin. Wir reden nicht. Eingehüllt in das dämmrige Licht verliere ich jedes Zeitgefühl.

»Wir sind da«, flüstert Zahur.

Ich trete als Letzte in den rund gemauerten Raum. Kein Gang links und auch keiner rechts. Der Tunnel endet an einer Wand. Die Lichtkegel der beiden Taschenlampen erfassen eine schmale Eisenleiter. Unser Weg führt nach oben.

»Wir sind zu früh«, sagt Zahur nach einem Blick auf seine Uhr.

»Ich will die Sache endlich zu Ende bringen«, sage ich.

»Wir warten.« Zahurs Stimme duldet keinen Widerspruch.

»Wie lange noch?«, fragt Aza.

»Halbe Stunde«, antwortet Zahur.

Wir setzen uns auf den Boden.

Meine Zähne klappern wie wild. Ich friere erbärmlich. Meine nassen Füße machen es noch schlimmer. Ich denke plötzlich, dass ich auch nicht besser bin als Daisy. Ich will nur etwas für mich. Ich will den einzigen Menschen befreien, dem ich etwas bedeute.

Zalda wollte ihrer Mutter eins auswischen, darum hat sie mir geholfen. Fatma wollte, dass ich ihre Mutter finde, darum hat sie mir die Geschichte erzählt. Jeder will etwas für sich. Vielleicht ist das normal und vielleicht kommt am Ende ja tatsächlich etwas Gutes für alle raus. Jedenfalls hoffe ich das.

Es dauert drei Stunden, bis die dreißig Minuten rum sind. Wir sitzen im Dunkeln. Ich muss mich zusammenreißen, damit ich nicht einschlafe. Von Zeit zu Zeit leuchtet Zahurs Taschenlampe auf und er sieht auf die Uhr.

Jedes Eckchen Stein in der Mauer frisst sich durch die Jacke in meinen Rücken.

Zahurs Taschenlampe leuchtet wieder auf. »Es ist so weit.«

Tabea knipst ihre Lampe an. Aza schraubt den Schalldämpfer auf ihre Pistole. Ich mache es ihr nach. Meine Beine schmerzen. Als ich versuche aufzustehen, sacke ich gleich wieder zusammen. Mir wird schwarz vor Augen.

»Was sollen wir mit ihr machen?« Tabeas Stimme klingt genervt und ärgerlich. »Es hat doch keinen Sinn, sie voranzuschicken.«

Ich bin mittlerweile auch genervt. »Es geht schon.« Aber wieder sacken mir die Beine weg, weil wir so lange in der Hocke saßen. Sie müssen mir nur noch ein wenig Zeit geben.

»Gar nichts geht«, sagt Tabea. »Es war echt eine beschissene Idee, dich mitzunehmen.«

Zahur steht auf. »Es reicht.«

Ich raffe all meine Kraft zusammen und lege meine Hände auf die Sprossen. »Ich schaffe das.«

»Bereit?«, fragt Zahur.

»Bereit«, sage ich.

Die Taschenlampen gehen aus.

Im Stockdunkeln klettere ich Sprosse um Sprosse hoch, taste mich vorwärts, erreiche den Deckel. Ich stemme mich mit aller Kraft dagegen, drücke ihn hoch, schiebe ihn zur Seite.

Adrenalin rauscht durch meinen Körper. Wird jemand schießen? Ich stecke den Kopf hinaus, sauge die frische Luft ein. Alles ist ruhig. Ich robbe aufs Gras, bleibe bäuchlings liegen, orientiere mich kurz. Der Eingang zum Kanal ist, wie von Daisy beschrieben, von einigen Büschen umgeben. Links von mir erkenne ich ein paar flache Gebäude – das müssen die Baracken sein. Dahinter die hohe Mauer. Die Stacheldrahtrollen darauf heben sich gegen den Himmel ab. Es gibt einige Straßenlaternen, aber nur eine vor den Baracken leuchtet. Sonst gibt es nur ein Licht am Tor. Es ist keine zwanzig Meter entfernt. Eine Wache geht davor auf und ab. Mein Blick gleitet die Mauer entlang nach rechts. Die Mauer macht einen Knick. Das große Stahltor muss um die Ecke sein. Ich kann es von hier aus nicht sehen.

»Kss«, macht es hinter mir. Ich sehe mich um. Aza liegt auf dem Gras und funkelt mich an. Sie bringt das Gewehr mit Zielfernrohr in Stellung.

Ich husche hinter den nächsten Busch, zwei Meter dichter ans Tor heran. Doch bevor ich lossprinten kann, höre ich Geräusche. Ich hocke mich wieder hin. Ein Soldat kommt aus den Baracken. Was will der ausgerechnet jetzt? Er geht zur Wache am Tor. Sie reden. Die Wache holt etwas aus der Tasche. Die beiden zünden sich Zigaretten an. Wir haben fünfzehn Minuten bis zum nächsten großen Wachgang. Wie viel Zeit ist schon vergangen?

Endlich verschwindet der Soldat wieder zwischen den Baracken. Die Wache dreht mir den Rücken zu, schaut nach oben. Jetzt! Ich sprinte los, verlasse mich darauf, dass Aza ihren Job macht. Für mich zählt nur der Bolzen am Tor. Noch drei Meter, die Wache dreht sich um, sieht mich, öffnet den Mund. Doch bevor der Schrei kommt, sackt der Mann in sich zusammen.

Ich bin da, beachte den Körper nicht, sehe nur den Bolzen, ziehe und rüttle und stoße. Das Ding bewegt sich nicht. Es geht einfach nicht. Aza ist neben mir. Aber da löst der Bolzen sich schon. Endlich. Ich öffne das Tor. Die Rebellen sind da, dringen lautlos ein, huschen an der Mauer entlang zum großen Tor. Es dauert nicht lang, dann höre ich Kampfgeräusche, Schläge, Stöhnen. Das Rattern von Metall auf Schienen, das große Tor wird aufgeschoben.

Ich will losrennen, zu den Baracken. Aber dann sehe ich Aza. Etwas stimmt nicht. Sie steht ungeschützt da, mitten auf dem Weg, als würde sie auf etwas warten.

Füße trappeln, ein Strom Rebellen ergießt sich auf das Gelände. In dem Moment reißt Aza den Mund auf und schreit: »Alaaaaaarm!« Wieder und wieder.

Alles geschieht auf einmal. Scheinwerfer flammen auf. Schüsse krachen. Soldaten kommen von überall her. Plötzlich ist alles verraucht. Zahur läuft uns entgegen, bleibt stehen. Aza zieht ihre Pistole, aber Zahur schießt zuerst. Aza klappt zusammen.

Schüsse und Schreie. Und noch mehr Schüsse. Menschen rennen durcheinander. Die Scheinwerferkegel fliegen hin und her. Überall ist Rauch. Beim Kanaleingang kämpft Tabea mit einem Soldaten. Ich renne zu ihr, schmeiße mich von hinten auf den Soldaten, hänge an seinem Rücken. Er lässt Tabea los, stößt seinen Ellbogen nach hinten in mein Gesicht. Rote Punkte tanzen vor meinen Augen. Ich krache auf den Boden, krieche ein Stück weg. Komme nicht auf die Füße, drehe mich auf den Rücken. Ein Schuss peitscht durch die Luft. Tabea sinkt zu Boden.

Rasende Wut rauscht durch meinen Körper. Ich ziehe meine Waffe. Der Soldat ist nur einen Meter weit entfernt, dreht sich zu mir. Ich schieße im Liegen, treffe seine Brust. Er fällt neben Tabea. Keuchend liege ich noch einen Moment da.

Ich muss Ben suchen.

Stöhnend stehe ich auf. Daisy humpelt an ihrer Krücke auf mich zu.

»Wir müssen hier weg. Komm!« Sie hat den Kanaleingang im Blick. »Hilf mir.«

Ich mache ein paar Schritte auf sie zu. Doch bevor ich bei ihr bin, werden ihre Augen groß. Erstaunt sieht sie mich an. Sie fällt nach vorn. Ich versuche, sie zu halten, aber sie ist so schwer. Ich rutsche mit ihr auf den Boden. Auf ihrem Mantel breitet sich ein dunkler Fleck aus.

»Es tut mir leid«, flüstert sie.

»Sch ... Ich hole Hilfe!«

Ein Soldat steht vor mir. Legt an.

Ich erstarre, kann mich nicht bewegen, wie früher.

Dunkle Augen blicken mich an, graue Haare, grauer Spitzbart.

Er zieht mich hoch. Seine Faust donnert in mein Gesicht. Er drängt mich zum Kanaleingang. Zwingt mich hinein.

Noch ein Schlag und noch einer. Meine Füße rutschen ab. Mein Kopf explodiert.

Ich falle. Mein Körper schlägt auf. Aus.

Ben und ich

Als ich die Augen öffne, blinzle ich in warmes Licht. Es riecht nach Rauch. Ben sitzt neben mir und hält meine Hand. In seinem Mundwinkel baumelt eine Zigarette. Er drückt sie auf dem Boden aus.

Ich fasse seine Hand fester. Es riecht nach Tunnel und neben mir fiept eine Ratte. Sie stellt ihre Pfoten auf den Rand meiner Matratze.

Mein Mund ist trocken. Jeder Zentimeter meines Körpers schmerzt. Ben hilft mir, mich aufzusetzen, und hält einen Becher an meinen Mund. Ich trinke gierig das kühle Wasser, gleite zurück auf die Matratze.

Ben sieht mich eine Weile an, bevor er anfängt zu reden. »Mein Bruder hat mir geholfen.«

Ich kann es mir nicht verkneifen: »Ich denke, deine beiden Brüder sind tot.«

Ben zieht seine Hand weg. Ich nehme sie wieder, hole ihn ein Stück näher an mich heran. »Erzähl. Bitte.«

Er spricht langsam. »Ich lag auf meinem Bett in der Baracke, als ich plötzlich Schüsse und Schreie hörte. Wir sprangen alle auf und drückten uns an die Fenster. Draußen war alles vernebelt von Rauchbomben, Soldaten liefen überall herum und dazwischen unsere Leute. Wir konnten nicht raus, die Türen waren verschlossen und die Fenster sind alle vergittert. Doch dann wurde aufgeschlossen. Wir stürmten raus. Aber mich packte jemand. Matteo. Er ist mein Bruder.« Ben atmet einmal tief ein. »Er war der Soldat, den du freigelassen hast.«

»Den *du* freigelassen hast.«

»Wir liefen über das Gelände, in dem Chaos achtete niemand auf uns. Er sagte: *Das hier ist der Ausgleich, jetzt sind wir beide quitt* und brachte mich zum Loch, das runter in den Abwasserkanal führt. Und da unten hab ich dich gefunden.«

Ich nicke. »Was ist mit den anderen? Was ist mit Tabea?«

»Sie ist tot. Und viele andere auch. Aber die Fabrik ist von uns besetzt.«

»Und Zahur?«

»Er lebt.«

»Ich habe auf einen Soldaten geschossen. Er muss neben Tabea gelegen haben.«

Ben zuckt mit den Schultern. »Keine Ahnung.«

Ich schließe einen Moment die Augen. Ich habe jemanden erschossen. Es sollte mir nichts ausmachen. Es ist Krieg und es war Notwehr. Aber es macht mir etwas aus. Ich öffne die Augen. »Was ist mit deinem Vater?«

»Der war nicht da.«

Wir schweigen.

»Ich kann nichts dafür, dass er mein Vater ist.«

Wir schweigen wieder.

»Wie geht's Santje?«, frage ich schließlich.

»Alles okay mit ihr. Du kannst sie gleich sehen.«

»Das ist gut.«

Er drückt meine Hand.

»Wie bin ich hierhergekommen?«, will ich wissen.

»Als alles vorbei war, hab ich dich aus dem Tunnel geholt. Die Leiter hoch.« Er lächelt mich schief an. »Du bist ganz schön schwer.«

»Heldenhaft«, sage ich. Aber es klingt noch ein bisschen beleidigt. Ich habe ihm vertraut und er hat mich getäuscht. Und ich weiß nicht, ob ich das jemals ganz vergessen kann. »Am schlimmsten finde ich, dass du mir erzählt hast, dass deine Brüder tot sind.«

»Elija war wie ein Bruder für mich«, verteidigt sich Ben.

»Und der andere?«

Ben zieht die Schultern hoch. Er sieht mich unsicher an und legt sich neben mich, seinen Kopf an meinen Hals.

»Werden in der Fabrik Menschen zu Essen verarbeitet?«, frage ich.

»Ich weiß es nicht«, sagt er. »Ich hab nur Pakete gepackt. Ich war nicht da, wo die Lebensmittel hergestellt wurden.«

»Wussten sie dort, wer du bist?«

»Nicht die anderen Gefangenen. Die hätten mich umgebracht. Wie die meinen Vater hassen ...«

Ich schiebe meine Hände unter seinen Pulli. Endlich ist alles wieder da, was ich vermisst habe. Seine Haut, sein Geruch, seine Stimme.

»Und Daisy? Ist sie wirklich tot?«

Ich spüre sein Nicken.

Sie hat gesagt, dass es ihr leidtut. Was hat sie wohl gemeint? Ich wollte nicht, dass sie stirbt.

»Ich war sicher, Daisy würde uns verraten. Niemals hätte ich an Aza gedacht.«

»Niemand hat das. Aber es gibt überall Verräter. Nur Zahur hat es geahnt.«

Ich überlege, warum Zahur etwas geahnt hat. Ich denke an den lautlosen Smirge, der seine Ohren überall hat. Wenn er mein Gespräch mit Aza über Bircihan belauscht hat ... Aber vielleicht war es auch ganz anders. Es ist nicht wichtig.

»Erinnerst du dich noch an die Geschichte mit dem indischen Mädchen?«

Ben nickt.

»Ich dachte mal, dass es vielleicht besser ist, wenn man nicht weiß, was es alles Gutes auf der Welt gegeben hat. Dass es einmal anders war. Ich dachte, gute Erinnerungen machen alles nur noch schlimmer. Aber das stimmt nicht. Ich bin froh, dass wir uns getroffen haben. Auch wenn wir uns nie wieder gesehen hätten, wäre es gut gewesen. Auch wenn ich immer noch böse auf dich bin.«

»Ich weiß«, flüstert Ben.

Wir bleiben eine ganze Zeit lang still liegen. Ich lausche seinem Atem und denke über Aza nach. Ich habe sie gemocht, jedenfalls am Anfang. Vielleicht war sie auch Soldatin wie Bircihan. Aza ist zuerst als Spionin in den

Untergrund gegangen, und dann wollte sie ihre Freundin nachholen. Wie kann man das aushalten? Wie kann man so viele Jahre im Widerstand sein, nur um dann seine Freunde zu verraten?

Hätten wir wie geplant die Fabrik erst zwei Tage später überfallen, wären wir jetzt alle tot. Wir wären in einen Hinterhalt geraten. Da bin ich mir sicher. So aber konnte Aza nur noch *Alarm* schreien. In Wahrheit war sie eine Verräterin. Darum ist sie auf meine Erpressung eingegangen, darum war es so leicht.

»Psst«, sagt Ben. »Nicht so viel denken. Menschen tun, was sie tun. Es gibt nicht für alles eine Erklärung.«

»Soll das eine Entschuldigung sein?«

»Nein, die kommt noch.« Er streicht mir über die Haare. »Deine Haare sind auch kurz wunderschön. Bestimmt glänzen sie, wenn die Sonne draufscheint.«

»Du bist ein Idiot.« Aber grinsen muss ich doch.

»Ich wollte dein Held sein.«

Eine ganze Weile sehe ich ihn einfach an.

»Und wie geht's jetzt weiter?«

Er küsst mich und lächelt. »Morgen geht's los …«

HAPPY END

Es gibt viel zu erzählen, aber ich habe eigentlich keine Zeit. Es gibt nämlich ebenso viel zu tun. Das Wichtigste ist: Wir leben jetzt an einem See. Den Ort im Norden von Berlin gibt es wirklich. Auch wenn er noch lange kein Paradies ist.

Diesmal sind wir durchgekommen. Santje, Ben und ich – und Luki. Sie ist jetzt bald zwei Jahre alt und kann laufen. Ich bin zu jung, um eine Mutter zu sein. Aber alle sagen, neues Leben ist ein gutes Zeichen.

Fatma ist auch hier. Sie wird nun doch nicht Matron, sondern Gärtnerin. Und Zalda ist da und andere Mädchen aus dem Heim, die ich aber alle nicht kannte. Sie wurden erst vor Kurzem befreit. Wo Azura und all die anderen sind, die aus dem Heim abgeholt wurden, wissen wir nicht. Es wird nach ihnen gesucht, aber bisher ohne Erfolg. Manche hier sagen, dass sie ins Ausland gebracht wurden.

Fatma will alles über den Widerstand wissen und was mit ihrer Mutter passiert ist. Immer wieder muss ich ihr erzählen, was ich weiß, auch wenn es nicht viel ist. Die Einzige, die etwas erzählen könnte, ist tot.

Matron Pernilla hat sich erschossen, als die Rebellen das Heim stürmten. Zalda hat sich verändert seitdem. Wir verstehen uns mittlerweile ganz gut, obwohl sie manchmal noch ein echtes Biest ist und schon wieder anfängt, einen Hofstaat um sich zu scharen. Aber sie ist auch oft mit Santje zusammen. Die beiden singen.

Ich glaube, mit Santje wird es besser, je mehr sie dem Frieden hier traut. Sie redet häufiger als früher und ist nicht mehr so weit weg. Aber dann passiert eine Kleinigkeit, ein lautes Wort oder ein Knall, weil etwas umfällt, und ein Schatten legt sich über sie. Ich kann sehen, wie sie dann in eine andere Welt verschwindet und nicht mehr zu erreichen ist, außer über die Musik.

Ich wünsche mir etwas, an das ich glauben kann. Jeden Tag zünde ich ein kleines Feuer an. Ich weiß nicht, ob ich es richtig mache und ob die Mischung aus Kräutern, Rinde, Zweigen und Haaren stimmt. Aber vielleicht kommt es darauf auch nicht an. Gestern hatte ich das erste Mal das Gefühl, dass der Rauch zu tanzen beginnt.

Im Sommer ist es hier grün und es gibt blühende Büsche und Bäume. Wir bauen Obst und Gemüse an und haben begonnen, Insekten zu züchten. Bald werden wir das Dauerbrot aus der Stadt nicht mehr brauchen.

Wir schwimmen oft im See, obwohl er manchmal noch Leichen ausspuckt. Es ist eine Erinnerung, dass wir immer noch einen langen Weg vor uns haben.

Ben hat sich auch verändert seit damals. Sein Bruder ist tot. Und sein Vater. Ich weiß nicht, ob er noch mit ihm gesprochen hat, bevor er exekutiert wurde. Wenigstens war er nicht dabei.

Wir streiten uns häufiger in letzter Zeit. Er ist stiller als früher und gleichzeitig unruhig. Ich weiß, dass er am liebsten in die Stadt zurück will. Und ich will nicht, dass er geht.

In der Stadt wird eine neue, eine echte Regierung gebildet. Zahur ist nicht dabei. Er ist kein Redner, er ist ein Kämpfer.

Es war nicht so, dass mit dem Überfall auf die Fabrik alles mit einem Schlag vorbei war. Schon nach ein paar Tagen wurden wir Besetzer zurückgedrängt. Aber der Umsturz war nicht mehr aufzuhalten. Andere Widerstandsgruppen schlossen sich uns an. Und auch die ganz normalen Berliner entzündeten Feuer auf den Straßen, selbst wenn Ausgangssperre war. Es gab noch viele Tote und es passierten furchtbare Dinge.

Das Blatt wendete sich, als Bens Vater und hohe Befehlshaber des Militärs bei einem geheimen Treffen gefangen genommen und exekutiert wurden. Viele Soldaten und Offiziere schlugen sich danach auf unsere Seite und auch einige Generäle liefen zu uns über. Sie wollen an der neuen Regierung beteiligt werden. Es ist kompliziert und das meiste verstehe ich immer noch nicht. Ob sich jemals wirklich etwas ändert und der Krieg ganz vorbei sein wird, kann niemand von uns mit Sicherheit sagen.

Aber wenn sich in ferner Zukunft jemand an diesen Krieg erinnert, dann hoffe ich, dass er in Frieden lebt und nicht weiß, wie es sich anfühlt, wenn die Menschen, die man liebt, verhungern oder erschossen werden, und dass er satt und glücklich ist.

Ich muss jetzt aufhören. Luki quengelt. Sie hat Hunger, genau wie ich. Und nach dem Essen muss ich die Bohnen hochbinden.

Es wird Zeit.

DRITTER TEIL

Annas Blog

12. November – 00:25

Mein 16. Geburtstag.
Ich höre Stimmen auf der Treppe. Sie kommen aufs Dach.
Schneeflocken liegen auf meinem Gesicht.

Die blaue Blume gibt es wirklich

Soman Chainani
The
SCHOOL
for
GOOD AND EVIL
Es kann nur eine geben
Ravensburger